Não adianta morrer

Francisco Maciel

Não adianta morrer

Estação Liberdade

© Francisco Maciel, 2017

Preparação	Edgard Murano e Bruno Zeni
Revisão	Vivian Miwa Matsushita
Edição de arte	Miguel Simon
Assistência editorial	Fábio Fujita e Letícia Howes
Comercialização	Arnaldo Patzina e Flaiene Ribeiro
Administração	Anselmo Sandes
Coordenação de produção	Edilberto F. Verza
Editor responsável	Angel Bojadsen

CIP-BRASIL. CATALOGAÇÃO NA PUBLICAÇÃO
SINDICATO NACIONAL DOS EDITORES DE LIVROS, RJ

M138n

    Maciel, Francisco, 1950-
        Não adianta morrer / Francisco Maciel. - 1. ed. - São Paulo : Estação Liberdade, 2017.
    288 p. ; 21 cm.

    ISBN 978-85-7448-245-3

    1. Romance brasileiro. I. Título.

16-37429   CDD: 869.93
                                  CDU: 821.134.3(81)-3

28/10/2016   03/11/2016

Todos os direitos reservados à Editora Estação Liberdade. Nenhuma parte da obra pode ser reproduzida, adaptada, multiplicada ou divulgada de nenhuma forma (em particular por meios de reprografia ou processos digitais) sem autorização expressa da editora, e em virtude da legislação em vigor.

Esta publicação segue as normas do Acordo Ortográfico da Língua Portuguesa, Decreto nº 6.583, de 29 de setembro de 2008.

Editora Estação Liberdade Ltda.
Rua Dona Elisa, 116 | 01155-030 | São Paulo-SP
Tel.: (11) 3660 3180
www.estacaoliberdade.com.br

Sumário

Cavalo na janela	11
Passaram do tempo	17
Os Quatro Mandelas	20
Meu Bem	25
Melhor do que eu	31
Mandou bem	38
Nabor	41
As Comadres	47
Espalhafatos	56
Pará, Manaus	60
Comando Vira-lata	65
Sibila Maya Carpediem	74
Você precisa conhecer tua sogra	80
Bem-te-vi	85
Conexão eterno retorno	87
Josefina Popereta	90
Cristo em Rosebud	98
A irmã mais nova do Lourinho	102
Um por todos	108
Os dez negrinhos	117
O caderno de notas da Sibila	125
O fim	133
Notas sobre os Eussociais	136
Grande Hotel	140

Guile Xangô nas estepes	148
Big Bang e o horizonte de eventos	150
Aquário	153
Bum bum paticumbum prugurundum	159
Os dois soldados	162
Beth Ramishpath	165
Um sonho com verdade dentro	170
Pedreira	179
Os milagres, os loucos	192
Você merece mais	200
Vavau	205
5 x 1	209
Olívia	214
Sempre-lhe	221
Na lan house	223
Na sombra do hospital	235
Santa maldição	241
Poemas de Guile Xangô	245
Pais e filhos	259
Papo cabeça	262
Tigre Xangô 2100	269
Tudo mentira, menos a mãe e o sonho	273
Solta os cachorros	275

"Então o homem, flagelado e rebelde, corria diante da fatalidade das coisas, atrás de uma figura nebulosa e esquiva, feita de retalhos, um retalho de impalpável, outro de improvável, outro de invisível, cosidos todos a ponto precário, com a agulha da imaginação; e essa figura — nada menos que a quimera da felicidade — ou lhe fugia perpetuamente, ou deixava-se apanhar pela fralda, e o homem a cingia ao peito, e então ela ria, como um escárnio, e sumia-se, como uma ilusão."
Machado de Assis, *Memórias Póstumas de Brás Cubas*

*"Alguns, achando bárbaro o espetáculo,
prefeririam (os delicados) morrer.
Chegou um tempo em que não adianta morrer."*
Carlos Drummond de Andrade, *"Os ombros suportam o mundo"*

CAVALO NA JANELA

Dafé está correndo pela Maia de Lacerda às duas e quinze da tarde, e vai morrer às duas e vinte e dois. Alto, olhos verdes, funkeiro pixaim louro oxigenado, ele podia ter sido o que quisesse na vida. Jogador de futebol. Segurança. Gigolô. Astro. Sempre sonhou brilhar, era diferente, estava em outra. Mas escolheu a parada errada. Agora está correndo pela Maia. Ilusão.

Ele pensa que está voando, mas não está. Passou os dois últimos dias trepando e cafungando. Dormiu pouco, comeu mal, bebeu demais. Está correndo pelo lado esquerdo da rua, pela calçada, os carros estacionados, as árvores, os postes. Ele quer alcançar a São Roberto. Acha que lá estará a salvo. É lá que mora a mulher que ele está comendo e ele diz que não quer nada com ela, mas é para lá que está correndo e nessas horas isso não ajuda nada, até atrapalha. Mas é para lá que ele quer ir. A casa da Mirtes, sua mãe, era um abrigo mais seguro, mas ele nem pensa nela.

Se pulasse o muro do Centro Espírita Bezerra de Menezes, podia ganhar algum tempo, pular o muro de trás, alcançar a São Carlos e descer pela escadaria até a São Roberto. Mas ele segue em frente.

Aqui só tem cavalo de três patas. Quem diz isso é o Guile Xangô, e o Guile Xangô é um cara legal, meio maluco e meio safo, tem emprego, endereço e carteira de identidade. Aqui é tudo coisa, indigente, todo mundo aqui saiu da cadeia. E isso é verdade: o difícil é encontrar alguém aqui que não pegou janela. Vivem escondendo o tempo de cadeia. Mas quando dão uns tecos e bebem ficam contando as glórias. Saíram de lá e não conseguiram nada. Emprego, respeito, dignidade. Ficam pelos pés-sujos enchendo a cara, filando branco e preto, sugando fiapos de vida besta entre os dentes. E arrotando que na cadeia tinham regalia. Por que não ficaram lá? Aqui fora eles não têm nem regalia nem respeito, e a galera só dá desprezo. Estão acabados. Saíram da janela e deram de cara no muro. Não existem. Não fazem nem sombra de tanto que não existem. Tudo cavalo de três patas, diz o Guile Xangô, e você sabe o que acontece com um cavalo de três patas? Você sacrifica, mata.

Dafé continua correndo pela Maia. Pensa que está voando. Se ele entrasse no Hotel Halley, subisse pelas escadas, se trancasse num quarto, teria a cobertura do Pernambuco, que não gosta de covardia, compraria seu barulho. Teria uma chance.

Aqui ninguém tem identidade. Tudo clandestino. Só têm marcas. E ele, Dafé, não tem nenhuma. Nunca curtiu esse barato de tatuagem. Tem orgulho da própria pele, lisa, sem marca. Nunca caiu de bicicleta ou de moto. Nunca caiu.

A verdade é que por aqui todo mundo tem marcas feitas aqui neste mundo de agora. O Guile Xangô tem uma explicação histórica para essas merdas. Todas as marcas são herdadas, tipo marcas astrais trazidas de uma outra encarnação. Dá para engolir? Não dá nem para entender. O Guile Xangô adora falar de castigo de escravizados. O tronco, por exemplo. Todos os pés inchados, todos os tortos e cambaios de hoje tinham passado pelo tronco na vida passada lá deles. Os escravizados de antigamente eram marcados feito gado. Eles eram gado. As partes do corpo que recebiam marcas eram: coxa, braço, ventre, espádua, peito, rosto. As marcas poderiam ser: uma cruz, um sino, flores, letras (BP; FC, N&B). Isso é o que o Guile Xangô vive contando. O certo é que todo mundo aqui é meio escravo de novo.

Quando se passa a olhar bem (e depois de conversar com o Guile Xangô você olha tudo diferente) são muitas as garotas que têm esse tipo de queimadura. Geralmente foram acidentes com água fervendo. Mães jogaram água quando a menina era bebê e não parava de chorar. Era criança, se arrastou até o fogão, puxou a chaleira e a água caiu em cima. Outra garota jogou água em cima dela na subida do morro, na saída da escola, para aprender a não dar mole para homem das outras. Entre as meninas, as que mais tiram onda são aquelas que foram atacadas com ácido pelo namorado ciumento e galhudo. Elas continuam usando shortinhos, não importa que agora só se veja a cicatriz e a vaga ideia de que um dia elas realmente foram tchan.

O Leo arrebentou a cara do Monstrinho com um porrete. Uma placa de sangue pisado no olho esquerdo e um lanho que começa debaixo do olho direito e vai até o queixo. Uma bela cicatriz. E olha que os dois pegaram janela juntos, os dois mais o Dentinho, o Paulo da Olívia, o Pará da Lana. As marcas de facadas são muitas. Mas as mais nobres são as de tiro: o Monstrinho tinha umas dozes entradas e saídas. E pelo menos duas só de entrada: uma bala na perna e outra no couro cabeludo. Doíam para dedéu, mas serviam para anunciar chuva. Pensando bem, todo mundo aqui tem marca de facada, de tiro, de paulada, de água quente, de ácido. Também existem marcas de doenças, braços e pernas quebrados onde os ossos não foram juntados numa boa. Tem manetas e pernetas, resultado de acidentes e atropelamentos, mãos com dedos perdidos em fábricas ou em serrarias, em briga de foice, orelhas decepadas num arranca-rabo.

Continua galopando. A parte melhor era quando o Guile Xangô explicava a máscara de flandres, aquela usada pela escrava Anastácia. Feita de zinco, ou folha de flandres, a máscara cobria todo o rosto e tinha pequenos buracos para ver e respirar. Era usada para castigar escravizados cachaceiros, ladrões de comida e viciados em comer terra ou barro. A cachaça era o xodó dos escravizados das cidades. Já o vício de comer barro era maior nas fazendas. Homens e mulheres gostavam de se banquetear com a terra de formigueiros, com cacos de potes de barro, pedaços de vasos de perfume. Os que usavam máscaras procuravam aspirar algumas partículas de terra. Era igual a esses viciados em pó branco, que ficam em desespero para dar um teco. (Já imaginou todos os viciados na maior secura e os meganhas botando máscaras neles?) Todos os cachaças e drogados são reencarnações dos tais filhos da escrava Anastácia, diz o Guile Xangô. Dá para acreditar?

Dafé continua correndo. Se ele atravessasse a rua e entrasse na Professor Quintino, veria que na esquina com a Sampaio Ferraz dois policiais estão na calçada do bar do Luiz, conversando com o dono do bicho, são caras legais. Um dos policiais até o conhece, o Sargento Salgueirão, é seu amigo, já deu conselhos que Dafé não ouviu. Dafé lembra o filho que o policial perdeu num acidente com a arma dele, há uns cinco anos, dentro de casa. Daqui a algum tempo esse mesmo policial vai fazer o parto da Lana, dentro dessa mesma viatura, vai ganhar uma medalha e pirar, ficar imprestável, doido de pedra. Dafé estaria salvo.

E se entrasse no bar do Luiz veria a mulher que ele ama (e finge que não) conversando com o Guile Xangô. E neste instante a mulher do Dafé diz para o Guile Xangô: "Vou dar um teco." Caminha na direção do banheiro seguida por um atento tesão coletivo. Ela volta atravessando o fumaçal de desejo, um risinho de desprezo no canto da boca vermelha como uma capa de toureiro. Ela põe uma ficha na máquina e agora dança sozinha. O cio geral. Pernas, coxas, bunda, os malandros todos de quatro, todos acachorrados de desejo. E ela ali, braços, pernas, curvas, balançando o rabo, passando os malandros na cara. Ela senta de novo, o suor brilhando no rosto sacana, estende a mão, faz um carinho no rosto do Guile Xangô e mia: "Você é tão, tão, sei lá, tão... meigo!" "Se você me chamar de meigo de novo eu vou te encher de porrada!" Os olhos do Guile Xangô ficaram duros, e depois foram se amaciando, e riram. Ela explode numa gargalhada, tapa a boca com as mãos, o corpo se sacudindo, duas lágrimas gordas empoçando nos dedos.

"Você me faz rir. Sabe que você é o único cara que me faz rir desse jeito?"

Dafé ficaria com ciúme, mas o Guile Xangô olharia para ele, e tudo ficaria em paz, e os três tomariam um porre até a noite começar a cair.

Está galopando pela Maia de Lacerda. Os pulmões queimando, as pernas ficando pesadas. Os dois caras da moto estão de capacete. O que vem na garupa está com a arma na mão esquerda. Dafé também está à esquerda dele, facilitando o trabalho.

O Guile Xangô entende melhor o lance. Já o Vovô do Crime tem o maior desprezo pela galera. Até mesmo por ele, Dafé. É outro maluquete. Dafé já tinha subido o morro com ele pelo menos umas três vezes. Os dois subindo e de tudo que é lado os gritos de "Canalha!" saídos das casas, barracos, biroscas e sobrados. O Canalha deve estar subindo o morro nesse exato momento e Dafé gostaria de estar subindo com ele. Mas não está. Lá no alto, o Canalha vai fumar e cheirar conversando com a garotada do movimento. É a sua guarda armada, os dragões da independência: os mais cascudos chamam o Canalha de Dr. Freud, e os mais meninos, de Vovô do Crime. Com eles, fala de filosofia, dá notícias do asfalto e desfia planos ministeriais para o dia em que a favela descer, tomar a cidade e implantar o terror, enforcar o último burguês com a tripa do último padre, decretar a justiça social. Vai falar sozinho até cansar. A tropa treme quando ele tenta provar a inexistência de Deus, e não ri das piadas sobre Jesus. (Sabem por que Jesus era brasileiro? Porque vivia fazendo milagres, nunca tinha dinheiro e acabou fodido pelo governo.) A garotada coça as armas quando ouve a palavra diabo. Queria estar lá no alto com o Canalha. Estaria seguro.

Dafé está querendo ar, sugando ar, os pés estão batendo no chão e levando dor até a cintura e subindo da cintura até o peito, queimando. Ele está queimando. Se tivesse corrido na direção do metrô, atravessado o terreno baldio que virou o quarteirão em frente ao metrô, se tivesse feito isso, Dafé estaria a salvo. E veria o bando de angolanos. Mas não entenderia nada. Talvez até entendesse demais, mas sem saber.

Os angolanos estão em volta do orelhão na estação de metrô do Estácio. Alguém descobriu uma ligação direta, uma falha qualquer no sistema, e eles estão lá. São mais de vinte. Homens, mulheres, rapazes, crianças. Ficam ali de manhã até a madrugada. De madrugada não ficam mais. Levaram uma dura da PM, um bando de negros em volta de um orelhão às duas da manhã não pode ser boa coisa. Agora eles ficam de manhã até as dez, onze, meia-noite. Vieram fugidos da guerra civil e da herdada miséria colonial, mas nunca foram escravizados, não foram traficados em navios negreiros. São livres de qualquer mancha escrava. Não foram arrancados pela raiz.

Dafé está sem fôlego. Ele se arrasta agora como um cavalo de três patas. Já não consegue pensar. Está começando a ficar estrangeiro até de si mesmo. Está pronto para atravessar, seguir viagem. Seu corpo inteiro dói. Mas de onde vem agora esse calor nas costas, essa picada quente nas costas, e agora essa outra ferroada no ombro, e por que a calçada está subindo assim contra ele, virando um muro?

Ele não sabe, mas, em algum lugar, ele continua voando, solto, aéreo, livre, correndo, vai conseguir, ele vai conseguir, galopando. Está dobrando a São Roberto, dobrou, mas a São Roberto agora é um poço escuro, as casas sumiram, a escadaria desapareceu, e ele quer parar tudo, e até ele, até ele está sumindo, se apagando, desaparecendo, desmoronando para sempre, adeus.

PASSARAM DO TEMPO

São sete e estão aqui sentados no chão, em círculo. Manaus abre a sacola e todos colocam os ferros dentro. A seu lado, três fronhas cheias e outra trouxa onde aparecem armas de grosso calibre. Os ferros foram alugados a Dentinho. Manaus fecha a sacola e agora ela está debaixo de sua coxa direita. A seu lado esquerdo, no chão, a pequena pistola preta. Manaus baixa a cabeça e os cabelos pretos escondem seu rosto de índio. Ele está puto, e tudo pode acontecer. As mulheres (são três) preparam o rango, conversam e riem.

"Pode falar mais alto!", grita Manaus na direção da cozinha.

O silêncio. As portas trancadas. As janelas cobertas com lençóis. O silêncio. Manaus afasta com as duas mãos os cabelos que cobrem sua cara como se estivesse abrindo uma cortina. Pega as três fronhas que estão a seus pés e despeja: anéis, colares, pulseiras, relógios, brincos, ouro, prata, pérola, fantasia, moedas estrangeiras, CDs, uma peruca, cinco calcinhas. Pega as calcinhas com dois dedos e pergunta sem olhar para ninguém.

"Quem pegou isso?"

Ninguém responde.

Manaus faz uma pilha com os CDs. Depois coloca um do lado do outro. Levanta e começa a esmagar um a um com o salto de sua bota de caubói. Então senta no mesmo lugar.

Ninguém diz nada.

Manaus olha para Panda, que coça a cabeça e olha para os pés.

"Você disse que a caxanga estava vazia", diz Manaus, "e não estava."

"A cozinheira falou que eles iam viajar", diz Panda.

"Tem mais. Você não disse que o dono da casa era coronel do Exército", diz Manaus. "Você tem uma ideia da merda que você fez?"

"Fiquei lá mais de dez dias de tocaia e nunca vi o cara fardado."

"E a cozinheira? Você comeu a cozinheira, tirou dela que o pessoal ia viajar, e não tirou mais nada. E o cofre? Você não falou porra nenhuma do cofre."

"Mas tinha as armas. A gente agora está montado, não precisa mais de..."

"Não quero ideia."

Da cozinha vem o cochicho do mulherio e o cheiro bom do rango.

"Eu dava tudo pra saber o que tinha dentro daquele cofre", diz Manaus.

E Panda começa a contar como arrastaram o cofre de dentro do escritório. O esporro do cofre rolando escada abaixo e como ele passou meia hora tentando abrir a porra do cofre, até que teve a ideia de chamar o único homem da casa para abri-lo, e o cara tentando tudo, dizendo que só o dono da casa sabia o segredo e que ele era só o irmão da mulher do dono da casa, que estava viajando. O esforço que fizeram para levantar o cofre e botar dentro da perua que estava na garagem, mas que não conseguiram levantar aquela porra do chão da sala.

Todo mundo ri da cena. Até Manaus ri. As mulheres estavam rindo junto lá da cozinha sem saber do quê. Até que os caras percebem que Manaus não está rindo mais. Calam e ficam esperando.

"Enquanto a gente estava lá se esfolando com o cofre, Micuçu estava no quarto pegando a coroa", diz Manaus.

"E daí? Era uma coroa gostosa", diz Micuçu, e ri.

Manaus pega a pistola e Micuçu fica sério.

"Ri", pede Manaus.

Ninguém ri. O silêncio.

Três batidas na porta. Manaus joga a RK na direção de Dafé e a Uzi para Beleco. Duas batidas. Mais outras três batidas, rápidas. Dafé abre a porta e Dentinho entra. O ganho está coberto pela japona de Manaus.

Dentinho olha para todo mundo, balançando a cabeça. Manaus entrega os ferros a Dentinho e depois um bolo de notas.

"Dólar?", pergunta Dentinho, contando a grana. "Deitaram alguém?"

"Eu quis deitar todo mundo, mas o mané aí não deixou", diz Micuçu se levantando.

Dafé dá uma coronhada na cara de Micuçu, que fica ali, pedindo proteção a Dentinho, que continua contando a grana. E sai.

Todo mundo fica olhando o sangue correndo pela cara de Micuçu, empapando a camisa.

Dentinho sobe na moto e diz para o Rafa:

"Já viu casa assombrada? Aquela é uma", aponta Dentinho. "Ninguém ali dura mais de duas semanas. Fizeram a maior merda e já passaram do tempo."

OS QUATRO MANDELAS

Os Quatro Mandelas estão sentados bebendo cerveja e conversando. Todos são negros, os cabelos brancos, todos altos, magros, bem conservados. Aquele ali é advogado e já foi presidente da escola de samba, é o que mais fala. Aquele foi sargento do Exército, mas tem jeito de general e todo mundo se dirige a ele como Comandante. Aquele foi polícia e é melhor não saber do seu passado. Aquele foi médico, é ainda. Todos os domingos bebem no bar do Luiz, trocam ideias e conferem as memórias como quem joga cartas. Eles não jogam.

Há um tempo eles estavam ali como estão agora e o Monstrinho entrou e ficou olhando para eles. O Monstrinho era safado e dizia o que tinha de dizer na cara de qualquer um. Parou no meio do bar, apontou para eles e gritou: "Estou vendo quatro Mandelas." O Luiz saiu de detrás do balcão para expulsar o criador de caso. Eles falaram para o Luiz que estava tudo bem e mandaram botar uma cerveja para o Monstrinho.

Virou ritual. Todos os domingos o Monstrinho entra no bar do Luiz, abre os braços e se curva: "Meus Quatro Mandelas!" Depois bebe a cerveja dele e vai embora.

Quando os Quatro Mandelas ocupam a mesa central, todo domingo de manhã, parece que o bar do Luiz se transforma num centro espírita. Todo mundo que entra vai lá bater cabeça, beijar a mão, dar uma palavra, pedir um conselho. A maior parte do tempo eles ficam em silêncio, com aquelas caras misteriosas esculpidas pelo tempo, gravadas em madeira, não que sejam cara de pau, não é isso, mas é como se o tempo gravasse na cara de cada um deles uma espécie de máscara e as pessoas vissem no rosto, no ar, no aspecto deles, uma sabedoria antiga.

Não é madeira, é pedra, é como se eles fossem de pedra, é isso, como se eles fossem talhados numa pedra, e resistissem a tudo, ao vento, à chuva, ao próprio tempo, à pedra, como se o vento, o tempo e a chuva escorressem por eles e não deixassem marcas, só polissem a pedra. Eles nasceram pedra e estão lá, irmãos do mármore do tampo da mesa, permanentes, eternos, tradição.

O primeiro a chegar neles é Pardal Wenchell, que sempre fala da infância, do tempo passado, de outras terras, de tribos perdidas e, vez ou outra, depois de muita bebida, começa a falar em língua estranha, com a atenção reverente dos Mandelas. Só Pardal Wenchell consegue esse carinho, essa atenção, essa reverência de igual para igual.

(Monstrinho é outra coisa: encarna Exu e é tratado como um mensageiro, um moleque de recados, um carteiro, mas também com carinho.)

Seu Nonô, não. Tem quase a idade deles, mas não a consistência. Trata os Mandelas como um professor de música trata um sambista que só toca de ouvido. Traz o violão e encosta o bicho na mesa como um desafio. Faz parte do ritual. Pede uma rodada de cervejas para os Mandelas e um uísque para ele (mas não bebe). E aí começa a lição sobre a importância da arte da paciência.

Seu Nonô fala que é preciso aprender a ler música, que os músicos brasileiros só sabem tocar de ouvido, tirando Tom Jobim, discípulo mediano de Villa-Lobos, plagiador de Bach, e que os sambistas todos eram batuqueiros, onde já se viu juntar dez homens para fazer um samba-enredo melodicamente primário e poeticamente caótico? E Seu Nonô demonstra, cantando com conhecimento de causa, sem conseguir uma ruga na cara de pedra dos Mandelas.

Depois Seu Nonô tira a capa do violão e tenta tocar alguma coisa espanhola, as pernas abertas, o violão apoiado na perna esquerda, muita pose, e pouco resultado: "Meus dedos estão emperrados", diz, passa o violão para os Mandelas, e está pronto para acompanhar qualquer samba batucando na caixa de fósforos. E era quase sempre assim.

Mas às vezes o Seu Nonô entrava, encostava o violão e desandava a reinventar o futebol. Decretava que tinha que se acabar com a lei do impedimento. Como o gol é a alegria do futebol, sem tal lei o placar das partidas seria alto, uma média de dez gols por partida e felicidade geral.

As faltas! Onde já se viu jogo com cinquenta, sessenta faltas, e vinte delas em cima do mesmo jogador, em cima do craque, essa coisa rara, o craque, dono dessa coisa perdida, a arte do drible? Então ele quer criar uma lei: se um zagueiro fizesse três faltas em cima do mesmo jogador, teria que ser substituído, não expulso, substituído. Depois da décima falta coletiva, o time seria punido com um tiro livre direto na meia-lua da grande área. E só seria marcado o tempo de bola em jogo. A bola sai de campo, o cronômetro para, e só volta a rolar quando a bola chegasse ao pé do jogador.

Pardal Wenchell, só para provocar Seu Nonô, se empolgava e defendia quatro bandeirinhas e um juiz fora de campo, numa cabine, vendo o jogo numa tela de vídeo. Numa jogada duvidosa, o juiz de campo consultaria o juiz do vídeo, que teria a palavra final. Seu Nonô, que nunca admitia que concordassem com ele, contestava. Errar é humano. Nada de juiz de vídeo. Nada de cinco juízes em campo. Nada de vinte bandeirinhas correndo e levantando bandeira. Um juiz de campo, e o acaso, a sorte, o jogo. E Pardal Wenchell completava de voleio: e por que acabar com a lei de impedimento, e todas as regras atuais?, em time que está ganhando não se mexe. Os Mandelas olhavam com carinho para Pardal Wenchell, um ferrenho defensor das tradições.

No fundo, ninguém entendia por que os Quatro Mandelas aturavam Seu Nonô, mas aturavam, e ainda lhe davam conselho sobre mulher. Mas Seu Nonô não entendia nada de música, de futebol e muito menos de mulher, principalmente a dele.

Foi da mesa dos Quatro Mandelas, exatamente dali, daquela mesa, que saiu a ordem de tratar bem a Ruth.

A Ruth é branca, loura, olhos azuis. Sabe se vestir, sabe francês, sabe tudo. Dizem que foi linda, mas que agora estava meio acabada. Nos tempos bons, Ruth era advogada, tinha escritório no centro da cidade, muitos clientes. Era casada. Até que se apaixonou por um preto. Um preto comum, ainda garotão, segurança do prédio onde ela tinha o escritório. Deixou o marido e foi viver com o preto.

Ela começou a fazer a cabeça dele, botou o preto para estudar e o preto foi em frente, passou a trabalhar com ela. Ruth não escondeu nada de ninguém. Mas começou a perder a clientela e em dois anos estava cheia de dívidas e na merda. Ninguém convidava Ruth para uma festa. O marido dela também era advogado e todos os amigos e clientes ficaram do lado dele. Ruth se deu mal.

Mas ela era tinhosa. Pediu divórcio, se casou com o preto e conseguiu dar a volta por cima. Fez concurso para funcionária pública, era uma tremenda funcionária. Trabalhou em penitenciária, em programas de recuperação de presos. E o preto fechou com ela legal, até entrou para a faculdade de Direito. Os dois saíam na escola de samba.

Até o dia em que o preto entrou num banco e um segurança achou que ele era assaltante e deu três tiros nele. Morreu na hora. Ruth ficou louca. Entrou com processo contra o banco e a firma de segurança. O advogado do banco era o ex-marido dela. Na época Ruth estava grávida do preto. Perdeu o filho e depois veio desabando até virar mosca de bar. Uma bêbada desclassificada com ataques de fúria e imensas ternuras vadias. Quebrou a cara, a perna, se quebrou toda. Tem crédito em todos os bares e não sabe quem paga as contas dela. Mas jura que vai pagar tudo, centavo por centavo, quando ganhar o processo.

Hoje, como todo domingo, Nabor está lá, sempre com aquela sensação de penetra, de estranho no ninho. Uma vez lhe passou pela cabeça a vaidade de ser um quinto Mandela, mas sabia que seu passado de cadeeiro não lhe dava nenhuma chance de respeito. Por isso, é ali que saboreia um certo gosto de vingança quando o Vovô do Crime começa a fazer o seu discurso contra qualquer tipo de tradição. Mas logo chegam as Comadres para uma sessão de beija-mão e os Mandelas continuam inteiros, intocados. Depois vem o Lourinho para contar a história de sua irmã mais nova e os Mandelas o absolvem. E vão chegando mais uns e outros e Nabor se levanta quando Pardal Wenchell começa a falar em língua estranha, Undser Schtetl brent Sholem shalom Undser Schtetl brent Sholem shalom[1], e os Mandelas acompanham: Mona Kamona Mona Kamona, e ninguém entende nada, mas é sempre a mesma coisa, esquisito de ouvir, até bonito de ver.

---

1. Pardal Wenchell tenta lembrar a canção "Undzer shtetl bren" [Nosso *shtetl* está em chamas], texto e música de Mordechai Gebirtig. [N.A.]

MEU BEM

Meu Bem está fazendo 80 anos. No bar do Assis, tira a carteira e mostra a data de nascimento. Todo mundo começa a fazer as contas: é muito tempo. Ninguém lê o nome nem vê a foto do homem de cabelos pretos. Já conhecem Meu Bem de cor e salteado. E nem ligam para o seu sapato novo.

Com os olhos azuis molhados de solidão, Meu Bem implora ser visto como ele verdadeiramente sente que é. Mas ninguém quer saber. Os mais sensíveis lhe dão um abraço bêbado. Os mais práticos lhe oferecem um copo de cerveja morna. A maioria continua o papo interrompido.

Ele repete a mesma cena no bar do Kadhafi, no Euclides, no Luiz, no Raimundo, no Assis de novo, no Maradona. O bigode branco sobre a boca sem dentes vai ficando murcho e os olhos cada vez mais chuvosos. É isso que ele merece: indiferença? Sempre chamou de "meu bem" a homens, mulheres e crianças. Sempre foi educado. Não deve nada a ninguém. Pelo contrário: já perdeu a conta do dinheiro emprestado, das rodadas de cerveja que pagou, da fome que matou de tanta gente ingrata.

Mas não desiste. Lourinho, o negão, e Periquito, o corcunda, estão subindo a Sampaio. "Escuta essa, Meu Bem, mas antes vai ter que pagar uma cerveja." Entram no bar do Kadhafi, e contam. Os dois são amigos desde criança. Estavam dentro de um ônibus lotado, se encontraram por acaso, e o Lourinho chamou o Periquito de aleijado e que ia passar a mão na corcunda dele para dar sorte porque todo mundo sabe que passar a mão na corcunda de um corcunda dá sorte. O Periquito xingou o Lourinho de crioulo safado e de gorila e que ia levar ele de volta ao zoológico porque deviam estar pagando alguma coisa por um gorila fugido, uma merreca na certa, porque aquele era um gorila safado. Então começou a rolar um bate-boca dentro do ônibus. Os sentados do lado direito a favor do Periquito. Os sentados do lado esquerdo a favor do Lourinho, e os de pé contra os dois. Aí um negro do Movimento de Consciência Negra mandou o motorista parar na delegacia para prender o Periquito, racismo era crime, e um segurança puxou o revólver e botou na cabeça do Lourinho dizendo que ele é que tinha começado aquele merderô. Aí o Periquito mandou o cara enfiar o revólver em algum lugar, o Periquito é abusado e pediu ao cara de consciência negra para chupar o pau dele, Periquito, e falou que o Lourinho era irmão dele, irmão de criação, e era verdade, tinham sido criados juntos, e mandou o motorista parar aquela porra de ônibus, e os dois saltaram muito putos, o Lourinho tinha pegado o revólver do cara e estava a fim de dar um teco nele, não se bota ferro na cabeça de malandro, se botar tem que queimar, e o Periquito saiu arrastando o Lourinho, e o ônibus arrancou, e os dois estavam ali contando.

Meu Bem não acha graça e se apronta para mostrar a carteira, falar de seu aniversário, quando o Lourinho se levanta: "O Guile Xangô precisa ouvir essa! Ele vai se borrar de rir! Só ele entende essas coisas!", e saem deixando Meu Bem para pagar a cerveja e os dois conhaques.

No bar do Nelson, Meu Bem senta no tamborete ao lado do estranho de bermuda e camiseta. Ele cumprimenta Meu Bem e olha para os malandros, sorri com jeito de cachorro manso ou de corno, de corno manso. Abre a mão e começa a contar as moedas. Levanta, vai até a outra ponta do balcão, abre um espaço entre os malandros e pede alguma coisa ao Nelson, que não escuta. Espera até o Nelson tirar o mocotó do caldeirão, botar o mocotó dentro da tigela, pescar e jogar fora, no chão, duas baratas francesas que estavam boiando no mocotó, botar a tigela na frente dos malandros, abrir o freezer, tirar uma garrafa de cerveja, abrir a garrafa de cerveja, pegar a grana dos malandros, fazer a conta, de cabeça, abrir a caixa registradora, fazer, de cabeça, a conta do troco, fazer o troco, entregar o troco aos malandros e, quando o Nelson se vira, de cara alegre, satisfeito com o atendimento, então o manso levanta a mão para pedir de novo o que o Nelson não escutou.

Aí o Guile Xangô pergunta ao corno: "Que cigarro você fuma?" E o corno responde: "Qualquer um."

O Guile Xangô pede um maço de hollywood. Nelson pega o maço e abre o freezer para pegar o litro de Steinhäger porque o Guile Xangô sempre pede mais de uma coisa ao mesmo tempo. Nelson serve o Steinhäger e o Guile Xangô pede para botar uma dose para ele e outra para o corno. O Guile Xangô entrega o maço de hollywood ao corno e empurra um dos copos com Steinhäger na direção dele. O corno está com o maço de hollywood na mão e olha para o Guile Xangô e para o copo. O Guile Xangô põe o copo com Steinhäger na mão do corno, bate seu copo no copo dele e bebe um gole. O corno também bebe, bebe tudo de uma vez só e sai saindo. Mas antes põe a mão no ombro do Guile Xangô e diz: "A gente precisa conversar." E vai embora. Os malandros perguntam: "Quem é o boiola?" "É o novo padre", diz o Guile Xangô.

A cabeça dos malandros está reciclando o lixo: tira o corno, tira o cachorro, tira o boiola. Meu Bem se benze e pensa que o mundo virou pelo avesso. Vai pedir uma cerveja quando Lourinho e Periquito invadem o bar aos berros e arrastam o Guile Xangô para contar a história que ele já sabe. Meu Bem cospe na serragem, com nojo de tanta bajulação.

Lá pelas oito da noite a Maia já está deserta. Faz frio. Nos bares vazios, só alguns gatos pingados, ninguém fala alto, ninguém ri, parece velório, e velório de velha solteirona. Mas as Comadres estão lá, invencíveis. Meu Bem pede licença, senta e diz: "Hoje é meu aniversário." Recebe cumprimentos gelados, não entende, esqueceu que andou dizendo que no seu tempo aquelas negrinhas não entravam nem na cozinha da casa dele. "No meu tempo não era assim. A essa hora tudo isso aqui estava fervilhando de gente e ainda tinha mais gente pra chegar", decreta a Dedé, continuando a conversa como se ninguém tivesse chegado.

"O Arlindo hoje é segurança da área, dizem até que virou X-9, corujão, não acredito, mas virou otário, isso eu sei, e digo na cara dele. Naquele tempo o Arlindo tinha um bar e era casado com a Creusa. O sócio dele era o Naldinho, que era casado com a Denise. Não aquela que mora no casarão, aqui tá cheio de Denises, era outra. Os dois viviam trocando de mulher e quando as duas ficaram grávidas, ninguém sabia quem era pai de quem. Mas não foi por isso que o bar fechou. Também não foi por causa do bafão. Bafão? O maior barato. Lá pelas três da madrugada o Arlindo baixava as portas e aí rolava de tudo. Mas de tudo mesmo. A maior zorra. Todo mundo nu. Ninguém era de ninguém e todo mundo era de todo mundo. Isso era o bafão. Por que bafão? Não era por causa do bafo no cangote. Mas não faltava bafo no cangote, pergunta ao Marquete! Naquele tempo o Marquete era lindo, tinha um corpo sarado, e era capaz de encarar um pelotão, é, encarar é modo de dizer, um pelotão. Era de fazer fila. Um dia baixou a polícia. Foi um corre-corre, um veste-veste. Quando os cachorros entraram, tinha mulher de calça, homem de saia, neguinho vestiu o que pegou. Queriam levar a galera toda, mas iam ter que chamar dois ônibus, ou uns dez camburões, e aí, conversa vai, conversa vem, e ficou por isso mesmo. Tudo tem um jeito."

"Mas, afinal, o que é bafão?", pergunta Meu Bem. "Bafão é bafão, porra!", diz Dedé. "Ah! Não será *bas fond*?", diz o Meu Bem. "É isso aí: bafão! E escuta aqui: alguém te pediu pra entrar na conversa, seu merdabosta?"

Agora são nove horas e Meu Bem está no bar do Raimundo, do lado de dentro do balcão, se servindo de um conhaque e contando por que não gosta de preto. Ele e Raimundo têm os mesmos olhos azul-claros, se entendem, mas o Raimundo não escuta, está ligado na TV. O Marcelo Cachaça também. Fica o tempo todo no bar do Raimundo, de olho parado na TV, zen catatônico. Só desolha quando alguém pede o tabuleiro de damas e propõe um jogo para desafiá-lo. Ele continua do mesmo jeito autista e joga: não perde uma. É invencível. Se lhe dão um copo de cerveja, bebe. Se lhe dão um cigarro, fuma. Se pedem que fale, fala. E fala sem parar. Sobre qualquer coisa: a melhor é de como foi raptado por um disco voador no interior de Goiás e deixado num matagal, perto de um lixão, no Rio. Foi internado num manicômio, viveu num sítio em algum lugar e acabou aqui. Agora mora nos fundos de uma casa da Santos Rodrigues às custas da mãe do Paulinho. O quarto onde ele vive é um pouco maior do que uma casa de cachorro. Tem comida, roupa lavada e um edredom. E vai vivendo entre a planta e o fantasma.

Tem teorias. O vírus da Aids. Ele acredita que o vírus da Aids é uma forma de vida avançadíssima e que veio do espaço enviado por uma supercivilização para aperfeiçoar a humanidade. O vírus está tentando entrar em contato com o homem, entrar em sintonia. Por enquanto ainda não conseguiu e está causando os estragos que todo mundo sabe. Mas quando chegar o momento certo da simbiose, o homem vai mudar tanto que os homens de hoje vão parecer crianças ou macacos. Ele garante que o homem modificado pelo vírus vai conseguir usar mais de 70% de sua capacidade cerebral; vai conseguir se adaptar a qualquer ambiente (o fundo do mar, ou Marte, ou o vácuo) sem precisar usar qualquer tipo de roupa espacial. O homem vai se livrar de todas as doenças, vai viver até os 200 anos como um garoto.

Ninguém acredita muito porque é difícil entender o que ele diz: DNA, aura, chakra, metabolismo, abdução. Mas aturam o ET por causa do jogo de damas: como é que ele consegue não perder uma partida? Essa é a primeira prova de que ele não é louco. A segunda: não come merda. A terceira: não rasga dinheiro.

E agora o Vavau entra e grita: "Raimundo, o tabuleiro! Marcelinho, te prepara que hoje eu vou te dar uma surra!" Raimundo põe o tabuleiro na mesa. Depois abre uma cerveja para o Vavau, uma coca e uma dose de cachaça para o Marcelo e fica ali, de pé, vendo Vavau e Marcelo trocarem pedras. Do lado de dentro do balcão, Meu Bem olha para a TV como se fosse uma janela para lugar nenhum.

São dez para meia-noite e Meu Bem está parado na esquina da Sampaio com a Professor Quintino do Vale olhando os mendigos. São uns dez e ninguém dorme. Estão ali amontoados, bebendo cachaça no gargalo, o litro passando de mão em mão. Riem e cantam. Um deles corre pela Quintino brincando com os cachorros da rua. O mendigo cai e os cachorros rolam por cima dele, lambendo, rosnando, fingindo morder. Como não tem ninguém de tocaia, Meu Bem deixa que a mágoa e a solidão subam até a garganta, e chora de soluçar.

Já são quatro da madrugada e Meu Bem dorme no fundo do bar do Luiz. Cezinha, o garçom, avisa: "Rala, rala, vai ralando!" Acorda com espuma de sabão dentro dos sapatos. Cezinha levanta a porta e Meu Bem vê a rua vazia e a mulher dos gatos distribuindo comida para os seus filhos de rabo e bigode. Daqui a pouco vai ser outro dia.

Doeu, meu bem?

MELHOR DO QUE EU

"O dia em que paguei a última prestação deste táxi foi o mais feliz da minha vida. Eu pensei: 'agora sou o dono do meu nariz, não tenho mais patrão, faço o que eu quero, foi o mesmo que ganhar na loteria, só que nunca gostei de jogo, ganhei com o meu suor, ralando, correndo atrás.' Foi meu dia mais feliz." Pedrão pensa em dizer tudo isso, mas sabe que ninguém vai escutar. E já se arrependeu dessa corrida, que nem corrida é, é uma putaria inventada pelo Vovô do Crime para levar o Guile Xangô até a rua Ceará, a rua das putas. E agora tem que aturar o velho não deixando ninguém falar, como sempre, o Guile Xangô fechado, o Meu Bem quase morto, o Dafé que já morreu e não sabe, mais o Nelson que vai acabar falindo de tanto beber para aturar bebum.

"Ninguém acredita em Deus. Entra no Nelson, enche a cara, pede a conta e diz pra ele: 'Deus lhe pague.' O Nelson vai querer te encher de porrada", diz o Vovô do Crime para o Guile Xangô.

"O Guile Xangô não, esse tem crédito, e paga, não é como uns e outros", diz o Nelson.

"Eu acredito em Deus", diz Dafé.

"Você não sabe nada", corta o Vovô do Crime, "e nem sei por que você está aqui."

"Você é um herege", diz Meu Bem.

"Eu sou o Diabo!", grita o Vovô do Crime.

"O Diabo é Deus quando está bêbado", diz o Guile Xangô. "Quem disse isso?", pergunta o Vovô do Crime, rindo. "Essa é boa. Mas aposto que não é tua. Esse é o teu mal. Pensa com a cabeça dos outros. Não tem coragem de ter ideia própria."

Pedrão pensa: "Alguém tem que dirigir, tem alguém mais alto que dirige tudo." Ele não pensa que o mundo é um táxi, mas sabe que virou escravo do próprio táxi, que logo no primeiro mês começou a dar problemas e, se não fosse o Vavau, "eu tinha me estrepado. E sem estepe!".

"Sabe qual é o tipo de sexo mais praticado no mundo?", pergunta o Vovô do Crime, e responde no ato: "Punheta!" E para o Guile Xangô: "Você é um punheteiro. Todo intelectual é punheteiro. E você mais do que todos eles. Um sujeito que não consegue encarar a vida do jeito que ela vem é punheteiro. Isso tudo fede, é uma grande merda, mas não, ah não!, o intelectualzinho de bosta sempre arranja um jeito de fechar os olhos e viver no futuro. Ainda mais você, que também é padre, pastor, e só acredita na porra de um mundo fora desse mundo, mundo melhor, melhor é o caralho! E o que é isso, esse negócio de acreditar em vida depois da vida, mundo depois do mundo? Punheta!"

"O teu problema é que você só acredita em você, você é o centro do mundo", diz o Guile Xangô. "Aí fica fácil. Pensa com o umbigo e não consegue perceber o mundo real."

"Eu penso é com o pau!", esbraveja o Vovô do Crime. "A vida é mulher, e mulher é pra meter pau. E hoje nós vamos fazer uma excursão até a mulher. Abaixo a punhetagem! Arriba la putaria!"

Pedrão pensa no filho bicha, e sofre. Até um moleque safado e morto como o Dafé era melhor, um sujeito homem. Estaciona perto da rua Ceará. Segue com a turma e pensa se aquilo é vida e se essas mulheres da vida valem a pena uma paulada. "Melhor comer em casa, é mais seguro." Estão todos sentados numa birosca gritando uns com os outros por causa do som alto. O Vovô do Crime parece uma criança na primeira visita ao zoológico, e força a barra, passa a mão, beija, manda descer cerveja com a grana do Guile Xangô, como sempre. E recita aos berros:

Brancas bacantes bêbedas o beijam.
Suas artérias hírcicas latejam,
Sentindo o odor das carnações abstêmias,
E à noite, vai gozar, ébrio de vício,
No sombrio bazar do meretrício,
O cuspo afrodisíaco das fêmeas.[2]

Mas o show é do Meu Bem, que parece freguês da casa e é paparicado pelas garotas, "vamos fazer neném, Meu Bem", o safado! Dafé pega uma morena que parece menor de idade e desaparece com ela. "Esse é sujeito homem. Morto, mas homem." Nelson só consegue relaxar quando percebe que o Guile Xangô está forrado, e se diverte com o papo dele com uma puta velha, os dois falando sobre sindicato de putas, direitos, aposentadoria, e nada de xoxota, nesse ponto o Vovô do Crime tem razão, o Guile Xangô só quer saber de papo e nada com a xota.

Pedrão deixa passear o olhar e não se decide se é melhor um ponto fixo ali ou brigar por pontos num pedaço de calçada da avenida Atlântica, da Riachuelo ou na Severo Augusto, na Glória, e ri de si mesmo, "a minha profissão não é diferente, eu também disputo fregueses", diz no ouvido do Guile Xangô, e fica feliz ao ouvir a gargalhada, a primeira da noite, e fica envaidecido de ter marcado um gol na consideração dele. "Eu também preciso trabalhar", diz alto, e o Guile Xangô mete três vezes o preço da corrida em sua mão.

Agora Pedrão está na noite, caçando, e pensa alto na antiga Vila Mimosa, e gostaria que o Guile Xangô estivesse ali a seu lado, ouvindo. Minha primeira vez não foi na Vila Mimosa, Guile

---

[2]. Os versos são do poema "Monólogo de uma sombra", de Augusto dos Anjos. [N.A.]

Xangô, foi até com uma prima, tudo em família é sempre melhor. Conheço um montão de vagabundo que vive dizendo que tinha puta lá, mas isso é papo, a maior parte deles tinha mesmo era a mãe na zona. Um dia levei a mulher mais linda que já vi na Vila Mimosa. Falante. Estava trocando a carreira de modelo pela de atriz. Tinha ganhado de presente um pequeno papel numa novela de TV. Ela seria uma prostituta e o papel era coisa de meia dúzia de capítulos. A prostituta seria morta e a minha amiga sairia da novela sem que ninguém percebesse ou ligasse muito. Ela queria arrebentar, fazer um trabalho tão bem feito que o público forçaria os autores de novela a chamá-la de volta, estendendo sua participação de cinco para cem capítulos, ela dizia. Por isso, resolveu fazer um laboratório (pesquisa, ela me explicou). A Vila Mimosa estava decadente como sempre tinha sido. Só que agora havia um agravante: a cidade do Rio de Janeiro precisava de um heliponto e de um grande estacionamento, e eles seriam construídos, exatamente ali, sobre o corpo pecador da Vila Mimosa. As ordens vinham do Piranhão, o prédio onde funcionava a prefeitura, logo ali ao lado. Acabei virando guia da atriz. Passamos duas semanas convivendo com putas, cafetões, cafetinas e toda a laia. Ela não foi bem recebida no começo. Todas as putas viam nela uma perigosa concorrente. E, para dizer a verdade, naquele açougue ela faria um sucesso estrondoso. Cheguei até a imaginar, como um bom filho da puta, a fila pobre e desdentada se estendendo pelos becos e vielas, enquanto eu, na porta do quarto, ia recebendo o pagamento dos clientes. Eu, cafetão! Seria, na verdade, uma concorrência desleal. Mas ela se enturmou logo, não desgrudava do gravador, ouvindo os depoimentos, sentindo o clima, e como prova de aceitação as putas deixaram que ela ficasse escondida atrás dos tabiques de compensado e papelão escutando os ruídos e ganidos do amor comercial. Amor comercial! Gostou, Guile Xangô? Para muitas putas ela levava jeito, não precisava ir até a Vila Mimosa, podia entrar na Profissão numa boa, mas desde que exercesse seu ofício longe dali. O que eu sei é que, naquelas duas semanas, levando a futura atriz de volta para casa, em Santa Teresa, eu ficava esperando que ela me convidasse para entrar e...

Dois homens e uma mulher fazem sinal, entram e dão o nome de uma rua no Alto Leblon. Os dois são gays, estão bastante animadinhos e falam sem parar que Nova York isso e que Nova York aquilo. A mulher é bonita e fala que depois do 11 de Setembro a cidade ficou traumatizada e vai demorar algum tempo para que ela volte ao normal. Falam de Nova York com o mesmo amor com que você, Guile Xangô, fala da Maia, só que Nova York tem classe e a Maia, faça-me o favor! A mulher trabalha numa agência de viagens e diz que vai ser obrigada a fechar por causa das barreiras criadas pelas autoridades americanas. Os dois gays trabalham numa empresa de modelos de elite (quem disse que não há coincidências, Guile Xangô!) e garantem que para eles está tudo bem. Pedrão pensa no filho. Depois que o expulsou de casa, a mulher foi se finando, e o amor acabou, se separaram e ele construiu outra família. Pensa que teve sorte de ter três filhas, e não queria pensar mais nisso porque até as mulheres, deixa para lá.

"Bicha rico é outra coisa, é gay, tem classe, e é mais diferente ainda de viado", pensa Pedrão, olhando pelo espelho os dois gays e a mulher entrarem num prédio de luxo.

Sim, estive lá para ver o fim da Vila Mimosa, Guile Xangô. É claro que a cidade precisa de um heliponto, ainda que muita gente não soubesse bem o que era na época. A Cidade Nova foi posta abaixo e a Vila Mimosa foi junto. Ali ficava o prédio Machado Coelho: virou poeira em apenas cinco segundos, o primeiro prédio implodido no município do Rio, sabia? O prédio e a cidade destruída viraram enredo de escola de samba. E mais de mil pessoas aplaudiram o espetáculo do desabamento. Muita gente chorou: perderam casa e memória, iam ter que morar agora na Baixada Fluminense, em Campo Grande, lá onde Judas perdeu as botas e a viagem. Quando a cidade se renova, os pobres vão para longe, o lixo é levado para longe. Adeus, Vila Mimosa, território livre das putas do Rio. Uma nuvem de poeira subiu. Em poucos segundos deu para ver as 2,5 mil toneladas de entulho ao lado de dois postes e três placas que permaneceram de pé. Nessas horas, alguma coisa sempre resiste. O chato nessas implosões ao vivo é que não tem replay. Você espera duas horas e em cinco segundos vai tudo abaixo. Na verdade, isso está acontecendo em todas as cidades. Isso está acontecendo comigo. Este minuto que passa não tem replay. Estou sendo implodido neste exato momento, estamos todos sendo implodidos a toda hora, mas nem dá para perceber isso. De qualquer forma, a cidade sempre se reconstrói e ela será sempre nova. As putas sempre arranjaram um canto para exercer seu ofício. Nós passamos, mas não importa: neste exato instante uma vida nova está sendo construída sobre o entulho desta nossa implosão. Eu sei, Guile Xangô, eu também sei pensar, e aprendi com a vida.

A atriz? Levei ela pelas termas e saunas da zona sul, depois fizemos o circuito das boates e dos calçadões, dos endereços de fachadas respeitáveis. Estagiamos num edifício de escritórios, na Cinelândia, todo dedicado ao comércio do amor. Ali, crianças que vendiam balas nas esquinas também ganhavam alguma grana extra vendendo, junto com os doces, o corpo magro e faminto. Ficamos tão amigos que não teve jeito. Não comi. É, pode rir, eu gosto de ouvir sua gargalhada, Guile Xangô. E ela se deu bem. Mas foi por acaso. A estrela da novela sofreu um ataque de amnésia, caiu do cavalo, teve parte do rosto queimado por um produto químico usado pelo maquiador substituto, foi atropelada pelo namorado no estacionamento de um shopping — as versões eram desencontradas — e a participação dela foi aumentada para cobrir os buracos. Vinte capítulos depois a estrela voltou, mas teve que disputar o galã com ela pelo resto da novela. A minha atriz perdeu, mas, como consolo, ganhou o irmão do galã. Foi a glória. Hoje é uma das grandes.

Eu devia falar mais? Você acha? Meu filho? Falei dele com o senhor? Pois é. Expulsei de casa debaixo de porrada. Além de viado, resolveu me enfrentar, me chamar de machão e coisas piores, meti-lhe a porrada. Minha mulher foi se finando, não podia mais ter filhos por causa de complicações do parto daquele viadinho. A única e última vez que me encontrei com ele foi no enterro dela. Bonito, forte, estava na cara que malhava, bem-vestido, tinha se formado, viajado, estava rico ou quase. Distinto. Não parecia nada, um homem normal. E, na beira do túmulo, o safado me abraça e me dá um beijo na boca. Um beijo de língua! Fiquei sem reação, e no mesmo dia bati com o táxi, uma coisa boba, mas não quero mais pensar nisso.

Pedrão rola pela noite e pensa que está num dia de sorte. Não quer contar ao Guile Xangô que recusa todos os passageiros negros, pelo menos de noite, a gente tem que se defender, Guile Xangô. São sete da manhã quando entra no estacionamento do Vavau, que já está loucaço, os olhos vermelhos de sono e cana, o nariz escorrendo de tanto teco e a mente desarvorada por causa de seu cachorro boiola.

Pedrão salta do táxi e tem vontade de dizer coisas tipo: "Eu sou cascudo, tenho idade pra ser teu pai", mas isso não, qual a idade do Vavau?, 30 e picos, 40, tudo bem, "eu tenho mais chão do que você e, pior do que ter um cachorro bicha, é ter um filho viadão como o Bástian, que é como ele decidiu se chamar."

Mas não vai em frente. Vavau é pavio curto, porra-louca, vai gritar que "esse cachorro é mais do que um filho pra mim e, quer saber?, fica na tua, tira a merda desse carro daqui e aproveita pra tomar no cu, tudo bem?".

Pedrão entrega as chaves a Vavau e pede para ele jogar uma água no carro. Vavau pergunta se ele tem um teco e Pedrão diz que está piano, mas pode adiantar um troco, e Vavau funga fundo e diz que vai deixar o carango brilhando espelhado. Pedrão atravessa a rua, entra na padaria e pede um café pingado. Pensa na primeira mulher, a única que amou na vida, mãe do Sebastião. O Vavau é muito melhor do que eu, Guile Xangô.

MANDOU BEM

Família é um negócio: quando é bom, é ótimo; quando é ruim, é péssimo. Sou mãe, tem gente aqui que bate na mãe, conheço uma vagabunda que matou a própria mãe, matou e morreu, mas não sabe. Tem muita gente aqui que vive e não sabe viver, não sabe estar vivo, morreu mas continua andando, respirando, fazendo merda.

Sou filha de árabes, de turcos, meu pai e minha mãe me educaram como brasileira, a mim e aos meus oito irmãos. A única coisa que eles preservaram do mundo de onde vieram foi a comida, cafta, babaganuj, esfiha, mas sinceramente eu não gosto, nunca levei meus netos no Habib's, que dizem que é a maior rede mundial de fast-food de comida árabe do mundo, meus netos preferem o McDonald's. Por falar nisso, também nunca entrei no bar do Kadhafi, gosto dos filhos dele, o Bin Bin, um doce de garoto, e a Mimi, que anda meio perdida, ensinando dança do ventre a vagabundas que sabem muito mais do que ela, e o Kadhafi deixando tudo rolar, aumentando a pança atrás do balcão, mas também só fica lá na hora de contar a grana, porque passa o dia inteiro sentado na mesa de carteado, e toma porre para dizer que os palestinos vão jogar os judeus no mar, o falastrão, por isso foi expulso da Saara (claro que não é o deserto, é a Sociedade de Amigos das Adjacências da rua da Alfândega), não queriam nenhum fanático por lá. Nunca, o Kadhafi nunca foi meu irmão, eu sei que ele anda espalhando essa mentira, é bem do tipo dele.

Mandou bem

A vida é jogo e eu gosto de jogar. Os malandros dizem que a máquina caça-níquel é mulher: "Ela é mulher, a vagabunda, você não sabe quando ela está de boa vontade, te dá e te tira, te levanta para derrubar melhor, me engana que eu gosto, e você gosta até se viciar." É o que eles dizem, os malandros. Aqui mesmo tem um montão de cornos da máquina. São aqueles que olham os que ainda estão no jogo com desprezo, rancor, dor de cotovelo. Gente que já perdeu casa, mulher, carro, moto, emprego, perdeu tudo só por causa da máquina. Levaram tantas chifradas dela que quebraram e agora sentam ali, bêbados, esperando que os outros quebrem a cara, caiam da cama.

O Zé Maria é o palhaço da perdida ilusão. Já perdeu tudo, mas continua no jogo. Veste terno e gravata-borboleta para jogar na máquina. Reza, se ajoelha, implora. Chora. Chega a ser patético. Tem gente que paga só para ver o Zé Maria fazer seu número na frente da máquina. Virou circo. Palhaçada.

Gosto também de música de máquina, principalmente daquelas com vídeo. Posso passar a madrugada vendo e ouvindo música depois de me cansar na caça-níquel. "Cansei de olhar nos olhos de quem não me vê." Não gosto da música, não sei quem canta, mas esse negócio de "cansei de olhar nos olhos de quem não me vê" ficou marcado em mim feito uma verdade, um filho. E acho "We Are the World" uma oração, pedi ao Guile Xangô para traduzir, depois pedi a um desses vendedores de frases e orações para montar, ele montou e está lá na parede do meu quarto. Ensinei uma oração contra mau-olhado para a Soneca. Aprendi com a minha avó, que aprendeu com a avó dela. Começa assim:

Tu és o fogo
Eu sou a água
Tu me incendeias
E eu te apago
Com dois eu te vejo
Com três eu te espanto.

Mas o que eu gosto mesmo é de planta. Deixei um antúrio em casa e minha cachorra mastigou e detonou todo o canteiro. Peguei um pedacinho do caule, enterrei e fiz outro antúrio. Aí mudei para Copacabana. Ele ficou lindo, as folhas dele eram deste tamanho assim, então vim para o Estácio, cheguei aqui e jogaram um pó branco em cima das minhas plantas, o antúrio foi minguando, mas antes que minguasse todo eu arranquei um toquinho assim, plantei de novo, dei para a Lana criar e ele vingou, aí tirei uma muda e trouxe de novo, ele agora está lindo.

Fiz a mesma coisa com a árvore da felicidade fêmea, porque tem também a árvore da felicidade macho. A haste dela era quatro dedos meus. Então jogaram pó, foi a safada da Darlene, fez tanto mal para os outros que o único filho que vivia com ela morreu de Aids. Planta para mim é luz.

Mas antes de jogo, de plantas, de máquinas, de música, gosto de criança. Estava subindo o morro e os policiais encurralaram meia dúzia de crianças no beco, o Klebinho e o Danilo e mais outros. Eu gritei: "Aí, seus vagabundos, baixem as armas, são crianças, não estão vendo? Vão fuzilar crianças agora?" E os policiais disseram: "Desculpe, tia, foi mal, vocês aí, vão ralando peito."

"Mandou bem, Sandrinha, mandou bem", diz a Mirtes, acendendo uma caixa de velas na primeira sexta-feira do ano na igreja dos Capuchinhos.

NABOR

As pessoas não morrem, ficam encantadas.

João Guimarães Rosa

A árvore cresceu no meio da casa e agora saía pelas portas e pelas janelas do segundo andar. Nabor parou mais uma vez, com o espanto de sempre, se concentrou nas raízes fortes e pensou em fazer um samba sobre aquele fenômeno. Pensava nisso havia mais de três anos, mas não saía nada. Não vinham nem palavras nem melodia. Surgiam imagens confusas dos vinte anos que passou na cadeia, mas aquela árvore não estava presa, pelo contrário, tinha entrado na casa e tomado tudo. Agora subia pelas portas e janelas, em pouco tempo abriria espaço pelos buracos do telhado. Queria ter a força e a determinação dela, mas os 70 anos já pesavam em suas costas.

Um casal de turistas se aproximou e começou a falar língua estranha. Eram velhos, mas bem conservados, os olhos claros, os dentes perfeitos, a pele cor de leite. Esses podem se chamar de brancos, riu por dentro. Entendeu que desejavam uma fotografia deles com a árvore ao fundo. Depois das explicações, Nabor apontou a máquina para os turistas sorridentes e clicou. Se fosse em outro tempo, teria enquadrado os dois, levado a grana, as mochilas, os tênis, a máquina. Agora mesmo podia correr com a máquina, mas as pernas pesavam como chumbo, e pensou no ridículo de ser apanhado como um ladrão velho.

Sentiu que estavam rindo da cara dele quando pediram, com gestos, para ele ficar em frente da árvore. Mas a mulher ficou a seu lado, passou o braço em volta do seu ombro e gritou alguma coisa para o marido. Seus olhos ficaram molhados e, ao mesmo tempo, aquele afago o impediu de pedir alguns trocados para os turistas. E, como estavam amigos, começou a falar que ali era a antiga zona do mangue, e há uns quarenta anos ele tinha três putas trabalhando para ele dia e noite, mas se enrolou, e apenas pediu que eles tomassem cuidado, podiam ser assaltados ou coisa pior. Táxi, repetiu, peguem um táxi e ralem daqui, disse. O casal riu, agradeceu e foi embora. A dona não era de se jogar fora, pensou Nabor, arrastando o perfume dela até o prédio da prefeitura.

Uma das suas oito filhas, a mais nova e mais esperta, trabalhava ali, não lembrava se no sétimo ou no décimo andar, em alguma entidade ligada ao Movimento Negro. Tinha que chegar na portaria, mostrar documento, colar um crachá no peito, pegar o elevador, procurar a sala da filha, entrar na sala e, se ela estivesse lá, se preparar para cinco minutos de esporro e reclamação, de queixas sobre abandono e malandragem. Você diz que é para remédios, mas eu já disse que consigo remédio de graça, só que você não quer, você quer grana para encher a cara, se não é para coisa pior, ela diria, e eu sou muito nova para ter um filho da sua idade, e ainda por cima um filho rebelde, rabugento, que só vive aprontando, você devia sossegar o facho. E depois lhe daria uns trocados, dizendo que era a última vez, o que você acha que eu sou, milionária?

Pensou no crachá, no elevador, no esporro e decidiu que era melhor pedir alguma grana ao Guile Xangô, que nunca lhe negava nada, pelo contrário. Nabor se viu sentado na Adega Xerez diante de um bife com fritas, uma cerveja gelada e o Guile Xangô pedindo que ele contasse histórias dos velhos tempos com os cantores de sucesso dando canja cercados de putas, com polícias e ladrões sentados na mesma mesa, senadores, jogadores de futebol, uma coisa de classe, a alta sociedade, a fina nata da malandragem. Depois o Guile Xangô pediria que ele contasse os tempos de cadeia, na Ilha Grande, e como ele descobriu que o melhor jeito de sobreviver lá dentro era ser cozinheiro, e como saiu de lá com uma profissão, chegou a trabalhar na cozinha do Copacabana Palace. Mas aí o copo de cerveja derramava porque entrava o Vovô do Crime, gritando para o bar inteiro, "grande Nabor! Presta atenção! Esse aqui tem mais de dez mortos nas costas, é por isso que ele anda torto! Dez mortos pesam!". Tinha que encontrar o Guile Xangô sozinho.

Caminhou até a estação de metrô do Estácio pensando que o Vovô do Crime era um sacana de marca maior e não entendia como o Guile Xangô aturava aquele filho da puta. Sentou num banco de cimento para recuperar o fôlego, um dia daria uma facada no Vovô do Crime, não para matar, só para ver o medo na cara do cagão. E quase teve um troço quando o Beleco botou o cano da pistola na sua cabeça. "Atividade, Nabor, atividade. Se fosse outro, você já era." Beleco guardou a pistola e sentou a seu lado, oferecendo um cigarro. Beleco tem 14 anos, corpo de 10 e três mortes nas costas. De vez em quando fica louco e sai fazendo merda. "Não quero papo com você, Beleco", disse, recusando o cigarro. Beleco soprou fumaça na cara do velho Nabor e começou a falar sobre corpo fechado. "Não tem esse troço de corpo fechado, Beleco, nem colete de aço segura nada. Quando chega a hora, chegou, e às vezes ninguém sabe", mas Beleco não quer saber. "Tem sim, tio, tem sim, e aí eles me atiraram e aí eu uuuu! e cuspi caroço neles." Beleco está olhando Nabor, esperando que o velho ria. Beleco tenta de novo: "Aí eles me ta ta ta pum e eu ta ta ta ta pum, e ainda chuto o rabo deles." Nabor olha para Beleco e desiste de contar como caíram todos os valentes, e como vão cair Pará, Manaus, Micuçu, Dentinho, todos com prazo de validade vencido. É chato você conversar com uma criança que não vai chegar a gente, um morto que está ali só por descuido.

Nabor deixa passar o filme. O garoto violento do bar da São Carlos saiu dali, deixou a pretinha em casa e foi pego pelo bonde e algemado a mais dois, e os três foram jogados lá do alto da pedreira. Quatro foram embrulhados em sacos de lixo, jogados dentro da lixeira da São Roberto. Seis ou sete queimados dentro de pneus. O cheiro de carne humana queimada empesteando as casas e as ruas, os bebuns no bar do Raimundo contando histórias. E ele pensando: o que rola é que a nova geração não está mais beijando a mão da velha guarda. Tudo cada vez mais fora de controle, sem cabeça para mandar nos braços, cada braço era uma cabeça, cada perna era uma cabeça também, e de repente a mão esquerda não sabia mais o que a mão direita estava fazendo. Resultado: os irmãos já estão inimigos e a guerra sangrando tudo. As balas traçantes, a falta de comando, o cheiro de carne queimada. "Por que você está me olhando como se eu fosse um merda?", ameaça Beleco com os olhos úmidos. "Não é nada disso, Beleco, deixa o velho em paz, vai procurar tua turma." "Tá na pior?" Beleco puxa um maço de notas e enfia a metade na mão do Nabor, que pensa em recusar, mas engole o orgulho. "Toma cuidado, Beleco." "Te cuida também, velho." Beleco arma o polegar e o indicador, "ta ta pum pum!". "Ta ta pum pum pra você também."

Como é diferente andar com grana! A vida fica mais leve, os pés menos pesados. Mal percebe que está correndo, pronto para fazer uma surpresa, pagar uma rodada para o Guile Xangô e o Vovô do Crime. Vai direto para o bar do Nelson e fica alegre ao entrar na Sampaio Ferraz e perceber que é dia de feira. A mulher que conserta panelas deve estar lá e Nabor mergulha na ideia de que vai poder convidá-la para tomar umas e outras e, quem sabe, role alguma coisa, seria bom terminar a noite com a paneleira num quarto do Halley, certeza que ela toparia, ela vive me dando mole, e então tira umas notas do maço e põe no bolso esquerdo, guarda o resto dentro da cueca e decide adiar a surpresa para o Guile Xangô porque se o Vovô do Crime descobrir que ele está montado na nota não vai largar do pé dele.

A Sampaio Ferraz está em polvorosa. "Coitado do Seu Nonô", a Lana se agarra a Nabor aos soluços e vai puxando o velho no meio do tumulto, contando tudo o que ele já sabe, que Seu Nonô tem 80 anos e vive jogando carteado, não bebe, não fuma, não come carne, fica zoando os bêbados, fala mal da juventude, diz que continua dando uma por dia. Não na D. Vilma, a mulher dele, que tem 50 e dá para todo mundo, menos para o Seu Nonô. "Seu Nonô é um comédia, quem podia acreditar que ia fazer isso", diz a Ruth. Nabor lembra do dia em que Seu Nonô saiu do barbeiro de cabelinho cortado dizendo: "É dia!", ninguém sabia de quê, então ele caiu na calçada. O pessoal riu, mas ele ficou lá. Pedrão levou o Seu Nonô para o hospital e Nabor rezou para ele não morrer na rua, nunca daquele jeito.

Então Nabor vê mais de trinta barracas no chão e começa a patinar sobre um chão molhado de sangue, mas que olhando bem era uma massa viscosa de laranjas, melancias, tomates e talvez até um pouco de sangue mesmo. Uma pequena multidão cerca o velho carro de Seu Nonô e ele lá dentro, em estado de choque. Tinha atropelado metade da feira. Só parou depois de quatro mortos e meia dúzia de feridos, chorando. Um policial de arma na mão grita contra a multidão que tentava linchar o Seu Nonô. "Coitado do Seu Nonô", diz a Míriam, se jogando nos braços do Vovô do Crime. Mais meganhas chegam e conseguem tirar o Seu Nonô do tumulto, em meio a uma chuva de ovos, legumes e gritos.

Nabor caminha entre os restos do desastre pensando no massacre dentro do presídio e sente uma dor na barriga, ouve gritos e vê um cara com uma faca na mão e se prepara para correr, mas é só um pedaço de pau de barraca que o homem vai juntando a outros pedaços e não um punhado de estiletes. Vê o carro e lembra que uma vez foi humilhado por Nonô e quer mais que ele se foda. Volta a ver a cara de Seu Nonô, dentro do carro, vê o diretor do presídio, acovardado, cercado pelos amotinados. Tenta sentir pena porque vê um velho que provavelmente está todo cagado, mas não consegue.

Nabor encontra o Guile Xangô e o Vovô do Crime no bar do Luiz. "O Nonô é melhor que você, matou meia dúzia de uma vez só", diz o Vovô do Crime para Nabor, "e nem vai pegar cana porque vai alegar insanidade." E continua a falar para o Guile Xangô como se nada tivesse acontecido, como se lá fora a feira não tivesse sido atropelada e as ambulâncias dos bombeiros não estivessem recolhendo os mortos e os feridos. "Uma bomba atômica na linha do metrô", conta o Vovô do Crime. Nabor não precisa prestar atenção, já ouviu o plano vezes sem conta. A ideia era sequestrar a cidade. Botar uma bomba atômica dentro de uma estação de metrô da zona sul e ameaçar explodir tudo. Todos os moradores da zona sul saíram em debandada para Petrópolis ou para mais longe ainda. Ninguém pôde levar nada, só a roupa do corpo. Sequestraram também as estações de rádio e TV, que agora estão no ar dando as ordens de comando. Nabor pensa que o Vovô do Crime tem que voltar para o hospício de onde fugiu. Ele era o chefe do hospício. "Pervertido!", grita Nabor.

A paneleira entra, senta e começa a contar de novo, detalhe por detalhe desnecessário, a tragédia do Seu Nonô. O Vovô do Crime finge escutar com atenção, arrasta a cadeira para perto dela e começa a consolar a mulher, uma das mãos nos peitos dela, a outra na perna grossa. Nabor deixa subir a raiva, talvez hoje seja um bom dia para dar uma facada no Vovô. E sente um imenso cansaço: o mundo mudou. Hoje mesmo acordou com os galos gritando de madrugada: "Socorro! Socorro!" E outros gritando de volta: "Socorro! Socorro!" Não dá para esperar mais nada.

AS COMADRES

Dedé reclama da patroa, queria que ela ficasse para trabalhar na festa que ia dar para uma amiga que tinha chegado de Londres. Leila fala do seu atual doente, uma velha que é violenta e gosta de dar beliscão, parece uma criança arteira, mas tem a vantagem de estar morrendo limpa e sem cheiro. Lucinha não aguenta mais trabalhar em bar, ainda mais para uma paraíba mão de vaca, que vive dando grito nela, mas fazer o quê? Brechó está feliz como manicure, o salão vai bem e ela tem freguesia certa. Núbia precisa de ajudante para ralar na carrocinha em que vende milho cozido ali no largo de São Francisco, em frente à faculdade.

Há mais de dez anos vivem juntas, se amam, se odeiam, se aturam. Brigam e fazem as pazes. São boas de copo. Saem do trabalho e são capazes de virar da noite de sexta até a tarde de domingo, assim de tacada, fechando e abrindo bares. Já trocaram de homens, de empregos, de tudo, mas estão ali, sempre juntas. E se orgulham de só beber cerveja e nada mais que cerveja. Mas o orgulho maior é de não precisarem de homem, de não dependerem de nenhum vagabundo, de pagarem suas despesas, de terem crédito na praça e de jamais terem dado o calote.

São oito horas da noite de sexta, e Dedé é a primeira a chegar na mesa cativa na calçada do bar do Assis. Logo chegam Brechó e Lucinha, a Leila aparece pedindo desculpas pelo atraso, mas atrasada mesmo é quem chega depois da Núbia, sempre a última a pintar. Pronto. A Núbia chegou, saltitando, acenando para todo mundo, distribuindo uma simpatia que ninguém quer e nem nota. O grupo está fechado. Durante a maratona que virá a seguir, homens e mulheres poderão se acercar, beber um copo, dizer besteira, mas elas continuarão ali, unidas, fechando sempre, as Comadres.

Assis vê que o grupo está completo e serve as duas primeiras cervejas. Dedé enche os copos, elas brindam, que todas fiquem viúvas, e é dada a partida para a viagem. A cada gole elas vão se despindo de suas individualidades e assumindo uma personalidade coletiva. Mas ainda não, que elas são duras na queda.

Se arrependimento matasse, pensa Leila, eu já estava na missa de sétimo dia. Por quê por quê por quê? Não sabe explicar. O primeiro erro foi aceitar dividir o quarto com a Dedé. Quando morava sozinha tinha dificuldades para pagar o aluguel, a conta do telefone, o condomínio, e às vezes até passava fome, mas fome de dois, três dias, nunca mais do que isso. O segundo foi deixar que a Dedé fosse tomando conta dela. A casa era dela, a vida era dela. Agora, com a Dedé ali, até que vivia bem, dava até para fazer umas extravagâncias, e valia a pena? Antes ela era mais ela. Fazia e acontecia. Agora era a amiga da Dedé. Até as amigas dela acabaram amigas da Dedé. Havia manhãs que atendia cinco vezes o telefone e as cinco vezes eram pessoas querendo falar com a Dedé, todas suas ex-amigas, ex-amigos. Virou telefonista da Dedé dentro da própria casa. Será que ninguém vê que a Dedé é uma fingida? Que fala mal de todo mundo pelas costas? Que é uma traíra? Uma judas? E ela dormindo no sofá da sala enquanto a Dedé está lá dentro do quarto trepando com o Rafa. Gemendo alto, gritando, uivando. Será que o Rafa não está sacando que é tudo fingimento?

"Socorro! Socorro!" As Comadres riem vendo o Guile Xangô, da porta do bar, com um taco de sinuca na mão, gritar para o outro lado da rua chamando a atenção da velhota baixinha e de cabelo vermelho. Socorro atravessa a rua e se deixa abraçar forte. Só o Guile Xangô a chama assim com esse escândalo, e ela gosta. Não sabe como um homem daquele, inteligente e distinto, se mistura com a ralé. Um anjo, um príncipe. O Guile Xangô, porque ele é o Guile Xangô entre os lobos, ou o Pastor de Lobos. Socorro sai do abraço, cumprimenta com um gesto de cabeça a piranha da Dedé, sempre acompanhada das outras vagabundas, se apressa para entrar em casa. Agora da janela, Socorro vê o Guile Xangô lá embaixo sentado no meio das vagabundas, bebendo e fumando, cercado de putas e ladrões. Jogando a vida fora, desperdiçando a bondade e a educação, porque ele era um homem educado, o mais educado de toda a Maia.

"Acho que você está querendo alguma coisa com ele", dizem as filhas. "Eu? Não tenho mais idade pra isso. Além do mais, ele não é pro meu bico. Só tenho pena dele."

"Leva um lero com ele, quem sabe se ele não gosta de fazer caridade?" Socorro solta o braço do braço da filha, que sai rindo. Lá de baixo, ele a vê e grita: "Socorro! Socorro!" Ela acena de volta, sem que ele possa ver como seu rosto queima.

As Comadres mal escutam o que o Guile Xangô está dizendo, a fala dele sempre foi incompreensível, mas acompanham seus gestos, seus olhos, e pensam que seria legal dar um pega nele, conferir se ele também é delicado no meio dos lençóis, não nos da casa delas, nos do Halley, mas os amigos já estão chamando lá de dentro, e é um negócio estranho que ele só tenha intimidade de beijos e abraços com velhotas metidas a besta que chamam ele de Guile Xangô. Ou será que ele é? O Guile Xangô sai dizendo que a próxima rodada é na conta dele, e elas agradecem.

Elas vão bebendo, enchendo a cara, entorpecendo, a muralha vai subindo. Mas ainda dá para prestar atenção na garotada motoqueira subindo e descendo a Maia, e só a Dedé pensa que todas essas motos são roubadas e que nenhum desses garotos vai durar muito tempo.

Mas a Brechó também pensa nisso, ao olhar o Dafé fazendo acrobacias babacas para se mostrar, e sobe um ódio daquele moleque que botou o Beleco, seu sobrinho, numa furada. "O Dafé meteu o posto de gasolina da Paulo de Frontin, eu já tinha limpado o caixa, mas me deu vontade de apanhar um pote de sorvete, e então os homens chegaram, lombrou, e o Dafé teve que fugir, não chora não, eu sou de menor."

Ainda ontem, saindo para visitar o Beleco, caminhando até o metrô, olhando com ódio para as duas mulheres que estavam ali distribuindo panfletos, revistas e jornais evangélicos para tentar converter o povo, a Brechó pensava que a vida era boa. Pega um panfleto, dispensa a conversa de que Jesus salva. Tem fé nisto: tem fé que se alguém se ajoelhar, erguer os olhos para o céu, pedir com fé, de coração puro, tudo acontece. Acredita em pensamento positivo, em anjos, em gnomos. Não inveja ninguém. Não tem um pensamento mau. Mas não anda com a cabeça no lugar certo. Vê TV, e não vê, fala e não escuta o que fala. Sabe uns dez salmos de cor, adora o 23. E o 35. Acredita em milagre. Atravessa o Mar Vermelho: aqui, um paredão de mentiras e de crimes; do outro lado, um paredão de massacres e escândalos. Você só segue pela estrada que se abriu, divina, branca de sal. Não estava em Sodoma, não estava em Gomorra, saiu antes da destruição. Não vai estar no fim do mundo, quando contarem os mortos porque saiu dois dias antes para as férias. Você é uma santa. Mas o Beleco está preso, um menino que precisa de uma chance, e o Dafé brinca pela Maia, endeusado porque trocou tiros com a polícia e saiu vivo.

A muralha vai subindo. Ainda não é muralha, é uma coisa mais leve, assim como uma névoa, e através da névoa ainda dá para ver a coisa mais linda da Maia entrar no bar do Assis em meio a um silêncio de tesão. É loura de verdade, olhos verdes, um corpo malhado, mas não, o corpo também era natural, coisa dela, explicava. Usa sempre roupas justas e curtas. De manhã leva o filho pequeno para a creche, depois volta, fica por ali, do lado do bar, na portaria do edifício onde mora, conversando, se deixando olhar. Nenhum homem chega nela, só deixam escorregar um olhar de desejo pelas pernas bronzeadas, os peitos pequenos, a bunda redonda e dura. Quer ser atriz ou modelo, mas não move uma palha para que aconteça qualquer coisa.

É apaixonada por cinema, tem toneladas de vídeos em casa, vive se queixando de solidão, mas prefere continuar sozinha, vivendo para o filho, que é tudo na vida dela. Todo fim de mês ela veste o mesmo vestido longo azul para receber o velho. O motorista abre a porta do carrão importado, e o velho, alto, meio estrangeiro, meio dono do mundo, entra no edifício. Meia hora depois o velho desce, o motorista abre a porta e o carrão parte macio, uma tremenda máquina. Ela fica de vestido longo azul o dia inteiro e todo mundo percebe que aquela não é ela mesma. O velho é o pai dela. Quando a loura estava casada, mal saída da lua de mel, discutiu com o marido, e o marido bateu nela. O velho foi lá tirar satisfação e o marido disse que agora ela era mulher dele. Era um cara novo, lutador de jiu-jítsu (os dois se conheceram numa academia) e quis expulsar o velho a berro e porrada. O velho descarregou a automática nele. O marido morreu nos braços da loura. Ela estava grávida. Então ela ficou louca por uns meses, internada numa clínica e só saiu de lá para ter o filho numa outra clínica. Foi parto normal e parece que a criança curou a loucura dela. Quando o velho morrer, a primeira coisa que ela vai fazer é mudar o nome do filho, dar a ele o mesmo nome do marido e depois botar a mão na herança (o velho é rico e ela é filha única, a mãe morreu quando ela tinha 5 anos, o velho a criou sozinho e com um montão de empregadas e ela tinha prometido a ele que nunca iria se casar, "nunca papai", mas quando você tem 14 anos não sabe o que diz), quando botar a mão na herança ela vai poder começar a viver de verdade a própria vida.

As Comadres estão filmando o Guile Xangô abrir a porta do carro dele para a loura entrar mostrando as pernas de seda e a calcinha preta. Dedé desvia o olhar para a própria mesa, fixa a atenção no rosto duro da Leila e sente um calafrio quando a amiga devolve o olhar com lágrimas e ódio. Dedé se levanta e diz: xixi. A caminho do banheiro, pensa que Leila está doente. Bebe, mora e veste com o salário de acompanhar gente morrendo. É enfermeira formada, mas isso de acompanhar doente em casa é melhor que trabalhar em hospital, diz ela. A velha, por exemplo, tem três filhas ricas, e essa doença que vem comendo ela é horrível de se ver. A velha é só pele e osso, não tem mais voz, e só está presa ao mundo pelos olhos, porque nem comer direito ela quer mais. Mas os olhos estão ali, vivos, azuis, inteligentes. Não dorme nunca. Só vê, vê o tempo inteiro e não diz nada, não reclama, na verdade não dá muito trabalho. As fraldas são descartáveis e ela cheira como todo mundo. Engole remédios. Gosta de tomar remédios. E olhar. Mas a Leila bebe cada vez mais. Todos os dias de folga passa bebendo. E não trepa. Está assim de malandro a fim, mas dispensa. Nem percebe que está ficando no mesmo estado dos doentes dela.

Dedé volta e dá um beijo no pescoço de Leila. "Sai pra lá, que porra é essa, eu gosto é de homem!", e todas se tocam e olham para Núbia, que cruza os braços e se fecha. Foi o primeiro homem da vida dela, e o último. Ele 23 e ela 13, pegou de jeito. Com 18 anos era mãe de três filhos, e então se casaram. Sempre foi bom marido. Botava tudo dentro de casa, não deixava faltar nada. Até que perdeu o emprego e, em menos de três meses, ficaram na miséria. Ela teve que começar a trabalhar em casa de família. Ele passou a beber. Bateu nela a primeira vez querendo saber onde ela estava para chegar em casa tão tarde da noite. Tinha sido aniversário da filha da patroa, mas ele não acreditou. Bateu outras vezes e ela achava que era só ciúme. Depois começou a bater sem nenhum motivo. Fugiu três vezes de casa levando as crianças, mas não tinha mais parentes, ficava na casa dos vizinhos e sempre voltava. As crianças precisavam de um pai. Deu queixa na delegacia, mas o delegado disse que se fosse prender marido que batia em mulher não ia conseguir cela para botar tanta gente. Que ela não devia encher o saco do marido, que devia saber levar. Ela tentou explicar que não fazia nada, que ele tinha se acostumado a viver às custas dela e que um dia ia acontecer uma desgraça. Voltou pelo menos quatro vezes e o delegado a expulsou aos berros, tinha mais o que fazer. Voltou na quinta vez, coberta de sangue. Eu falei que ia acontecer uma desgraça. Ele está lá na cozinha, morto. Quando saiu da cadeia, não tinha mais filhos, tinha perdido os meninos para o mundo. Passou a fazer bicos de faxineira. Conheceu Gisele e passaram a morar juntas. Conseguiram comprar uma carrocinha para vender milho cozido. Gisele era um amor. Bêbada era outra pessoa. Sabia que de vez em quando Gisele procurava homens, mas aceitava, estava apaixonada, tinha medo de perdê-la, e ela sempre voltava. Agora, ainda há pouco, Gisele estava ali, na frente dela, bêbada, nua, com aquele riso de desprezo, dizendo "você está acabada, você é uma baranga", gritando que precisa de uma rola bem grossa, berrando coisas horríveis de se ouvir, coisas que não se pode suportar quando se tem uma faca na mão.

"Vamos pro Luiz", diz Lucinha, "isso aqui está esquisito." Pedem a conta, racham e caminham juntas até o bar do Luiz. Na esquina com a Sampaio esbarram com a Xuxa passeando com Karina e Björk. As Comadres cacarejam para a Xuxa, o casal de poodles late, as Comadres cacarejam também para eles, e a Xuxa se apressa, fingindo que não é com ela. Lá pela meia-noite a Xuxa vai aparecer toda produzida e ficar plantada no bar do Luiz. Fica sentada na mesa de fora. Um carro para, ela entra, depois volta. Vai ficar assim até de manhã na coleira dos playboys. Ela não cobra. Ela gosta. As profissionais odeiam Xuxa, mas ela tem lá um jeitinho que é difícil de não gostar da piranha. Dizem que é competente em tudo o que faz, e faz de tudo. Mas é tão insegura que não cobrar é um jeito de mostrar superioridade. Já com alguma impaciência, as Comadres ficam esperando as primeiras rugas na máscara de maquiagem dela, e cacarejam.

No meio da névoa o Toninho entra no bar do Luiz e as Comadres, eufóricas, mancham a roupa branca dele com um risinho sacudido. Ele lavou aquela roupa no tanque do casarão, com as mulheres reclamando de tanta lerdeza e de tanto cuidado. Pendurou a roupa no varal, esperou secar, tirou do varal, passou a ferro em cima da cama de solteiro com três pés de madeira e o quarto pé feito de três tijolos. Lavou também o tênis branco, pintou as unhas dos pés e das mãos com esmalte transparente, passou batom transparente nos beiços grossos, botou os brincos nas orelhas pequenas (duas argolas de prata falsa), penteou os cabelos e amarrou com uma bandana branca. Escolhe uma mesa e bota a sacola sobre. Vai até o balcão e pede uma coxinha de galinha e uma coca-cola. Tira a grana de dentro de uma bolsinha (as notas enroladas junto com as moedas) e paga. Depois pega o prato com a coxinha de galinha e põe do lado da sacola. Volta e pega a coca-cola e o copo e põe do lado do prato com a coxinha de galinha. Volta de novo, pega o troco, confere e guarda o troco dentro da bolsinha. Senta-se à mesa. Coloca a sacola na cadeira à sua direita e encara a coxinha de galinha, a coca-cola e o copo. Levanta-se e pede um garfo e uma faca. Agora está ali, comendo cheio de delicadeza a coxa de galinha com garfo e faca e bebendo coca-cola em pequenos goles delicados. Já teve uma fase boa, hoje está em baixa. Sem ninguém há mais de dois anos. Foi mandado embora do salão de cabeleireiro há dois meses e não sabe o motivo. Não bebe, não fuma, não dá escândalo. Não se mistura. Gosta de elegância: come coxa de galinha com garfo e faca. Já foi até um garoto bonito. Tem classe, mas ninguém quer saber de classe, todos preferem juventude. Os tios, que gostam de meninos bonitos e sarados, estão manchando a roupa branca dele, os gestos gentis, a educação garfo e faca, a etiqueta, a delicadeza. As Comadres sabem que ele passa fome e que no fim do mês não vai sobrar grana para o aluguel ou para um amor barato.

Agora, às quatro da manhã, as Comadres completaram a muralha e riem e gargalham dentro de uma névoa espessa. Às cinco horas o Luiz começa a expulsar os últimos fregueses com água e sabão. As Comadres vão para o Nelson, depois para o Chiquinho, na subida do morro, e às dez da manhã estão descendo a São Carlos de volta ao Luiz. Estão de porre a ponto de não ver mais nada.

Passam na casa da Dedé para tomar banho, acabam dormindo um pouco e voltam para beber. Sábado à noite, invadem o pagode do Lima, parece que estão desfilando nos carros alegóricos no sambódromo, o público aplaude e elas conseguem se ver na tela da TV e imaginar que em algum lugar do interior de Minas, em Fortaleza, no interior do estado do Rio, os parentes estão vendo, a família toda reunida está lá vendo todas as Comadres, e elas também estão lá se vendo, entre eles, sem ter saído de lá, e também estão lá os mortos, os avós, todo mundo, e os filhos que não tiveram estão belos, e os filhos que estão mortos riem felizes, e toda a cidade está vendo as Comadres maravilhosas.

Têm visões, relâmpagos de realidade: Brechó vê a morte do Dafé do outro lado da rua; Núbia vê Gisele mendigando e lhe dá uma moeda; Leila vê um velho agradecendo a ela pela própria morte; Lucinha sente a arma em sua mão e treme; Dedé vê a Mirtes gorda e imperial atravessando a Maia e, mesmo contra a vontade, se ajoelha a seus pés e bate cabeça, a gargalhada da Mirtes quase que a acorda, mas é uma gargalhada que vem de um outro plano e ela bate a cabeça com prazer. E a vida é boa, não há gritos contra a poeira, nem atraso contra o serviço malfeito, só gratidão e amor universal. Mas são realistas e, entre um passo e outro, entre um copo e outro, entre uma ida ao banheiro e outra, conseguem sentir o vento frio da escravidão que sopra do mar de ressaca da segunda-feira, mas seguem em frente.

No domingo de manhã, saindo do Lima, entram mais uma vez no bar do Luiz e lá todas fazem reverências para os Mandelas. Até que o domingo começa a estender a tarde como um imenso lençol sujo.

ESPALHAFATOS

O Mestre Amilton acredita que o teatro pode mudar o mundo. "A vida é um palco e todos somos atores", ele garante. Seu grupo Espalhafatos é formado por crianças, jovens, velhas e velhos aposentados, loucos mansos. Nas intervenções, o grupo é ação e plateia. A representação acontece na pista de skate, perto da estação do metrô, ou na subida do São Carlos ou num dia de feira, no meio da feira. Guile Xangô prestigia e filma os Espalhafatos em ação, prometendo a Mestre Amilton "potencializar sua guerilha teatral" enquanto o Vovô do Crime zoa atores e espectadores. Aí vai o recorte de uma cena.

VIDINHA — O Lúcio era um playboy que achava que tinha alma de artista e resolveu adotar o Geninho. Os dois eram unha e carne, tipo Lennon-McCartney, Jagger-Richards, Harley-Davidson, Batman-Robin, Verlaine-Rimbaud. E eu no meio. Lúcio tirou Geninho das ruas e da miséria. Passaram a ser figurinhas carimbadas em todos os lugares da moda. Fizeram instalação multimídia, deram festas bacanais, gravaram um disco de rock em inglês. Lúcio nunca entendeu que a grande vocação de Geninho era o fracasso. Com direito a citação de Sartre: "A poesia é um quem perde ganha. E o poeta autêntico escolhe perder a ponto de morrer pra ganhar. Ele tem certeza do fracasso total da empresa humana e dá um jeito de malograr na sua própria vida, a fim de testemunhar, por sua derrota particular, a derrota humana em geral." No primeiro piripaque do Geninho, o Lúcio, coitado, se comportou como uma Julieta alucinada. Ele tremia tanto, tanto e tanto que nem conseguiu dirigir o próprio carro. Fui eu que tive que levar o Geninho pro hospital. Vieram outras tentativas de suicídio disfarçadas de overdose. O Lúcio queria acompanhar o Geninho e teve uma parada cardíaca, quase emburacou pro outro lado. Os pais do Lúcio viram que só tinha uma saída: matar o Geninho.

MATADOR — E me contrataram. Aqui estou.

GENINHO — Você tem me perseguido nos meus dias e nas minhas noites, na rua, no bar, no porre, no orgasmo. Não tem me dado um minuto de sossego. Pensei que você era a minha morte, a morte de tudo que amo. E agora você está aqui, dentro do meu sonho. Seja bem-vindo. Vamos resolver essa morte logo de uma vez. Puxei minha espada.

MATADOR — Você está com medo. Você é medroso. Namora a morte, mas não consegue largar essa vidinha de merda. Se dependesse de mim, eu não seria essa morte tão ridícula, uma morte de esgrima, uma morte romântica de mosqueteiro do rei. Se dependesse de mim, eu seria a tua morte cangaceira, na ponta da peixeira. Uma morte favelada, com uma rajada de tiros e teu corpo queimando no meio de pneus, e as tuas cinzas cobrindo os telhados. Uma morte de homem-bomba, com os fragmentos do teu inferno amoroso colados nas paredes. Mas você escolheu esgrima, esse duelo ridículo e fora de moda.

GENINHO — Quem te contratou?

MATADOR — Fui contratado pra te matar.

GENINHO — Sei, o pai do Lúcio é um cara sensível.

MATADOR — Mas mãe é mãe.

GENINHO — Isso já está ficando monótono. Odeio a monotonia das vidas passadas e das cenas repetidas.

MATADOR — Pais e filhos são monótonos. A vida cotidiana também é. E o que seria da vida se não fosse o teatro?

GENINHO — É claro, o teatro é a vida com direito a ensaio. Chega de papo furado.

MATADOR — Eu até que estava gostando.

GENINHO — Chega. Me mata logo! Eu sou apenas um vivente e você um matador de aluguel.

MATADOR — Mas só posso te matar com delicadeza.

GENINHO — Anda! Anda logo com isso! O tédio já não é mais o meu amor.

MATADOR — E eu falei pra mãe-coragem: "Eu faço o serviço. E vai ser coisa limpa."

GENINHO — Então faz! Faz o serviço!

MATADOR — Aí ela me disse: "Se você matar o sujeito, vai matar o meu filho também. Se ele morrer, meu filho se mata na minha frente."

GENINHO — É... Ninguém é totalmente confiável.

MATADOR — E a mãe-coragem me disse mais: "Você tem que evitar que qualquer coisa aconteça com aquele... aquele... pervertido. Se algo acontecer a ele, meu filho vai dizer que foi o pai que mandou fazer ou então que eu permiti que fizessem."

GENINHO — Então faz. Esse é o teu beijo. Vamos, vamos lá! Me beija na boca!

MATADOR — É, mas se eu te matar, vou te fazer um favor.

GENINHO — E daí? Eu já fui assassinado. Morrer de novo é só detalhe.

MATADOR — Então você tem que encarar. Você vai ter é que viver até a última gota.

GENINHO — Mas eu vim pra ver o sangue. Eu não vim pra ver o céu.

MATADOR — Você só sabe o que é merda, seu cagão. Você não sabe o que é sangue.

GENINHO — Eu vi dois meninos loucos que empurravam, chorando, as pupilas de um assassino.

MATADOR — Cala a boca! Você é um fraco.

O MATADOR GOLPEIA GENINHO COM UMA ROSA. GENINHO CAI. O MATADOR RI E VAI COBRINDO GENINHO DE FLORES. ENTRA VIDINHA COM UMA PISTOLA TASER E DÁ UM CHOQUE ELÉTRICO NO MATADOR. O MATADOR CAI.

VIDINHA (*chutando o corpo do Matador*) — E isso é pelo "vidinha de merda"!

PARÁ, MANAUS

Pará vive remoendo esta dor. Tinha 5 anos quando a mãe levou uma surra do pai e o pai transou com ela e depois mandou ela fazer alguma coisa para ele comer. Ela foi para cozinha, fez o rango, acordou o pai, o pai comeu, voltou a dormir, e começou a estrebuchar. A mãe entrou com ele na piroga, remou para casa da irmã e desapareceu. Só encontraram o pai três dias depois por causa do cheiro, mas disseram que foi mordida de cobra. É o que ele conta, o Pará.
    Na primeira semana na casa da tia, Pará chorava de saudades da mãe. Então o tio e o primo o levaram no rio. Lá pelas tantas, o tio jogou Pará dentro d'água e Pará gritou, gritou que estavam querendo matar ele. Voltaram para casa e Pará chorava e tremia. A avó, mãe da mãe, ficou com ele no colo o tempo todo. No dia seguinte, levou Pará até o rio, entrou com ele dentro do rio brincando de boto. Depois saíram e entraram na mata. Ficaram catando ervas, flores, sementes. Em casa, a avó continuou brincando com Pará até de noite. Pétalas das flores e sementes viraram estrela, estrada, barco, tapete voador. A avó foi a verdadeira mãe do Pará. É o que ele diz.
    Pará aprendeu a nadar, mas, por lá, entre a mata e os grandes rios, também não ficou. Veio para a cidade grande na cola da mãe. Acabou virando mecânico e um tremendo volante. Não conta como mudou, só dizia que de motor de barco para motor de carro o barulho é igual, e ele gostava de graxa e óleo mais

do que de água. Era fácil ganhar o Pará: era só chamá-lo de Senna. Era mais fácil ainda tirar ele do sério: "Vai, Schumacher!" Quando os malandros queriam fazer um desconto bancário, Pará era o escolhido. Não tinha erro. Ele ia, mais pela aventura do que pela grana.

É madrugada. Pará está descendo o vão central da ponte Rio-Niterói a duzentos por hora com uns dez carros de polícia atrás. Sente que vai dar e, de repente, o pneu estoura (tiro?) e os homens não acreditam no que estão vendo: Pará consegue controlar a máquina e seguir em frente.

Então vê que não vai dar: uma barreira de carros bem lá adiante. Botaram o rabo do Pará contra a parede. Mas vai em frente e bate contra a amurada. A porta cospe o carona por cima da amurada, lá embaixo, dentro d'água.

Pará sai do carro. Os homens já sabem o que ele vai fazer. E está fazendo errado. Atravessa a pista e pula a outra amurada da ponte. Se pulasse do lado direito, de onde estava, cairia dentro d'água, chegava ali na ponta do Caju e sumia. Saltou no seco, no meio de contêineres e guindastes. Agora está lá embaixo todo quebrado.

O pior é que o carro estava limpo, supermáquina italiana que um playboy tinha emprestado para o Pará amaciar. Ninguém entendeu o vacilo.

Todo mundo ali ouvindo o papo torto do Manaus. A festa já tinha melado quando ele bufou casa adentro, coberto de óleo da cabeça às botas, gritando: "Quero um banho, porra!", e se trancou uma hora no banheiro. Saiu de lá gritando: "Rango, quero rango!", e na quinta garfada: "Desliga a merda desse som!", e na garfada seguinte, no meio do silêncio: "Pará perdeu", e jogou prato, copo e garrafa, tudo para o alto.

Agora está todo mundo ali, duas da manhã desse sábado infeliz, ouvindo o papo torto do Manaus, vendo lágrimas correndo pela cara dele, vendo-o penteando os cabelos compridos com os dedos, e ninguém acreditando. E o que rola na cabeça dos homens é: o Manaus fez o Pará, fez sim, afogou, deu teco na bola, coisas assim, e fez porque o Pará era o único que batia de frente com ele, não medrava diante do poderoso chefinho, ria das botas de salto plataforma do Manaus, falava com ele, Manaus, de cima para baixo, rindo, mas nunca perdendo a consideração, dando conselho, tratando Manaus como um filho mais novo, embora tivessem a mesma idade, ou diferença de um ou dois anos. O Pará bom de ideia, mente firme, mais chefe que o chefe.

E na cabeça das mulheres: o Manaus tombou o Pará, morria de inveja do jeito magro e alto e safo do Pará. Morria de ciúme do Pará porque a gente gostava de dançar com ele, de ir para a cama com ele, e ele já tinha feito três filhos na gente, e mais um vindo por aí, crescendo havia seis meses dentro da barriga da Lana, e a Lana está pensando: "Esse vem pra vingar o pai, se tiver tempo, se eu não fizer agora, ou amanhã, um dia, ou se não fizerem por mim e por meu filho, e por meu homem morto à traição".

Manaus fareja o clima de tristeza azeda e começa a gargalhar histórias do Norte de onde ele e o "irmão" — "Pará é meu irmão, sempre vai ser" — vieram. E vai contando como vendiam macacos, peixes, sapos e plantas para os gringos fazerem pesquisa lá na terra deles, "dava uma grana legal", até que foram presos e, na cadeia, conheceram aquele pistoleiro de Altamira, de nome Altamirando, e ajudaram ele a pegar um tal Bartolomeu Gaúcho, que vivia armando encrenca com os fazendeiros e madeireiros de lá. Sequestraram o tal Gaúcho, quebraram as duas bases dele, deram doze tiros na caixola e jogaram tudo nas margens da Santarém-Cuiabá.

Depois encomendaram outro cara do mesmo time, um tal de Felício, com um tiro na boca, um só porque o cara falava demais e vivia encrencando com seringueiros, querendo acabar com as queimadas, parar a construção da hidrelétrica de Belo Monte (quem gosta de viver no escuro?) e acabar com a derrubada de mogno, que dava uma nota preta, "coisa bonita de ver o rio coalhado de tronco taludo de árvores, cada uma valendo um carro, a preço de dólar".

Eles estavam na crista da pororoca quando dançaram com 770 quilos de explosivo gel, mil ampolas de pólvora, 220 detonadores e 250 metros de cordel detonador. Vinham acompanhando o material desde o porto de Manaus num barco-recreio com destino a Tefé. Lá, colocaram tudo em outro barco da linha Tefé-Japurá. O ponto de desembarque era Limoeiro, no rio Japurá, fronteira com a Colômbia. Então os federal dogs grampearam e enquadraram os dois, "crimes de contrabando, uso de documentos públicos falsos" e por terem "colocado em risco o patrimônio e a vida de terceiros", grande merda. E ficaram mais putos ainda porque a carga toda estava em caixas de alimentos, doces e bolachas, dentro de saco plástico no porão do barco, sem nenhuma proteção. "Só uma faísca e a galera toda ia pro espaço. Bum!"

Ninguém riu (todos rangendo: "Será que ele cegou e sonha que a galera não vê TV?") nem teve tempo de parar a explosão da Lana saltando na direção de Manaus com a faca na mão, rasgando o ombro dele, ela queria a garganta, e então os mais rápidos conseguiram parar a Lana e arrastar sua raiva até o outro quarto. Depois tiveram que convencer Manaus a não dar um teco na bola dela. O que rola na cabeça dos caras e das caras: "Você quase fez, Lana, mas aqui tem que fazer inteiro."

Trancada no quarto, Lana teme por dentro que a sua vida e a de seu filho estejam por um fio. Não sabe se dorme ou vigia, mas tem visões. Vê Pará saltar da ponte Rio-Niterói, bem lá do alto, e cair dentro da água suja de óleo, sem barulho. Se esconder na sombra do imenso pilar de concreto, driblando as luzes que procuram por ele. Lá longe, outras luzes, as luzes paradas dos grandes edifícios, e as luzes moventes dos grandes anúncios de néon. Pará vê o vulto dos imensos navios enferrujados que boiam como lixo na baía, os navios mortos. Decide nadar até um deles, o mais próximo. Uma lancha sai da base da Marinha, da ilha de Mocanguê, com a sirene ligada. E as luzes, vindas de cima da ponte, continuam rastreando Pará, mas na contramão. Ele alcança o navio morto e fica espantado por sua altura. Nada em direção à proa e tateia até encontrar a corrente da âncora. A lancha ilumina os pilares da ponte, mas Pará está aqui, subindo pela corrente da âncora, entrando no navio morto como um rato molhado.

Pará sobe do porão, entra na casa de máquinas, tateia, se acha, se perde, se encontra, se perde de novo, até que entra num corredor meio iluminado por uma claridade amarela e vai abrindo portas. Na terceira, dá de cara com um mapinguari, todo coberto de pelos como um imenso macaco-vermelho, atacando e devorando um caçador, começando pela cabeça. O monstro fixa seu único olho sobre Pará, e sua boca gigantesca, que vai até a barriga, solta uma risada e um arroto. Pará fecha a porta e corre pelo corredor perseguido por uma velha de preto, com os cabelos caídos no rosto, soltando assobios de coruja apavorada.

Então Pará consegue abrir a porta certa e entra no quarto em que Lana dorme, e vai tirando a sua pele de peixe, ficando nu, e cada vez mais homem para dormir em paz ao lado da mulher que está dando ninho a seu filho, e ficam ali, os três, aconchegados dentro da vitória-régia.

COMANDO VIRA-LATA

Foi uma explosão. O Nelson resolveu reformar o bar, trocar a cor das paredes gordurosas, incrementar o visual. Os operários improvisados (Léo e Monstrinho) conseguiram arrancar de um solo pantanoso, a marretadas, o velho balcão onde gerações de bebuns envernizaram os cotovelos e, no último arranco, a imensa e rabuda família Rato teve que se mudar do seu nicho clandestino, às pressas e à luz do dia. Milhares de ratazanas com seus maridos e seus filhos invadiram a Sampaio Ferraz num salve-se quem puder de guinchos, um rio de ratos em todas as direções.

Amarelinho, Edmundo, Targa e Caveirinha foram os primeiros a tentar salvar a própria pele fugindo rua acima no meio das pernas trêmulas e saltitantes das mulheres apavoradas. Todo o comércio da área baixou as portas como quem foge de um arrastão. Mas quando viram os malandros caçando os irmãos do Mickey com chutes, tacos de sinuca, vassouras e pedras portuguesas, a turma ganhou coragem e voltou atrás para participar da ratificina. No meio do tumulto, latiram e ganiram, ganharam vassouradas e pedradas, quase foram atingidos pelos tiros de um caçador mais entusiasmado, será que não sabiam separar um rato de um cão livre? Targa, a mais corajosa, conseguiu encurralar uma ratazana contra a banca do bicheiro e trouxe o troféu entre os dentes para depositar aos pés do Nelson. Transtornado pelo testemunho ocular e devastador de que seu estabelecimento comercial era um atentado à saúde pública, Nelson chutou a bela combatente, que largou o troféu sobre os pés do ingrato e foi ganir em frente à casa de macumba, acrescentando à sua humilhação os olhares de desprezo dos oito gatos macumbeiros que deitados estavam entre imagens de santos e velas de sete dias e deitados ficaram sem mover um pelo, sem espichar uma unha, logo eles que deveriam ser os primeiros a perseguir o povo de rabo fino.

Ainda afrontada pelo chute e com um gosto cinzento de rato na boca, Targa pensa que os humanos não seguem os preceitos básicos do amor ao cão. Quem gosta de bichos de verdade? Quem tem tempo suficiente para cuidar de um animal? Quem tem espaço para um novo amigo ir morar? Quem tem condições financeiras de bancar tudo que um animal precisa? Comprar itens básicos como vasilha de comida e de água, ração, brinquedos feitos para morder e brincar? Ali naquela rua, ninguém. Uma pena que a dona da casa de macumba só gostasse de gatos e enchesse a pança deles a tal ponto que todos estavam gordos, quase virando plantas, como os velhos aposentados que jogavam damas e cartas aos bandos ou pegavam sol de dois em dois nos bancos da praça do metrô.

Não merecia um chute. Fazia parte de uma linhagem infinita. Afinal de contas, o mundo tem mais de 600 milhões de cães, e ela, Targa, é a mais bela, a mais livre. Claro que havia mais ratos do que cães, bilhões de ratos, menos um. Não tinha raiva deles, inclusive porque certos homens não passavam de ratos, mas já não conseguia pensar direito o que estava sentindo, e começou a latir para os gatos macumbeiros.

Amarelinho e Edmundo sentem que não foram felizes na guerra contra os ratos. Sabem que foram covardes. Caveirinha na verdade nem tentou, não tem mais tempo para ficar brincando, está velho, não me chamem para um banquete de ossos. Já tinha passado do tempo, como muitos dos idiotas de duas pernas. Seu calendário não era o mesmo dos humanos. Com 3 meses já tinha 5 anos, com um ano já estava nos 15, mas com uma cabeça melhor do que a da meninada humana da área, que vivia se chamando de cachorro e cachorra, dançando ao som de uma música tão alta que parecia feita para surdos. Com 2 anos já beirava 24, com 10 já estava nos 52 anos, e a partir daí parara de contar, talvez tivesse 14, o que lhe dava 72 anos e o direito de ir pegar sol junto com aquela velharia sarnenta lá perto do metrô. Se chegasse aos 20, alcançaria a bela idade de 101 anos e aí, com toda a certeza, ele não teria mais condição de ser nem mesmo um asilo de pulgas.

Todos os três sabem que não foram criados para caçar ratos. Pertencem à família dos canídeos, e isso inclui cerca de 37 espécies de lobos, chacais, raposas, cães selvagens e domésticos. Todos carnívoros e com habilidades específicas para a caça, armados de dentes para matar a presa, mastigar a carne, roer os ossos e, quando necessário, para lutas internas no grupo em que vivem, também chamado de matilha.

Os canídeos pisam com a ponta dos dedos. Têm cinco "dedos" nas patas dianteiras e quatro nas patas traseiras. Os cães domésticos podem ter um quinto dedo na pata traseira que, principalmente nos cães de raça, costuma ser extirpado. Caveirinha sabe contar, mas os outros nem têm ideia disso, e quem se importa? A ciência não deu ainda uma resposta definitiva à pergunta de como se originou o cão doméstico. Do lobo, do chacal, do cruzamento de lobo com chacal. De um coiote. Menos das hienas. Existem pinturas rupestres com 50 mil anos de idade, encontradas em cavernas espanholas, que mostram cães ao lado de homens caçando cervos, bisões, javalis e renas.

Edmundo odeia o papo enciclopédico do Caveirinha, que nasceu em berço de ouro e, vivendo na sarjeta, não larga o osso da infância feliz. Mas, de tanto ouvir baboseira, Edmundo gosta de pensar que tinha parentes na Roma antiga, e eles entravam ferozes e orgulhosos nas arenas, equipados com coleiras de ferro com lâminas cortantes como as dos barbeiros e as peixeiras dos paraíbas, lutavam contra tigres e leões, faziam em pedaços os cristãos antigos, parentes desses cristãos de hoje que gritam pelas ruas com um livro preto na mão.

Amarelinho é de paz e amor, nunca seria um cão de guerra, nem ontem e muito menos hoje. Seus parentes, com certeza, eram cães de passeio ou companhia, faziam parte da realeza. Foram eternizados por grandes mestres da pintura, ganharam versos de poetas e pisaram as tábuas gloriosas dos palcos representando os dramas e as paixões imaginadas pelos teatrólogos. Se não fossem os seus parentes, as imagens de cães não poderiam ser encontradas em camisetas, brinquedos, cartões de felicitações, em filmes de cinema, em programas de TV, na publicidade. Tinha orgulho de continuar levando essa vida de artista.

Targa se junta ao comando vira-lata e os quatro veem Xuxa passar com seus cães de raça. Odeiam cães de raça. E lembram o dia em que foram levados pela Ruth para ser vacinados. Não era a primeira vez, e ficaram espantados com tanta frescura. Uma vacina não dói tanto assim. Não prestaram atenção nos gatos, alguns trazidos dentro de gaiolas ou embrulhados em toalhas, todos desesperados. Prestavam atenção nos seus iguais. O posto de vacinação ficava no largo da igreja e eles eram os únicos sem coleira ou focinheira. Chegaram como se fossem reis, mas não havia dúvida de que tinha por ali gente que vivia uma vida bem melhor que a deles.

Estavam lá os poodles, considerados a raça mais inteligente, usados em shows e espetáculos circenses para fazer gracinhas e malabarismos, os idiotas. Os dois filas brasileiros, ótimos para separar brigas e atacar marginais munidos de armas como garrafas quebradas, a pele solta e grossa fazendo deles uns tipos mais resistentes aos ferimentos, sempre dispostos a enfrentar o fogo, cruzar rios, varar cercas de arame farpado, um bando de meganhas.

Um rottweiler, aquele que não é bom deixar que te morda, a pressão de sua mordedura equivale a duas toneladas e seus saltos chegam a atingir quase 1,5 m de altura. Um casal de dálmatas, todos orgulhosos porque tinham parentes naquele filme, *Os 101 dálmatas*, todos fugindo da louca milionária que queria fazer deles um casaco de peles, o que não deixava de ser uma boa ideia. Mas o comando vira-lata já tinha visto muitos deles abandonados pelas ruas e eles não mostravam o menor talento para sobreviver no asfalto.

Um doberman, outro especialista em saltar em todas as direções e desviar de chutes, tiros e facadas, um verdadeiro segurança para defender sítios ou terrenos industriais. Um que veio de longe, um husky siberiano, daqueles que não sabem se comportar dentro de casa, os móveis não escapam de suas dentadas, nem sapatos, nem nada, perdem mais pelo que um tapete pisado, e não sabem latir, mas uivam que é uma beleza, principalmente de madrugada para acordar a vizinhança. Deviam estar puxando trenó debaixo da neve em vez de estar aqui nesse calor.

E mais outro polícia, um pastor-alemão, que pelo menos, para compensar, também sabe ser guia de cegos. Um casal pequinês, com aquele andar balançante, os olhos esbugalhados, mais compridos do que o focinho achatado, rosnando valentia e sem coragem de dar uma dentada. Uns cinco pitbulls, os loucos, profissionais do massacre, lutadores de quadra, galos de rinha de quatro patas, terror das crianças e das velhinhas. Um yorkshire mascarado, a cara perdida no meio dos pelos. Um buldogue horroroso, indeciso, sem saber direito se era cão, se era toureiro, o minocão. Uns cinco chihuahuas, um cão miniatura, cachorro de bolso.

Uma da raça terrier, parecida com aquela da atriz que disse que não é a dona dela, mas que as duas eram mãe e filha ao mesmo tempo. Ela e a cadela se encontraram bem antes, em outra encarnação, no Egito antigo, quando a cadela era uma princesa e a atriz também pertencia à aristocracia. As duas se comunicam na língua humanimal e também falam com as árvores, os insetos e outros bichos. Conversam até com os peixes. Grandes coisas.

Targa só não contou para o comando vira-lata se o pai dos seus futuros filhotes também estava lá na fila da vacina. Mas ela não ia poder esconder o segredo por muito tempo.

Não gostava de entrar no cio. Ficar duas semanas naquele estado era completamente irritante para uma pessoa de sua classe. Mas quem pode lutar contra os próprios hormônios?

Se tivesse casa, seu dono escolheria um macho experiente para ela, e seus filhotes teriam um bom futuro. Seria levada a um veterinário e depois para um hotel de primeira classe. Mas não ela. Estava na rua e tinha que aceitar o que vinha da rua. Mas até que tinha dado sorte. Ela própria escolhera o pai de seus filhos.

Agora estava no dia 50 ou 60 de sua gestação, não tinha certeza, e precisava encontrar um lugar certo. Escolheu os fundos do Caldo & Cana, a birosca da Ruth. A única coisa chata foi que a gata da Ruth, a Maga, também estava grávida. Pensou que a Ruth ia ter preferências, mas que nada, a Ruth é gente fina.

Targa olhava para a Maga indo e vindo, se enroscando nas pernas da sua dona, e confusamente tentava imaginar a mudança na vida de Ruth. Lembrava dela suja, fedida e azeda, se defendendo do assédio dos mendigos com um canivete ou uma garrafa quebrada, dormindo debaixo de marquises, no estacionamento do Vavau, na praça, e eram irmãs, as duas, dividindo a mesma sorte, dormindo abraçadas nas madrugadas frias, trocando calor. Agora a Ruth estava outra, cheirando a sabonete e pastel, o tempo inteiro atrás de um balcão, até um pouco parecida com a dona da casa de macumba, só que bem mais nova, e, quando a Maga tivesse os filhos, ficaria cheia de gatos como a outra.

Não conseguia entender, mas quem precisava disso? Ruth forrou o fundo do quintal com toalhas e jornais. Ruth apalpava sua barriga e sentia o movimento dos filhotes. As suas tetas já pingavam de espera. Targa demonstrava desconforto, não achava posição para se deitar e dormir, respirava de forma acelerada como se estivesse com dor, lambia e olhava para a vulva, recusava comida, procurava o seu "ninho". As contrações podiam ser observadas nos músculos das costas, num movimento descendente. Não pensava que ia ser tão difícil. Mas ficava confortada com a presença de Ruth.

Edmundo já não aguentava mais. Lá estavam os bebuns de pés inchados, com os olhos grudados nos aparelhos de TV, acompanhando os bombeiros da Defesa Civil, os soldados do Exército, os biólogos, os oceanógrafos, os pescadores, os jornalistas, os repórteres, os curiosos, todos tentando libertar a baleia jubarte de dez metros de comprimento e aproximadamente dez toneladas de ignorância, que conseguiu não farejar a estrada que leva da Antártida para Abrolhos, na Bahia, e encalhar na praia do forte Imbuhy o focinho, as barbatanas, o rabão, o corpanzil cheio de cracas. Três dias daquele espetáculo monstruoso e ninguém cansava.

Uma lancha dos bombeiros, um rebocador da Petrobras e uma traineira de pescador também encalharam, ou quase. Na sétima tentativa de resgate, a corda se soltou da rede que envolvia a gigante do focinho ao rabão e acabou atingindo dois bombeiros, um deles machucou a perna, o outro quebrou o braço.

O Léo e o Monstrinho se abraçaram chorando, o Nabor enfiou a cabeça no peito e o Vovô do Crime começou a falar alto: "Anões, incompetentes, anões incompetentes", "Asnos retumbantes", e a repórter começou a dizer que a baleia tinha morrido depois de inúmeras tentativas de resgate, seu corpo seria levado por um navio rebocador da Petrobras até o cais do Porto, e chegando lá a monstruosa morta seria guinchada até um caminhão e levada para um depósito de lixo, depois de ser autopsiada pelos biólogos que não conseguiram salvá-la.

E o Vovô começou a dizer que a vida é bonita, mas de vez em quando você encalha, sempre tem gente que trabalha para arrancar tuas dez toneladas da areia da praia, aparecem cem bombeiros, mas eles entendem mais de afogado e de fogo, aparece uma traineira e a traineira também encalha, um rebocador e quase encalha e não reboca, tem mil curiosos torcendo para a maré não baixar, mas a maré baixa, e você fica lá batendo o rabo na areia, não tem outra coisa para fazer quando você encalha na praia, nas pessoas, na vida, você está com dez toneladas de raiva, de riso, e não pode fazer nada a não ser cagar montanhas nessa hora, e você só pode dizer Dane-se Foda-se Tudo bem É isso aí Amanhã piora — e começou a gritar "canalhas encalhados, todos vocês, canalhas encalhados", e o Monstrinho gruda no pescoço do Vovô dizendo "é verdade, é verdade", e o Vovô empurra o Monstrinho "chega de babar na minha camisa nova".

Edmundo quer uivar de alegria, mas sente subir para o pescoço a velha pontada do tiro que levou do homem da moto e sabe que se ela chegar na cabeça vai virar dor e terá pela frente seus sete dias de cachorro louco.

Amarelinho puxa Edmundo e Caveirinha para visitar a Targa. Vão andando, cheirando os milhões de cheiros já conhecidos, procurando um cheiro novo, batizando postes e pneus. Os cheiros bons e os maus, os vitoriosos e os fracassados, os vivos e os mortos, os brancos e os negros, os curtos e os longos, os rasos e os profundos, os diurnos e os noturnos, os humanos e os desumanos. Caveirinha já não consegue sentir a diferença entre cheiro e som, e, como só alcança distinguir vultos, acredita que os homens, além da sombra que a luz põe nos seus corpos, são acompanhados por outras sombras que nasciam de seus pensamentos ou de suas vidas passadas, e não sabe explicar se são sombras ou anjos ou almas. Edmundo não quer conversa e já ameaça entrar naquela fase em que acredita que o próprio rabo é um inimigo a ser dizimado.

Dois homens passam de moto e Amarelinho, contra a própria vontade, apesar do que aconteceu com Edmundo, corre para morder o calcanhar de um deles. Corre, sente entre os dentes o gosto de couro e graxa, mas a bota escapa e desce sobre o seu lombo com a dor conhecida de uma vassoura ou de um cacetete, e senta na calçada, sem fôlego, a língua de fora, arrependido de sempre se deixar levar por esse impulso infantil de perseguir pneus e calcanhares.

O cheiro de bota, o gosto de graxa, a dor do chute preto da bota, tudo isso lembra Salgueirão, o sargento louco. Enquanto recupera o fôlego, Amarelinho volta àquela madrugada em que

Salgueirão saiu do hospital da PM, em frente à subida do São Carlos, pegou um ônibus da corporação e passou a recolher todos os malandros da Maia e da Sampaio, a Targa achava que era para fazer sabão deles, e precisou o Caveirinha rosnar que aquilo não era verdade e que tudo era um jeito do Salgueirão cheirar, cheirar muito, e de graça.

O primeiro filhote saiu de dentro dela, ainda envolto na bolsa amniótica. Como se tivesse feito aquilo a vida toda, Targa abriu a bolsa com os dentes e puxou-a para baixo. Cortou o cordão umbilical e lambeu o filhote. Os outros cinco foram chegando, um atrás do outro, todos recebidos com lambidas de alegria e nervosismo. Terminado o trabalho de parto, Targa se acalmou, sua respiração voltou ao normal, as contrações pararam e ela foi atacada por cinco bocas famintas de vida nova.

Agora Ruth está limpando tudo, passando uma toalha em seu corpo, servindo uma vasilha com carne moída e ração. Todos os filhotes ainda estão colados em suas mamas férteis, os gulosos. Exausta e feliz, ela pode enfim dormir um pouco.

Amarelinho e Caveirinha cheiraram as crianças, mas Targa não queria que ninguém tocasse nos seus filhotes. Edmundo apareceu sozinho e ficou desesperado quando viu que nenhum dos filhotes se parecia com ele. Sentiu-se traído, ficou rondando e, quando a gata de Ruth bobeou, atacou a bichana, que estava lerda e não conseguiu fugir. Ruth fez o parto da gata, conseguiu salvar dois gatinhos e ficou sem saber o que fazer. Até que Targa foi lá, pegou os bebês gatos e adotou os dois como se fossem seus próprios filhos. Virou uma atração para os fregueses do Caldo & Cana, que iam lá para ver o espetáculo de cachorros e gatos mamando numa Targa cuidadosa e compenetrada, meio sabendo e não sabendo que aquilo que ela estava fazendo era mais que humano.

SIBILA MAYA CARPEDIEM

Ele é o cara, o palhaço. Pode ter fugido de um circo, de um sanatório ou de um casamento. De um zoológico, da diretoria de uma grande empresa, ou perdido o disco voador numa viagem de turismo à Terra que um bando de ETs fazia só para ver como é o inferno. Talvez o mais certo é que tenha fugido de um casamento e esteja aqui lambendo as feridas. Seu nome: Guile Xangô.

Tem vários apelidos, Professor, Pastor, Doutor, Poeta, Maluco, Vida, Janjo (Janjo!), Xaxango, uma senhora muito bela, distinta e putíssima gritou uma vez no meio da feira: "Vida, você é Vida!", mas é Guile Xangô.

Faz truques para as crianças, tirar uma moeda do nariz, botar a moeda na mão da garotada e ela ficar quente, mas ele é o próprio truque. Seus olhos podem ser verdes ou azuis. Às vezes é alto e magro, passeando do elegante ao cadavérico; outras é gordo, pesadão, quase balofo. Vai e volta da saúde à doença da noite para o dia e do dia para a noite. Gosta de praia. Pega um sol e aparece negão. Até o cabelo fica mais grosso. Pode ser branco e preto, como o movimento.

Quando fica preto, baixa a alegria de cantar, puxar samba, enrolar coisas em inglês, festa show. De branco já é outra coisa. Tem acessos de paixão e fica zonzo, com um riso idiota na cara e aqueles discursos de dar sono ou pena, discursos sobre uma tal de Sibila, e principalmente sobre uma outra tal de Maya. Do tipo: "Somos divinos, somos bêbados de ser, somos ótimos. Mas por que vivemos nesta grande merda? A resposta é Maya, o véu que encobre a nossa verdadeira natureza e a natureza do mundo em que vivemos. Um véu, uma névoa."

E mais do tipo: "O mundo de Maya é uma tela de cinema. Mas sem tela não se projeta nenhum filme. Nós somos um filme sem tela para projetar. Por isso vivemos esse filme de horror." (E ele dança!)

Triste de ver, duro de ouvir. Passaram a circular boatos entre as mulheres de que a Maya foi uma gostosona cheia de grana que abandonou ele, chifrou, ou que ele abandonou, ou que matou, e por aí afora. Entre os mais chegados, corria que Maya era a rua Maia de Lacerda, e que ele estava apaixonado pela rua, pelo espírito da rua. Quer dizer, ninguém chama ninguém de maluco à toa.

Resumindo: nos dias de branco, tem acesso de não deixar ninguém falar e aí fica incompreensível, e as pessoas só flutuam nas palavras e nos gestos.

Ele só não é incompreensível para o Vovô do Crime, que é maluco de carteirinha. Os dois se desentendem o tempo todo, como Deus e o Diabo, aos silêncios e aos berros, aos abraços e aos dedos na cara. Cena: ele fala e compara um tal de Sísifo a um tal de Jó, ninguém conhece esses caras, só o Vovô do Crime, que escuta tudo com desprezo. Continua: "Sísifo está condenado eternamente a empurrar a pedra até o alto do morro e ver a pedra rolar até lá embaixo, e voltar a empurrar a pedra até lá em cima, etc. Jó, tentado por Deus, numa aposta com o Diabo, sofre horrores, mas no fundo é resgatado. Sísifo é a Vida humana, esta vida de Maya (sempre a tal!). Jó é a Vida além do homem, a Outra Vida. Somos os homens da casa de argila. Nossos argumentos são razões de poeira. Nossas dilapidações são obras de barro." Etc. E o Vovô do Crime: "Eu tenho certeza que você é padre e foi excomungado!"

Quando fica preto, ele diz que é o mestre-sala da escola de samba Os Filhos de Maya e que o mundo é um barracão iluminado de alegorias que só existem na cabeça dele. Vai entender!

Está sempre com dinheiro, e quem tem grana por aqui pode ficar falando sozinho à vontade, desde que pague a cerveja e adiante algum para os pequenos vícios. Mas não é toda a verdade. Ele também escuta e, por incrível que pareça, entende quase tudo. É gente boa, e sagaz lá do jeito dele.

O Vovô do Crime fica pau por ele ser tão mão aberta, mas todo mundo sabe que só diz isso em legítima defesa: quer exclusividade. "Você dá dinheiro a quem te pede. Abre logo uma ONG ou então fode as mulheres. Ter filho aqui é barato e pelo menos você pode dizer que teve algum prazer. Fazer o bem ou o mal, aqui, é a mesma coisa, e quando você morrer ninguém vai saber a diferença", explode o Vovô do Crime.

Mas ele também explode. Estava lá no meio dos malandros vendo na TV do bar do Nelson a explosão do foguete brasileiro no Maranhão. As lágrimas corriam grossas pela cara dele. O Vovô do Crime ficou zoando: "Você vive num país que morre de fome e quer ir para as estrelas. Só pode dar nisso." E ele aos gritos para o Vovô do Crime: "E se fosse a tua bomba? Seria melhor que fosse a tua bomba? Ainda bem que não foi. Mas se fosse a tua bomba ela não explodia! Você também é um fracasso!" Pouca gente entendeu o lance, mas todo mundo gostou do Vovô do Crime levar uns berros.

E de vez em quando ele pira. Alguma coisa aconteceu. Apareceu de madrugada chegando ninguém sabe de onde, completamente cego das ideias. Acharam que tinha caído dentro dele mesmo, e dentro dele mesmo era um poço, e ele estava no fundo do poço, e dizendo: "Eu quero morrer."

Estava inteiro. Andava em linha reta. Continuava rindo e entendendo as coisas, legal com as pessoas. Mas aí, no meio do que estava dizendo, fechava os olhos e dizia: "Eu quero morrer." Até que lá em cima a Mirtes soube do estado dele e mandou os emissários para arrastarem o quero-morrer para a casa dela, mesmo que à força, na marra, mas sem machucar. Isso foi na madrugada de sábado para domingo.

Domingo à tarde ele voltou no mesmo estado e ficou rolando pelos bares, dizendo: "Eu quero morrer." Dizia assim:

"Os garotos perguntaram e a Sibila respondeu: 'Eu quero morrer'." Falou também numa tal de Carpedim, Carpediene, Carpegim.

Alguma coisa aconteceu. Os papos rolam que o X da questão é uma tal de Sibila. Dizem também que ele está ficando louco, mas isso não cola, todo mundo sabe que ele já é louco há muito tempo. Muita gente acredita que ele saiu do sonho de loucura e começou a ver a realidade e ficou desesperado: caiu na real. Deve ser desespero ou coisa pior. Deve ser a tal Sibila.

Quem já não viu o doido falando três horas seguidas no orelhão? Ou então a tal Sibila deve tê-lo flagrado com a tal Carpediene, e dado o fora nele.

As coisas que ele diz, que só o Vovô do Crime entende, continua dizendo: "O ser, o nada, o tempo e outros animais estão aqui servidos pra nossa fome. São duas horas da madrugada e o garçom não tira os restos e os ossos. Os guardanapos estão brancos, os cinzeiros transbordam. As garrafas vazias rezam por chuva e os copos vazios esperam poças. Os cemitérios transbordam e os rios estão ocupados em levar nas costas os mortos, mas os barcos também estão mortos, encalhados no meio da fuga impossível."

Depois saiu e foi para casa do Raimundo e ficou andando no meio das bananeiras, mangueiras e goiabeiras do Raimundo. E continuou dizendo coisas: "A tecnologia está assassinando gerações, nada dura mais do que um ano, logo sofre um ataque de obsolescência, este sol senil que envelhece tudo numa claridade doente de vertigem."

As mulheres tentam levar o louco para cama e dar uma surra de buça nele, mas ele continua delirando: "Pensar deserto é pensar pra nada? Mas nem o deserto é estéril, nem um laboratório é deserto, imune a um contágio e até uma imagem pode ter pensamento, e até bem no centro do que não se vê existe a sombra de uma presença oculta." As mulheres não conseguem nada e ele volta ao bar do Luiz.

Sentado no colo da Dedé ele continua: "Existe uma presença oculta no rés do ser e no revés do ser, o mundo é véu. O rosto é máscara. O resto é Maya. E que ninguém cale, ninguém, que ninguém deixe o silêncio entrar, ninguém."

O Vovô do Crime acompanha o delírio do maluco como um cachorro. Chegou junto e agora não deixa ninguém tomar conta, mas mesmo assim só consegue fazê-lo sentar numa mesa aqui, noutra ali. Quando acalma um pouco, fica no orelhão telefonando a cobrar para a tal Sibila.

A Olívia pensa em levá-lo para um hospital, mas todo mundo é contra, vão acabar internando o doido. Ou então chamar a Mirtes de novo e pedir para ela dar uma injeção qualquer nele. Ou levar ali, no centro espírita Bezerra de Menezes, e pedir para darem uns passes. O santo está fora do ar há três dias. A Olívia leva ele para casa, dá banho nele, dá comida, corta o cabelo dele, põe ele em sua cama, mas o possesso dorme de olhos abertos e quer sair. Ela lhe dá umas roupas novas e deixa ir. Ainda bem que o Vovô do Crime está ali no portão e vai acompanhando o insone morro abaixo. A Olívia chora vendo o lelé gesticulando e falando coisas que ninguém entende: "Quem não sabe pensar contra si mesmo cai no vazio, na outra face, mas, sem o rosto, mergulha na máscara, e se afoga. Eu sou a erva daninha, ninguém me mastiga, ninguém me cozinha! Cidades devem ser destruídas. Ruínas e ervas daninhas entre as ruínas. Montanhas viram planícies e nas planícies o vento lambe as estátuas de sal. Um rio e, na margem direita, o deserto. Na margem esquerda, um barco leva ao século passado. Os sobreviventes agora são anjos e porcos. Os anjos formam batalhões de elite acima do bem e do mal, desejo sem necessidade, necessidade sem desejo. Eu penso contra. Eu penso como uma montanha. Concordo com o outro e defendo a encruzilhada. Lembrem-se das gerações assassinadas. Eram milhões e ninguém conseguiu escalar a vida até a palavra. Por isso eu penso como uma montanha. Milhões não conseguiram escavar o grito até a palavra. Ficaram soterrados no silêncio, milhões."

O artista de rua arma o circo na São Roberto. O louco para pra ver e se acalma. Depois vai dizendo coisas no ouvido do Vovô do Crime: "Arma um círculo de facas. Vai mergulhar no círculo de facas. É um parto, um nascimento. O bebê vai entrar no mundo, mas antes precisa vencer a vagina dentada. Um profeta vai chegar ao mundo, mas antes precisa se vomitar da baleia."

Mas é só um círculo de facas. A multidão em volta aguarda e espreita. O artista vai adiando o pulo. E ele no ouvido do Vovô do Crime: "É assim, o suicida no último andar. Entre a flexão dos músculos e o salto, a multidão repassa seus motivos pra saltar também. Todos e cada um estão presos a um gesto. Ao suicida, eles vaiariam. A esse homem eles pedem pra saltar entre facas. São marionetes, fantoches de um gesto mínimo entre a vida e a morte. Estão todos na corda bamba do instante. Agora estão todos presos a uma roda de facas."

O Vovô do Crime tem vontade de gritar para a multidão tudo o que ele diz no seu ouvido: "Estão todos presos na corda bamba do instante, os músculos tensos, e se você tocar esses músculos tensos, vira música. Estão em suspense. A multidão está em estado de levitação, no automático. Basta um centro, um palco, um foco de luz, e todos esquecem o que são, viram rebanho. Ainda vai demorar muito para a humanidade ser livre. É preciso pensar como uma montanha."

O montanhês sai e não espera o salto do artista de rua. O Vovô do Crime fica um instante e vê o artista finalmente pular entre o círculo. Um salto perfeito, mas fácil, liso, decepcionante. O Vovô do Crime olha em volta e vê o fantasma de Guile Xangô dobrar a esquina da Maia com a Sampaio, e sumir semanas.

VOCÊ PRECISA CONHECER TUA SOGRA

Lá na sala o pagode parou e Bob Marley entrou a todo volume. No quarto, Bastian decidia vestir grife ou lixo. Não queria ir, o sábado estava uma praia azul, para que jogar fora um dia feliz? Mas Xande não queria saber: "Hoje você vai conhecer tua sogra."

Xande vinha insistindo nisso havia uns dois meses. Quando ouviu aquilo, na primeira vez, quase teve um troço. Estavam casados? Aquilo era sério? Contou para os amigos, se arrependeu, virou piada: "E a sogra? Já foi visitar?" Não, sempre arranjava um jeito de adiar a visita. Já estava de bom tamanho. Um pouco mais e ia acabar estragando.

Decidiu pelo lixo: jeans surrado, camiseta, tênis. Tinha conhecido Xande num bar da Lapa e percebeu que era uma podre, mas o tesão bateu forte. Dentro do táxi, começou a suar frio e olhou o Aterro como se fosse a última vez. Alguma coisa terrível e definitiva ia acontecer com ele, não veria o dia seguinte. Entrou no prédio e nem sinal de porteiro: seria um crime perfeito, sem testemunhas. Já no apartamento, pensou em telefonar para alguém, avisar que estava correndo perigo, mas já estava dentro da jaula, e com a fera ali, dizendo: "Acho que eu nunca vou conseguir ter um cafofo desses", tirando a roupa, rindo.

Acordou com o pagode a todo volume. Estava vivo. Cambaleou até a sala e viu o negro nu, sentado no meio dos seus CDs. Ficou ali olhando e o negro se virou para ele e gritou por cima do som "você tem um puta bom gosto", e riu. Bastian riu de volta e começou a imaginar um jeito de mandar o (como era mesmo o nome dele?) negão embora. Mas o fulano já estava vindo para cima dele e só conseguiu despachá-lo na segunda de manhã. Era Xande.

Na quinta-feira começou a procurar pelo Xande, sem se confessar. Na sexta, o Xande ligou (não lembrava de ter lhe dado o seu telefone) e se encontraram na Lapa, no mesmo bar. Estava chovendo e foi bom voltar para casa. Não pediu para ele sair e ele foi ficando.

O medo continuou. Conferia roupas, CDs, DVDs, joias, mas tudo estava lá, no lugar certo. Depois começou a se preocupar com os vizinhos. Um negro no prédio? Dois homens morando juntos? Já estava se preparando para o escândalo. Lutaria por ele ou deixaria que fosse expulso? Pediria as chaves a ele? Eles são racistas e homofóbicos (explicar a ele o que é isso) e acho melhor a gente se encontrar em território neutro (motéis, etc.).

Não foi preciso. Lá está ele jogando capoeira com as crianças no play. Lá está ele trocando o pneu do carro da loura do 505. A campainha toca. É a síndica. "O Xande está?" "Dormindo." "Quando ele acordar, pede a ele pra dar um pulinho no meu apartamento?" "O que aconteceu?" "Ele ficou de ver o vazamento do meu banheiro."

No dia em que o garoto do 701 veio entregar, em mãos, o convite para a sua festa de aniversário, Bastian teve um chilique: "Você está acabando com a minha reputação!" "O convite é pra mim, santa, mas teu nome também tá aqui, você vai se quiser." "Você acha que devo? Vivo aqui há cinco anos e nunca me convidaram pra nada." "Você podia ajudar nos ensaios." "Que ensaios?" "Da peça." "Que peça?" "De aniversário do Leandro." "Quem é Leandro?" "Leandro. Ainda não sei se vou fazer o Leão Medroso ou o Homem de Lata." "Que Leandro? Que Leão? Que..." "Esquece."

Se ele sumia dois dias, Bastian era interrogado no elevador, parado na portaria. Quando estava em casa, nos feriados ou nos fins de semana, o telefone não parava: as crianças para lembrar a aula de capoeira, as mulheres para resolver problemas com encanamentos ou de vídeo; os homens para a partida de futebol ou de vôlei na praia. Em seis meses, ele era o amigo do Xande. Pelas costas, com certeza, a esposa, a comida.

    De vez em quando, era ele, Bastian, que estava pronto para fazer um escândalo. Chegou até a tentar. "Qual é a tua, santa? Sossega o facho. Joga uma grife por cima e vamos dar um rolé por aí." Tentou outra vez. Tomou um porre e começou a jogar na cara dele a capoeira, as partidas de futebol, os consertos de encanamentos ("Você vive consertando o encanamento daquela loura!"). Avançou para cima dele e de repente estava no chão, a cabeça zumbindo e a voz dele vindo de bem longe: "Não faz isso de novo não, cara. Se eu bater em você, eu vou te machucar todo, você vai torrar toda a tua poupança no Pitanguy. E eu vou me mandar daqui. E isso não vai ser bom, nem pra mim nem pra você. Agora levanta que eu vou te dar um banho e depois vou te botar na caminha. E para de fingimento que não quebrou nada. Foi só um tapão no pé do ouvido." E continuou falando que um homem tem que aprender a se defender. O jeito dele de pedir perdão pelo tapão. "Tem que aprender a bater e a apanhar. Só não pode gostar de bater. Só não pode gostar de apanhar. É só pra se defender." Devia ser isso que ele repetia para as crianças nas aulas dele lá no play. Até o dia em que algum pai ou mãe pedisse a ele para mostrar o diploma de professor de bater e apanhar. E não era difícil pensar que ele acabaria botando o pai e a mãe na roda, rindo: "Isso já se nasce sabendo."

    Bastian nem podia jogar na cara dele "você é um parasita, vive às minhas custas, cafetão, gigolô!". Nos bares, ele fazia questão de rachar as despesas. Queria que Xande dependesse dele. O dinheiro e o cartão de crédito podem ser uma coleira mais forte que... o amor?

    Começou a enchê-lo de presentes, sempre roupas. Até isso ele cortou. Preferia CDs. Mas o melhor presente era ensiná-lo a usar o computador. Iam ao teatro, cinema. Até que Xande começou com aquela ideia: "Você precisa conhecer a tua sogra."

Agora eles estão subindo a Maia, numa recepção triunfal: "Quem é vivo sempre aparece!" Bastian começa a suar e treme na primeira apresentação formal a cinco mulheres totalmente de porre, mas inteiras, como "meu cacho!". Pensa que ouviu mal, mas é isso mesmo: "Esse é o Bai, meu cacho." Suas mãos estão suadas e, meia hora depois, doloridas de apertos sacudidos e longos, as costas também doem de palmadas amistosas ou porradas de falsa euforia. Vão de bar em bar, e o Xande bebe todas, dança, canta. Um jovem salta da moto e se joga em cima de Xande, os dois brigam, se enrolam no chão, se levantam, continuam agarrados, até que o Xande, com os olhos rasos de lágrimas, apresenta: "Esse é o Rafa, meu irmão, meu irmãozinho de fé", e o tal Rafa chora no ombro de Bastian como uma criança. A notícia deve ter corrido rápido e a mulherada começa a chover, curiosas para conferir o "cacho", e pelo menos duas delas trazendo crianças com uma nítida semelhança com o Xande. Mas não há cobranças nem constrangimentos, aquele barulho todo é alegria mesmo. Um velho de cabeleira branca faz um discurso interminável e cínico sobre o amor. Um grupo de pagode aparece do nada. Bastian decide tomar um porre, já que o tranquilizante que tinha tomado de manhã não dava sinais de efeito.

Já estava anoitecendo quando subiu a travessa Carneiro, escorregando nos paralelepípedos, meio perdendo o fôlego, e caiu no meio de uma festa ensurdecedora. O Xande o apresentou a uma mulher gorda e imponente, que o recebeu com um largo sorriso de espanto. Circulou pela festa e foi imediatamente enturmado, cercado de paparicos e homenagens, um cacho boiando nas ondas barulhentas dos afetos, e tudo se esboroando nos cachos de rostos como maquiagem desfeita, distribuindo cachos de beijos e abraços na certeza de uma rede de segurança, mergulhado na alegre inconsciência de um trapezista sonâmbulo.

Lá pelas tantas, a mulher gorda pega Bastian pela cintura e se trancam dentro de um quartinho com um oratório, imagens de santos, enormes velas acesas, incenso, gatos. A mulher se ajoelha com extrema dificuldade e pede que Bastian faça o mesmo. A mulher reza alguma coisa que ele não entende e Bastian vai adormecendo de vez, quase sonho, mas ainda a tempo de ouvir, num último vislumbre de lucidez, a mulher gigante mãe terra dizer: "Meu filho era o capeta, sofri para tirar ele do mau caminho, não consegui, nunca pensei que ele fosse aprumar, obrigada pelo que você fez por ele, por salvar a vida do meu filho, só Deus sabe que esse foi o melhor presente que ganhei no dia de hoje."

BEM-TE-VI

É domingo de decisão de campeonato e todos no bar do Luiz estão de olhos vidrados no aparelho de TV. Em outros bares da cidade, nas biroscas dos morros, nos cortiços e nos apartamentos, uma vidração universal. "Tudo teleguiado", cospe o Vovô do Crime, que odeia dividir a atenção com quem quer que seja. O Guile Xangô concorda e vai sacando frases do arquivo TV — "Tire a TV de dentro do Brasil e o Brasil desaparece" — "Não existe mais diferença entre a televisão e o público depois de algum tempo" — "Depende de quem está manipulando". "Tudo teleguiado", repete o Vovô, e sai andando pela rua vazia, a garrafa de vodca na mão, a tarde de domingo cobrindo as casas e as árvores com um lençol de hospital e silêncio.

    O Guile Xangô caminha a seu lado pensando em inconsciente coletivo, controle remoto, sociedade panóptica. Ninguém precisa de guardas para manter a segurança. O controle está dentro do próprio indivíduo, e mais profundamente dentro do que um marca-passo, uma prótese na consciência. Tudo refém, tudo teleguiado. E vai anotando: mercantilismo, esporte-espetáculo, doping de massa, o espaço público reduzido a uma tela de sonho controlado, o espaço-tempo enlatado em mito. Um barco de loucos navegando pelo rio de imagens. Fora do espaço e do tempo do vídeo, o indivíduo estaria como um peixe fora d'água. Ligados a seus aparelhos, os telespectadores comportam-se como peixes presos às redes de TV. Falsos shows de realidade. Os jogos olímpicos da mediocridade. Os teleguiados, reféns catatônicos de um estado de sítio mental.

O Vovô para pedindo silêncio, aponta para o alto da árvore, murmura "sabiá", e os dois esperam ouvir o canto. Enquanto isso, o Guile Xangô cava mais fundo no arquivo TV: "A tela da televisão se tornou hoje uma espécie de espelho de Narciso, um lugar de exibição narcísica", "um formidável instrumento de manutenção da ordem simbólica." O espelho do banal, do lugar-comum, da ideia feita, os fast-thinkers ("pensadores que pensam mais rápido que sua sombra...") que propõem "fast-food cultural, alimento cultural pré-digerido, pré-pensado..." "Sabiá porra nenhuma", berra o Vovô. Um bem-te-vi canta e, de outra árvore, vem a resposta: também-te-vi.

CONEXÃO ETERNO RETORNO

Os angolanos do Estácio saíram da toca e estão se empanturrando de pastel e caldo de cana na lanchonete dos chineses. Não sabem que aqui, berço do samba carioca, já retumbaram os passos dos tigres, carregando barris transbordando das necessidades dos brancos, rumo às águas da baía, no coração das trevas, o fedor, o fedor! Nem que os senhores, pensando nos ócios dos seus negócios, tramaram substituir a escravidão negra pela amarela. Milhares de chineses nas plantações, na construção de estradas de ferro, e aqueles que não morreram de febre amarela viraram vendedores de peixe e camarão, alvo das pedradas dos ciganos. Dois exílios: os negros se esvaindo em banzo; os amarelos se esfumando em ópio. Sobreviveram. E não aconteceu o que temiam os salões imperiais: o país não se "africanizou" nem se "mongolizou". Continua com saudades do futuro.

Agora, neste século cyberiano, continuam montados no mesmo tigre. Os angolanos vieram fugidos da guerra civil e da miséria colonial para servir de mulas ou como soldados do tráfico, é o que se diz. Os chineses ralam duro como reféns da máfia chinesa, é o que se fala. Mas hoje os angolas só estão fazendo hora na lanchonete dos chinas.

Saíram das cabeças de porco porque alguém descobriu uma ligação direta, uma falha qualquer no sistema, e eles estão lá, em volta do orelhão na estação de metrô do Estácio, como se estivesse fazendo muito frio por aqui, como se por aqui fosse o polo sul ou o polo norte, e o orelhão uma fogueira, uma noite de sábado em Luanda. Ou um campo minado (mas sem minas), ou uma perna mecânica para quem teve uma perna amputada por uma explosão.

Vieram aqui para fazer mukunza, comprar roupas com o figurino dos personagens das novelas da Globo e mandar para os parentes venderem lá nos musseques reais deles. São jovens e belos, querem ganhar dinheiro, e tempo, fugir do exército, que não vai querer botar farda em ninguém com mais de 30, quando voltarem. Estão de passagem. Não querem ser confundidos com os negros daqui, que não gostam deles. Atravessaram clandestinos a kalunga, o grande mar, e nunca foram escravizados, não foram arrancados pela raiz em navios negreiros. Estão lá, os malungos, os companheiros de viagem do único voo semanal da Transportes Aéreos Angolanos, linha Luanda-Rio.

O orelhão é um baobá, um embondeiro, e eles são leões ao sol. Estão falando dos vivos para os mortos e dos mortos para os vivos, de um país irreal como o das novelas. Acreditam que podem fugir da terra onde pisam, e telefonam, e se ligam. Não desconfiam que estão morrendo o que são e o que foram, se dissolvendo no espelho, sumindo, desaparecendo, se desligando. Estão ali, banzando em volta de uma falha do sistema.

Os malungos da kalunga estão lá em volta do orelhão, debaixo do céu de aviões baixos do Estácio, rumo ao aeroporto Santos Dumont, mas eles só conhecem o Tom Jobim, onde vêm e vão pelos salões, aos domingos, esperando as notícias dos recém-chegados, dólares, recados, pedidos. Se um dia regressarem, daqui a dez, quinze anos, voltarão estrangeiros, usando as roupas, os gestos e a fala de um outro personagem. Quem sai um sempre volta outro, meio pelo avesso da travessia. Por enquanto, as palavras atravessam o Atlântico como uma cápsula de pólen, um espírito, um pássaro de fogo. E o orelhão é um embondeiro sem raiz nenhuma, ou uma raiz feita de som, raízes aéreas, os tambores dos impulsos, e eles cantarolam em kimbundu, umbundu, kikongo.

Até que a companhia corte o fio da meada e eles voltem para os seus cortiços, a solidão de 44 num quarto, e só restem os domingos no aeroporto. E, quando cortarem o blaoblá, não vão ficar mais aqui na porta da lanchonete, kizumbando e mazombando, fazendo hora, sob o olhar oblíquo dos chinas que passam e repassam o pano no mármore do balcão, alheios ao tsé-tsé das moscas e à promenade das baratas francesas.

Os angolas se fecham em copas quando o funkeiro pixaim louro oxigenado bate palmas, rodopia e rapeia: "Aí, Maria, fecha a caixa, pega a grana, vamos subir o morro, vou te dar uns amassos, lá na minha caxanga, botar meu ping no teu pong", e a chinesinha de cabelos pintados de ruivo esganiça pequinês um riso de deboche glamour e lhe manda na lata: "Qualé, mané? Pirou? Bola da vez! A chapa tá quente! Vai ver se eu estou lá na esquina, ô! Quer saber? Vê se morre, cuzão!"

Os chinas riem amarelo e os angolas não entendem se é ópera ou rusga. Se perguntassem aos dois velhos irmãos italianos da banca de jornal, eles diriam que, se você não se mandar logo desta maldita terra, ela te pega de jeito, te enche de promessas que não cumpre, arrasa com tua juventude, te aposenta sem piedade e depois te enterra sem perdão, nu de mão no bolso, sem pé-de-meia, a filha da mãe gentil, a grande vagaba, a belíssima piranha — e você é o boi!

JOSEFINA POPERETA

O Vovô do Crime é fã de ópera. Tinha pretensões de ser cantor lírico, cantar no Theatro Municipal do Rio de Janeiro, mas não conseguiu nem ser frequentador do bar Amarelinho, ali perto do theatro, foi expulso depois de um escândalo por causa de uma conta: "Eu não sou turista! Estão me cobrando uma caipivodka em dólares! Não pago! Não pago!"

Mas nada impede que ele continue sonhando, e sonhando alto. Nessa madrugada fria, o Vovô do Crime entrega a Guile Xangô um calhamaço de papel com manchas de comida (ketchup, feijão, grãos de arroz, migalhas de pão, manteiga) e marcas de água ou bebida.

— Você tem que ler — berra o Vovô do Crime. — Se isso aqui é o berço do samba, eu te apresento a redenção da música. Pega e lê.

Guile pega com a decisão de adiar a leitura por alguns anos. Folheia a papelada: as primeiras dez páginas estão cobertas por letras de máquina de escrever, seguidas por quase uma resma de folhas em branco.

— Vou ler — promete. — Leio e depois a gente conversa.
— Só não vai perder. Essa cópia é a única.
— Não vou perder.
— Se perder, eu te mato.
— Não vai ter que matar ninguém.
— Você vai ler?

— Vou.
— Quando?
— Não agora.
— Quando?
— Te devolvo na semana que vem.
— Semana que vem.
— Isso.
— Se perder...
— ... eu te mato.
— Não: eu é que te mato.
— Combinado.
— E lembra: isso aqui, a cidade toda, o país inteiro, sem parábola e sem alegoria, é o habitat perfeito dos ratos e dos gatunos onde o terror opera.
— Vou lembrar.

Estava escrito:

"Apresentação

Em *Josefina, a cantora ou A cidade dos ratos*, Franz Kafka abre um processo contra a música através de um rato-narrador. O objetivo deste trabalho é reconstituir a trilha sonora desse processo através de uma intervenção eletrônica/eletroacústica. Ou em outras palavras: dar uma voz a Josefina e um universo sonoro à cidade dos ratos.

De acordo com o rato-narrador, Josefina é uma pequena diva de ópera que pretende salvar seu povo através do seu canto. Segundo Günther Anders, em *Kafka: Pró e contra*, a história da ratinha cantora remete ao povo judeu; Kafka troca os nomes, não usa a palavra judeu, e deixa ao leitor a pista de que, nos ratos sem história, sem passado, que não criam e vivem numa tradição irrefletida, numa condição nômade, escondem-se os seguidores de Moisés, que escreveriam sem pensar, escreveriam como os ratos chiam, criariam os longos comentários da Torá sem parar para articular uma proposta nova de escritura. Na pequena ratinha Josefina existiria mais uma metamorfose do próprio Kafka, angustiado pela sua literatura e pela perda de voz, no final da vida.

Este projeto pretende focar apenas a música em si e, através da própria música, refletir sobre questões como: artista/público, sucesso/fracasso, estrelato/anonimato. Trata-se de um circuito fechado.

Jorge Luis Borges, no artigo "Escrita atemporal", escreve: "Conheci a obra de Franz Kafka em 1917 e agora confesso que fui indigno da obra dele. (...) Passei frente à revelação e não a percebi. (...) Mais tarde seus livros chegaram às minhas mãos e então me dei conta da minha insensibilidade e do meu erro imperdoável."

Este trabalho é uma "opereta pop", uma "popereta" em defesa de Josefina contra o processo aberto pelo rato-narrador. Não defender Josefina seria um erro imperdoável...

É preciso dar voz a Josefina. É preciso ser cúmplice da revelação do seu canto inútil.

O libreto de Josefina Popereta

Josefina — Mezzo soprano
Narrador — Baixo
Coro dos fãs
Coro dos indiferentes
Coro dos guarda-costas

Abertura

A cidade dos ratos. Ruídos incidentais. Assobios. Chiados.

Narrador — Nossa cantora chama-se Josefina.
Quem não a ouviu, não conhece o poder do canto.
Não existe ninguém
A quem seu canto não arrebate.
Essa é a prova do seu valor:
O nosso povo não aprecia a música.

A quietude é nossa música preferida.
Nossa máxima virtude
É uma certa astúcia prática.
Não interessa ao nosso povo
A nostalgia da felicidade
Que a música produz.
Somos totalmente antimusicais.
A estática é nossa tática,
Não temos estética.
Apenas Josefina é a exceção dessa regra.
Ela é negra,
Negra e grega, é rata.
Ela é a única
E com seu desaparecimento
Também desaparecerá
A música.

Ruídos e chiados vão se transformando aos poucos em melodia.

Coro dos fãs — Levanta e canta,
Tu que moras no pó.
Levanta e canta.

Narrador — Os corpos estão queimando
Na caçamba de lixo, entre pneus,
E as cinzas caem sobre os becos
Entre gritos de desespero.
Chega de trabalho pesado.
O prazer não é uma culpa.
Ficar sem fazer nada não é um crime.
Por que cada gesto de amor está emparedado
Como gatos no cio e cães na coleira?

Coro dos guarda-costas — Há um vento quente vindo dos polos

E de lá sobe pela corrente do degelo
A gripe com asas, a febre sem manhã.
Nosso povo se arrasta entre o dia e a noite,
Entre a vida breve e a morte certa.
Na beira da noite, entre a vida e a morte.

Coro dos fãs — A verdade diz que ninguém se entende.
Vamos quebrar esse silêncio,
Esse silêncio,
Vamos povoar esse silêncio.

Coro dos indiferentes — Silêncio!
Deixa o mundo dormir,
Não é hora de acordar.
Silêncio!
Deixa tudo do jeito que está!
Deixa o mundo do jeito que está!
Silêncio!

Coro dos fãs — As cinzas caem sobre os becos
Como os pelos cinza dos velhos,
Como os pelos cinza das crianças,
Caem como a vida e a morte.

Coro dos indiferentes — Silêncio!
Silêncio!
Queremos ouvir
O silêncio!

Coro dos fãs — Não existe silêncio.
Só ventos e eventos.

Narrador — Temos certa ideia do que é canto,
E é evidente que o canto de Josefina
Não corresponde a essa ideia.

É canto?
Não será um simples chiado?
Todos sabemos:
O chiado é grande arte do nosso povo.
Arte?
Uma aptidão.
Uma expressão vital.
Todos chiamos,
Isso não é novo,
Faz parte,
Mas ninguém acredita que chiar
Seja uma arte.

Coro dos fãs — Faz parte,
É novo.
É a nova arte
Do nosso povo.

Josefina desperta.

Coro dos guarda-costas — Venham todos.
Venha todo o povo.
Essa vida,
Sua vida,
Nossa vida,
Tem saída.
Viva a diva.
Viva a divina
Diva Josefina.

Ouve-se a voz de Josefina.

Josefina — Acordem,
Acordem.
Ninguém mais durma.

A luz foge,
Começa
A luta noturna.
No sótão,
No porão,
No esgoto,
A luta soturna
Por um rosto,
Por um gosto.
Sem esperança,
Sem medo e sem temor
Nesse mundo de terror,
Levanta,
Tu que moras no pó,
E canta."

Segue-se o plano geral do libreto:

"1. Reunião para o concerto.
2. O concerto
3. Josefina canta: uma tola criaturinha canta na plateia e é silenciada
4. O ataque do inimigo: pânico no concerto
5. A vida volta ao normal: um dia de trabalho na cidade dos ratos
6. Josefina e a coloratura
7. Josefina e o quebra-nozes
8. Dia de chuva na cidade dos ratos
9. Josefina doente
10. Josefina recuperada
11. O triunfo de Josefina."

A partir daquela madrugada, durante dias o Vovô do Crime pediu a opinião de Guile Xangô, durante meses implorou de volta a papelada, durante anos, em relâmpagos de memória, voltou a pedir a opinião, e o Guile X sempre enrolando: maravilha, perfeito, vamos falar do Holandês Voador do Wagner.

Como diria a Mirtes: "Isso não se faz, Xaxango, não se faz, meu puto."

CRISTO EM ROSEBUD

Guile Xangô sonhou que era o Pastor Jonas Brandão e gritou "Aleluia!", e todo seu rebanho bradou de volta: "Aleluia!"
Jonas Brandão abriu os olhos e temeu o que viu: as lágrimas desciam pelo rosto imenso do rebanho. Lágrimas de sangue escorriam pela face negra do seu povo. Viu caninos amarelos e pontiagudos, órbitas vazias, caras peludas. Patas debaixo das saias e garras nas pontas dos braços.
Precisava descansar. Havia quantos anos não tirava férias? Havia quinze anos, desde que tivera a revelação. "Não fareis ídolos. Não levantareis estátuas nem estelas, e não poreis em vossa terra pedra alguma adornada de figuras, para vos prostrardes diante dela, porque eu sou o Senhor, vosso Deus." Precisava de um descanso.
Trancou-se no escritório. Estaria sendo abandonado? Afrouxou o nó da gravata, chutou longe os sapatos e deitou-se na poltrona. Lutou para não adormecer, mas sabia que era em vão. De olhos abertos ou fechados, lá estava ele se arrastando desesperadamente pela neve alta e a neve era a areia fofa de um deserto e imensos vermes brancos saltavam atrás dele enquanto, ao longe, uma fortaleza tenebrosa se erguia contra um céu violento. Nunca chegaria lá e, se entrasse na fortaleza, caminharia seu pesadelo por quartos fétidos, masmorras estridentes e seres em esfarrapada e fantasmagórica agonia. O céu derramava um sol em lava quando ele entrou na aldeia à frente de uma

patrulha de doze homens. Mulheres e crianças foram amontoadas na pequena praça e ele ordenou o massacre. Depois a patrulha desceu o largo rio cantando uma velha canção que falava da simpatia pelo demônio.

"Vou servir a comida", disse uma voz.

Jonas Brandão tentou despertar. A cada dia ficava mais difícil sair do seu sono acordado: erguia as duas mãos para levantar a tampa do caixão e ficava com os olhos fechados para se acostumar com a luz da realidade. Abria os olhos lentamente, com medo de que estivesse apenas passando para uma nova forma de marasmo, como agora. Ainda deitado, viu a obreira Natália sentar-se na cadeira alta e cruzar as pernas com serena elegância. Ela estava sem calcinha e ele pôde ver os pelos ruivos que ornavam a rosa mística do seu jardim secreto. Fechou os olhos e recitou: "Disse-me o Senhor: 'Vai e compra um cinto de linho e coloca sobre os rins, sem contudo mergulhá-lo na água'."

"A comida está ótima", disse uma voz.

Jonas viu o Pastor Josué estender a toalha sobre a mesa. Depois, colocar um prato sobre a toalha e uma faca e um garfo ao lado do prato. Com uma colher, o Pastor Josué arrumou a comida no prato — arroz, feijão, bife, farofa, dois ovos, batata frita — e sorriu para a sua obra. Na outra ponta da mesa, o Bispo Romildo esvaziou o saco com dinheiro e começou a contar o dízimo dos fiéis.

"Não estou com fome", disse Jonas Brandão.

"Mas o senhor precisa comer", disse o Pastor Josué. "Temos mais dois cultos."

"Não vai ter mais culto hoje."

"Não vai?"

"Não vai."

"Não estou entendendo."

"Vou fechar este templo."

"Não podemos fazer isso", protestou o Bispo Romildo. "É o mais lucrativo de todos."

"Vou fechar assim mesmo. Já decidi. Até a maldição acabar."
Fechou os olhos. "Não fareis ídolos." Por trás das pálpebras cerradas, viu o Pastor Josué atacar com gula o prato de comida e trocar um olhar traiçoeiro com o Bispo Romildo.

"Vamos dar um tempo", disse Jonas Brandão.

"Mas foi ideia sua: acabar com o cinema, apagar as estrelas, derrubar os ídolos", disse o Bispo Romildo.

"É só um intervalo", disse Jonas.

"Mas já fechamos todas as salas de cinema. A cidade não tem mais cineclube, videolocadora, nada. Acabaram as imagens, todos os idólatras foram convertidos", disse o Bispo Romildo. "Nós vencemos. Só existe a nossa voz."

"Não é verdade", disse Jonas. "Escutem."

Todos escutaram. O silêncio começou a pesar como um nevoeiro. Caminhando no meio do nevoeiro, Jonas Brandão ouviu passos negros de lobos e passos vermelhos de assassinos. Então começou a correr. Não acreditou que conseguiria saltar de um prédio para o outro, mas saltou assim mesmo e percebeu que não fora abandonado: duas asas sustentaram seu corpo no ar frio da noite. Não teve tempo para dar sentido ao que sentia. Foi atacado por uma nuvem de pássaros vertiginosos que ricochetearam contra seu corpo como balas perdidas.

"Segura ele!", gritou o Bispo Romildo.

"Ele me acertou!", gemeu o Pastor Josué, "ele me acertou!"

"Larga essa faca!", exigiu o Bispo Romildo. "E você aí, Natália, se mexe, chama os seguranças! E um médico!"

"Ele está precisando é de um exorcista, e há muito tempo", disse a obreira Natália, sem pressa.

Jonas conseguiu escapar dos pássaros assassinos e, no limite de suas forças, num último arremesso, pousou na torre do castelo assombrado. Respirou fundo. Levou algum tempo para aceitar sua metamorfose, sentindo o vento mover suas penas, e achou que aquilo era bom. Vindo do nada, um outro pássaro pousou a seu lado e lhe disse que o verdadeiro Cristo estava em Rosebud, preso por uma palavra mágica. E voou para longe.

Jonas Brandão tentou perguntar: "A quem foi revelada a raiz da sabedoria? Quem pode discernir os seus artifícios?" Lançou um grito, mas ouviu apenas um pio rouco, nada mais. Tentou voar.

"Mordeu, ele me mordeu! Virou vampiro", disse a obreira Natália.

"Ele precisa de uma camisa de força", disse o Pastor Josué.

"Nada disso. Ele precisa de descanso. Trabalha demais e não quer tirar férias de Deus", disse o Bispo Romildo ao enfermeiro que preparava a injeção.

"Assim não dá! Me ajudem aqui. Segurem os braços", disse o Pastor Josué.

"Ele me chutou!", disse a obreira Natália.

"Segurem firme, é só um segundo e ele apaga", disse o enfermeiro.

Jonas Brandão bateu as asas, mas não conseguiu se mover. Até que sua consciência virou uma tela branca e ele mergulhou na escuridão.

A IRMÃ MAIS NOVA DO LOURINHO

A minha irmã mais nova, metida a gente, metida a gostosa, e era, corpão, sempre lendo revista de artista, pintando as unhas, fone no ouvido, cantando, fazendo tudo ao mesmo tempo, debochada, língua de trapo, sempre pegando no meu pé: cachaceiro, maconheiro!, você não vale o ar que respira, a comida que caga! Venenosa, nasceu madame, queria baile de debutante para os 15 anos, e ia ter, no clube, a quadra da escola não servia, ia ser no clube. E só namorava branco. Ia se casar virgem, ter dois filhos, um casal, mas só quando tivesse 28 anos, antes, ia aproveitar a vida, estudar, se formar, trabalhar, batalhar as coisas dela. Sempre falando sem pensar, ferindo, a rainha da cocada preta, a própria, e eu não gostava dela, o santo da gente não combinava. Saí de casa por causa dela, joguei um prato de macarrão nos cornos dela, não pegou. Eu tinha dado baixa do Exército, não conseguia emprego, e ela: você não merece a comida que caga!, joguei, mas não pegou, e aí eu saí de casa e fiquei duas semanas na casa da minha tia na Baixada. Depois eu voltei para casa, mas a gente nem se falava mais.

Foi quando a gente estava lá, na sala, vendo a novela. Meu pai, minha mãe, meus dois irmãos solteiros, nós somos oito ao todo, sete homens e uma mulher, ela era a única, a única mulher, e também a mais nova, e se aproveitava disso porque além de ser a caçula, meu pai e minha mãe batalharam muito para conseguir ela. Isso foi depois de perder a Sheila no parto.

Eles tentaram tentaram e tentaram, até que veio ela, e então pararam, deviam ter parado antes. Então a gente estava ali e, de repente, ela entrou, sangrando, escrachada, estuporada, nua, uma mão cobrindo os peitos e a outra no meio das pernas, sangrando, olhando sem ver, louca. Meu pai se levantou e caiu, teve um troço e ficou no chão, babando, com o corpo pulando como se estivesse levando choque. Meu pai era apaixonado por minha irmã, o xodó dele. Minha mãe começou a gritar e meus irmãos foram socorrer minha mãe. Eu fiquei onde estava, sem ação, então ela veio. Sentou no meu colo, botou a cabeça no meu ombro, enfiou o dedão na boca e começou a chorar baixinho, dizendo baixinho o que tinha acontecido, e soluçando, sem tirar o dedo da boca, me contando tudo.

A gente morava num conjunto habitacional, quinto andar. No começo era familiar, depois virou favela, tinha boca e tudo. O Rê e o Roni moravam no bloco 4, eram irmãos, o Tavinho no 6 e o Bexiga não sei onde, mas ele não saía dali. Os quatro tocaiaram ela entre o 5 e o 6, levaram ela para o campinho do 7, fizeram horror e deixaram o bagaço para o Bexiga. Se mandaram e o Bexiga não fez nada, só deu a camisa dele pra ela, mas ela não usou, ou perdeu no caminho e subiu as escadas. Ninguém disse nada, ninguém fez nada. Não dá, não dá para acreditar, o Rê e o Roni tinham um ferro-velho, era do pai deles, Seu Roberto, agora era deles porque o Seu Roberto teve um derrame e ficou paralisado do lado direito. E o Tavinho era um puta mecânico, montava e desmontava qualquer tipo de carro. A gente foi moleque juntos, o Rê, o Roni e o Tavinho. O Bexiga era um zé-ninguém e puxava de uma perna, um deixa-que-eu-chuto. O problema do Rê era a bebida, duas cervejas e ele já estava aprontando merda. O Roni gostava mesmo é de um fuminho e se borrava de medo do Rê, que vivia botando ele em fria, e o problema do Tavinho é que era viado, mas só que sempre escondeu isso. Dando uma de garanhão, já tinha papado todas as mulheres, mas a tara dele era mesmo o Roni. Foram eles.

Levei minha irmã para o banheiro, abri o chuveiro. Aí a vizinha, que eu estava comendo, o marido dela era... eu sei lá o que ele era ou fazia, eu só sei é que ele não dava conta dela, Marta, e aí a Marta disse: deixa que eu faço isso, e me empurrou para fora do banheiro mas minha irmã se agarrou em mim, não queria que eu fosse embora, aí eu fui fazendo sshi, sssshi, tudo bem, eu tô aqui, botei ela embaixo do chuveiro, a Marta também entrou e ficamos os três ali debaixo do chuveiro, até que a Marta se abraçou com minha irmã, e as duas ficaram ali, e eu saí e fechei a porta.

Minha mãe estava abanando meu pai que estava estirado no sofá e começou a gritar comigo porque eu estava molhando o tapete. Meus dois irmãos tinham ido no Seu Macedo, que era o vizinho que tinha carro e vivia levando doente e mulher grávida para cima e para baixo. Só que, no dia que o Seu Macedo teve um infarto, ninguém socorreu ele. O Seu Macedo ainda não tinha chegado e meus irmãos subiram cinco andares só para dizer isso, que o Seu Macedo não estava, e depois desceram mais cinco andares para ligar do orelhão para o hospital, ninguém tinha celular naquele tempo. Meus irmãos, nem vou te contar, e minha mãe, berrando que eu estava estragando o tapete dela.

Então entrei no quarto, peguei o ferro do meu pai, um três-oitão que minha mãe vivia escondendo dentro de uma mala de papelão cheia de fotos da família, botei o ferro na cintura, desci os cinco andares e fui, por instinto, direto para a quadra. A quadra estava lotada, o pagode rolando, todo mundo me gozando, tirando onda com a minha cara, eu, todo molhado, e o Rê ali, encostado no balcão do bar da Dona Zilda, começou a rir quando me viu, rindo e coçando o saco. O Roni se chegou mais para perto do Rê e o Tavinho quis sair mas ficou, pegou a garrafa de cerveja e encheu os copos, de costas para mim. Aí o Bexiga pegou um dos copos e o copo caiu no chão mas não quebrou, e ele também não apanhou, o copo ficou lá.

Rê disse que eu tava com cara de bunda, aí tirou a mão do saco, enfiou um dedo na testa e disse já sei: veio aqui tirar satisfação, a Denise, Denise é o nome da minha irmã, a Denise deve ter te contado que, sabe como é que é... ela gostou, gostou... não gostou, gente? O Roni: não sei do que você tá falando. Tavinho: acho que você tá falando demais, e o Rê: qualé, vocês tão com medo desse bundão?, e para mim: ela deu mole e eu comi, comi e chamei os amigos, e se você quiser beber com a gente numa boa tudo bem, tô pagando, agora, se quiser engrossar, aí é contigo mesmo, meu camarada, e ficou ali rindo, não sei.

O Rê tinha olho azul, mas o cabelo era sarará. A bronca dele era que o Roni tinha cabelo de índio. O Seu Roberto era louro de olho azul, mas a mulher dele era uma negona. Dizem até que o Seu Roberto teve o tal derrame porque o Rê bateu na mãe e o Seu Roberto quis pegar ele, mas o Rê porrou Seu Roberto também, o Rê era massudo, levantava peso, tomava vitamina, mas relaxou, ficou gordalhudo, um porco balofo. O Roni sempre foi magro, varapau. O Tavinho era louro, os cabelos até os ombros, por trás parecia uma menina.

E aí o Rê: tá olhando o quê negão?, e eu só via a mão dele coçando o saco, coçando o saco com vontade, a mão dele cabeluda coçando o saco, e o Rê: acho que o negão tá querendo também, e tirou a mão do saco e pegou o copo cheio de cerveja e bebeu de um gole só e ele viu que eu vi que a mão dele estava tremendo, e ele estava tremendo porque eu já estava com o ferro na mão, e então eu sentei o dedo nele, bem nos cornos, eu queria dar no saco, mas dei nos cornos dele. Aí o Roni segurou o Rê e eu meti o dedo nele também. O Tavinho levantou a garrafa de cerveja para me acertar e eu queimei ele também, e aí o Bexiga quis correr e eu dei um teco nele também, e aí fui até onde estava o Rê e aí sim, mirei bem e dei um teco bem entre as pernas dele, só que ele já estava morto. Mas o Roni ainda estava estrebuchando, aí então meti o cano bem dentro da boca dele e apertei, aí fui saindo, saindo, saindo. A quadra tinha ficado vazia de repente e então senti um estrondo em minha cabeça e me encheram de porrada, e se os homens não chegam tinham acabado comigo.

O Tavinho foi o único que escapou, jurou até o fim que eles não tinham feito nada, que não foram eles. Não tinha testemunha, então ficou a palavra dele contra a palavra da minha irmã, e para cagar tudo mais ainda eu disse para juíza que faria tudo de novo, e que se não tivessem me segurado eu matava o Tavinho ali, na frente de todo mundo, aí a juíza disse que eu era um assassino frio, um perigo para a sociedade e que ela ia me dar pena máxima, e eu disse que ia pegar ela também e aí me caguei geral.

Ninguém da minha família ia me visitar, só minha irmã, até que eu pedi para ela não me visitar mais. Ela era mesmo um mulherão e, depois das visitas, todo mundo ficava me zoando, e eu explodia, e me zoavam mais. Daí ela não veio mais, mas sempre arranjou jeito de me mandar coisas. Eu já estava lá dentro tinha uns cinco anos quando ela veio com um negão todo educado, era o marido dela, e o bundão me abraçou e disse que ia fazer isso e que ia fazer aquilo, não acreditei, e também não fiquei feliz por causa da minha irmã.

Lá dentro descobri que eu podia fazer o que quisesse com as mãos. As assistentes sociais se amarravam nas coisas que eu fazia e ganhei até um professor de pintura. Melhorou mais ainda quando mudou de diretor, veio o Dr. Pedro, e de repente eu estava fazendo serviço em casa de bacana, limpando piscina, consertando piso, comendo empregada, cuidando de cachorro. Virei um preso solto e cheguei a segurança de um maioral que reviu meu processo e depois de quase dez anos de janela eu estava na rua, com alvará na mão, e o nome limpo.

Continuei preso ao que eu tinha feito, mas sem um nada de remorso. Minha irmã teve um filho, mas o casamento já tinha acabado: o marido nunca conseguiu tirar o lance da cabeça. Eu disse a ela você não devia ter contado nada, mas então ela me disse: aí eu não seria tua irmã. E o meu pai: eu é que devia ter feito aquilo que você fez, eu disse para ele: você nunca teve culhão pra isso, e ele baixou os olhos, e minha mãe se agarrou ao meu pai, os dois sozinhos, dois velhos, os filhos criando família, todos na pior, os bundões.

Um dia encontrei o Tavinho sentado numa cadeira de rodas, vendendo balas no centro da cidade. Você não sabe o prazer que tenho de te ver, eu disse, e ele começou a gritar de juntar gente.

UM POR TODOS

Era como se eu fosse o Vovô do Crime, o Guile Xangô, o Vavau, o Beleco, o Pardal Wenchell, todos num só, todos em mim, Pedrão, e eu era todos eles, mas continuava sendo eu sozinho, tirando a minha onda, e cheguei a pensar naquele filme sobre os mosqueteiros, um por todos, todos por um, e todos, o Vovô do Crime, o Guile Xangô, o Vavau, o Beleco, o Pardal Wenchell, todos estavam mortos, e eu era o único vivo, Um por Todos, Todos em Um, eu, Pedrão.

    Parei meu táxi num dos portões de saída do aeroporto do Galeão e fiquei ali esperando, acendendo um cigarro na ponta do outro, eu que não fumo, pensando em Deus e querendo beber vodca, eu que não gosto de vodca, e ideias bestas rolando na minha cabeça, esticando a língua para sentir gosto de sangue, pensando em matar, mas me segurando. Saí, andei pela fileira de táxis e não tinha ninguém para conversar, todos os táxis vazios. Caminhei pelo saguão do aeroporto, tudo deserto, ninguém nos guichês, ninguém nas lojas, nenhuma voz nos alto-falantes anunciando chegadas e partidas. Cheguei na pista, todos os aviões imóveis como tubarões fora d'água. Olhei para o céu e entendi: uma imensa nuvem de urubus, mais negra que a mais negra das nuvens, redemoinhava sobre o Galeão, não havia condições técnicas para um avião subir ou descer. "Deixa de ser burro", uma voz disse dentro da minha cabeça, "você não percebe que a cidade está morta, vacilão?" Era o Vovô, mas podia ser o Beleco ou o Vavau. "As cidades também morrem!" Desliguei, preferi não responder.

Voltei ouvindo os meus passos pelo aeroporto deserto e parei meio assustado quando vi os sete turistas dentro do meu táxi e fiquei me perguntando como conseguiram se arrumar num espaço tão pequeno. Sentei ao volante, mais por hábito, mais por escravidão do que qualquer outra coisa, e não consegui ouvir minha voz perguntando para onde queriam ir. Também não consegui escutar nem entender o que diziam, e me concentrei nos olhos claros deles, alguns quase cegos de tão azuis, e nas bocas que mexiam sem som como peixes num aquário. Não me deixei amedrontar pelo pressentimento de que eram fantasmas, ou pior, anjos exterminadores.

Saí do Galeão, peguei a linha vermelha e acabamos empoçados num engarrafamento monstro. O calor era insuportável, a estufa fedorenta de uma cidade morta, e, como não tinha nada o que fazer, comecei a prestar atenção no que os turistas diziam, e, quando me liguei, percebi que cantavam em coro — *Lo! Death has reared himself a throne In a strange city lying alone Far down within the dim West, Where the good and the bad and the worst and the best Have gone to their eternal rest* — e não deu para entender uma palavra e continuavam — *The viol, the violet, and the vine* —, parecia mesmo música, ou uma oração, e elevaram um pouco mais as vozes roucas — *While from a proud tower in the town Death looks gigantically down.*[3] Tive vontade de rir e pedir que parassem com aquela falação sem sentido, mas minha voz não saía.

Saltei do táxi agoniado pelo calor, pelo fedor, por aquele burburinho de palavras, por aquela paralisia de motores e pneus que não me deixava ir para lugar nenhum. Todos os carros estavam vazios, quase todos com as chaves na ignição: parecia que os motoristas tinham abandonado seus carros no

---

3. Os versos são do poema "The City in the Sea", de Edgar Allan Poe. [N.A.]

meio de um tiroteio. Ou que motoristas e passageiros tinham sido sequestrados. Ou então homens, mulheres e crianças tinham virado urubus numa metamorfose colossal e agora redemoinhavam lá no alto, mil, mais de 100 mil, milhões, negros como a mais negra das nuvens de chuva.

Comecei a correr entre os carros. Os turistas ou fantasmas ou anjos, andando atrás de mim com pernas imensas, não precisavam se apressar. Soltavam suas palavras gringas — *Tandis que d'une fière tour de la ville, la Mort plonge, gigantesque, le regard* — *der Tod taucht, gigantisch, den Blick* — *la morte osserva* — *Mientras que de una torre orgullosa la muerte mira* — e as palavras cinza flutuavam no ar pesado como os balões japoneses da minha infância.

Não sei como chegamos na Central do Brasil, depois de passar pela rodoviária. É bem possível que eu estivesse tão desesperado diante de tamanha imobilidade que, como uma criança, quisesse ver ônibus chegando de cidades distantes, trens partindo para os subúrbios, mas também ali o vazio tomava conta de tudo. — *Time-eaten towers that tremble not!* — *Une clarté sortie de la mer livide inonde les tours en silence* — os anjos fantasmas repetiam nos meus ouvidos. Decidi caminhar até a baía para ver se as barcas, os navios e as traineiras também estavam imóveis numa água de vidro e silêncio. — *A l'entour, par le soulèvement du vent oubliées* — *auf Mauern wie in Babylon* — *sotto il cielo le acque di malinconia si trovano* — *avec résignation gisent sous les cieux les mélancoliques eaux* — os anjos fantasmas tagarelavam à minha volta.

Com um profundo sentimento de culpa lembrei da minha mulher e das minhas filhas, e tremi só de pensar no que teria acontecido com elas. Tentei voltar para casa, meu coração me mandava voltar para casa, as pernas não me obedeciam. "Vamos, vamos", eu pedia, "vamos, vamos", eu me implorava, e então ouvi alto e claro dentro de minha cabeça (mas parecia que era o rádio do meu táxi) o Guile Xangô me ordenando que levasse os turistas para o Cristo Redentor, lá em cima eu decifraria o enigma, essa greve geral de todos os sentidos, esse sequestro do tempo, essa solidão nas ruas, nas avenidas, nas torres das igrejas e dos shoppings, esse silêncio de cemitério. Lá em cima eu teria todas as explicações para o tsunami social gerado pela guerra civil entre os homens e suas técnicas, as raízes da guerra cósmica entre os demônios do bem e os anjos do mal. Escutei risos e vaias, e, acima dos risos e das vaias, a voz de catedral do Guile Xangô dizendo: "Medo, esperança, repetição. Graça! Grátis! Gratuito! Nada é de graça. Tarde Vos amei, ó beleza tão antiga e tão nova, tarde Vos amei. Quem é Deus? Perguntei à terra e ela respondeu: 'Eu não sou.' E tudo o que nela existe respondeu-me o mesmo. Interroguei o mar, os abismos e os répteis animados e vivos e responderam-me: 'Não somos o teu Deus; busca-o acima de nós'"[4], e mais risos e mais vaias, e percebi, com tristeza mas sem espanto, que o Guile Xangô tinha enlouquecido de vez, meu pobre amigo não conseguiu encontrar a paciência nem a coragem para suportar a morte da cidade amada e o fim do mundo.

E eu me disse: "Não vou, não vou levar turista nenhum até o Cristo. Tenho família e essa não é a hora de ser cicerone de ninguém."

Tentei escapar de fininho e então os anjos fantasmas turistas me seguraram pelos braços — *Hell, rising from a thousand thrones, shall do it reverence*—, me ergueram no ar e me carregaram na direção da entrada da estação do metrô — *l'Enfer, se levant de mille trônes, lui rendra hommage.*[5] Não consegui decifrar a intenção deles, imaginei que todos os que não conseguiram asas para escapar para o alto foram rastejados para baixo, e comecei a espernear, a chutar, a morder, mesmo sabendo que qualquer resistência seria vã e com a certeza absoluta (que não

---

4. A fala de Guile Xangô é de Santo Agostinho. [N.A.]
5. Excertos em francês do poema "The City in the Sea", de Edgar Allan Poe, em tradução de Mallarmé. [N.A.]

era minha mas que pertencia a todos os condenados) de que seria morto como um cão. Gritei. Gritei de vergonha. Gritei de desespero. Gritei de terror. Gritei, até que vi o Beleco descendo a escadaria do metrô aos berros ("Sobreviventes! Viva os sobreviventes!"), atirando, e vi que o Beleco esperou ser parado por uma bala, seria igual a bater contra um muro, mas não teve muro, e o moleque contornou os pilares, continuou atirando, viu sombras fugindo, três muito rápidas, duas cambaleando, ouviu gemidos e percebeu dois turistas alemães se arrastando pelo chão, chegou neles, puxou a glock 28, deu um tiro de misericórdia na cabeça de cada um, por economia, e depois veio apontando a arma na minha direção, rindo, o viadinho, a língua vermelha lambendo o sangue que escorria pelos cantos de sua boca, o vampirado. Gritei hell's angels hell's angels hell's angels.

E então ouvi a voz de Pardal Wenchell, "se vai fazer merda, é melhor fazer direito". Estavam todos ali: a Ruth, a Mirtes, a Olívia, o Dafé. "Vamos pelos trilhos do trem", comandou Pardal Wenchell, que ficou na frente com o Guile Xangô, entregou uma pistola para um dos anjos e pediu que ele ficasse no meio do grupo, e ordenou que Beleco viesse por último. "Atirem em qualquer coisa que se mexer!", gritou. O Comando Vira-lata vigiava os flancos e, sem ninguém mandar, iam e vinham pelo meio do mato, farejando e vigiando. No meio da subida, Beleco apontou a sua Uzi Suzi para um anjo alemão e mandou que ele fechasse a fila.

Chegamos lá em cima com a noite fechada. O Comando Vira-lata guiou Pardal Wenchell para os restaurantes e, apesar do abandono, havia bastante bebida e muita comida em lata. Todo mundo se jogou nas cadeiras vazias e em cima das mesas. Depois do descanso, Ruth e as Comadres começaram a preparar um grande jantar, mandando todos, inclusive os alemães, catar lenha. Ouviu-se música pela primeira vez nestes últimos dias. Vavau e Ruth cantaram para divertir os alemães. A noite ia ser boa. O vento começou a soprar forte.

Os elevadores e as escadas rolantes estavam inutilizados. Beleco seguiu o Guile Xangô pelas velhas escadas de pedra e se espantou com a altura da estátua que sempre tinha visto de longe e distraído. Como é que tinham trazido aquilo até ali em cima? Acordei com o Cristo piscando feito um vaga-lume gigante e embaçado, era o Vavau mexendo em fios e motores, tentando acender as luzes do Cristo, e o Vovô do Crime, bêbado como sempre, me cutucou com a ponta do tênis vermelho e fedido, e engrolou "vem comigo", chutei a canela fina dele com a minha bota, deve ter doído, mas ele nem sentiu de tão anestesiado que estava, e fui atrás dele, dei a volta na base da estátua, "vou te mostrar o que tem dentro do cavalo de troia", disse o Vovô do Crime, e ele entrou por um buraco que parecia levar a um porão, botou uma lanterna acesa no bolso do paletó de palhaço que ele nunca tirava e começou a subir por uma escada de ferro sem-fim, e eu fui subindo atrás do Vovô do Crime, ele falando e falando como sempre, a subida não terminava, o Vovô do Crime não perdia o fôlego, falando e falando e eu não escutando nada, até que, depois de um tempo tão grande que fez doer os meus braços e esfolou as minhas mãos, chegamos a um jirau de ferro. O Vovô do Crime apontou a lanterna, pensei que ia me mostrar um cavalo, mas não era um cavalo, e o Vovô do Crime soltou aquele riso escroto dele, "o coração dele é de pedra", disse e repetiu várias vezes, rindo e dizendo, "o coração dele é de pedra", e vi o coração, um coração de pedra, "entendeu agora?", disse o Vovô do Crime, e subiu mais ainda, falando e falando, "não adorarás ídolos", "bezerro de ouro", "cavalo de troia", e lutou e pelejou para abrir um alçapão, conseguiu abrir com gritos de raiva e me deu um espaço para eu olhar, e eu me apertei contra o corpo fedido dele, botei a cabeça para fora do alçapão e vi o braço enorme do Cristo e, mais no alto, o rosto enorme do Cristo, o queixo, a boca, o nariz, os cabelos, tudo de pedra, e a lua feito uma moeda enorme ou um boné de prata que o vento forte tinha soprado da cabeça do Cristo, e a névoa não deixava ver a cidade, senti um frio na barriga, um frio no corpo todo, eu estava tremendo e eu disse "quero descer dessa porra", e fui empurrando o Vovô do Crime para baixo, tremendo e gritando, pisando nas mãos e na cabeça dele, e ele gritando apavorado "calma, Pedrão, calma", e quando cheguei lá embaixo tropecei no corpo do Vovô do Crime, eu nem tinha notado que ele se estabacou lá de cima e agora estava ali feito um boneco quebrado, roncando, puxando ar, "viu? Viu?", puxando ar, até que parou de roncar, e fiquei ali segurando a mão dele até ela ficar fria feito pedra.

Então o Beleco acordou sonâmbulo no meio de um nevoeiro branco e cercado de mortos. Tinha se ralado todo para jogar o corpo do Vovô do Crime por cima da amurada, sem que ninguém visse, como um gato escondendo a própria merda, e ele não tinha feito nada, não precisava esconder o corpo. Mas não havia morto, todos estavam dormindo, todos dormindo pesado, até Pardal Wenchell, e o Comando Vira-lata, e as Comadres, e os Quatro Mandelas. E o Beleco olhou para o Vovô do Crime roncando no seu lado esquerdo, e o Dafé sorrindo no seu lado direito, e se enroscou no seu cobertor.

Só o Guile Xangô estava de pé, imóvel, parecia não ter dormido a noite inteira, uma estátua menor envolta por um lençol vermelho vigiado pela estátua gigante vestida de névoa.

Caíram os véus e agora se pode ver a realidade. O Guile Xangô vê a névoa se dissipar e mostrar um mundo de silêncio à beira-mar, um imenso cemitério, uma cidade morta, a metrópole transformada em necrópole. Não era a primeira vez que estava ali, lembrou de um sonho antigo, nem tão antigo assim, mas agora um sonho real, tão forte como a primeira vez. E tinha acontecido o que todos temiam. A cidade se desfez, se destruiu. Os verdes esperavam que o cataclismo viesse da natureza. Durante anos a fio profetizaram o aumento da temperatura, o derretimento dos polos e a subida do mar tomando tudo, a cidade transformada em imenso recife artificial e os peixes nadando entre os prédios, os tubarões passeando pelas avenidas, baleias encalhadas no alto dos edifícios. Mas não tinha acontecido nada disso, e também não chegaram os ciclones e furacões varrendo tudo. O desastre veio de onde se esperava, da grande fúria dos homens, mas sem o espetáculo nuclear imaginado pelo Vovô do Crime. Veio não o fim da história, mas a volta à pré-história, e sem remorso. Nos primeiros momentos, as explosões e os incêndios, os saques e os massacres. Depois, entre as ruínas, os bondes lutando para sobreviver ou apenas para manter seus territórios, fundar novos e precários quilombos. O homem-massa, com seu complexo de multidão, atacou a si mesmo e se transformou em hordas, depois em bondes, e aí estava toda a verdade.

Beleco se levantou e ficou de pé ao lado do Guile Xangô, esperando um milagre. A cidade de volta ao normal, as multidões ocupando os edifícios e as ruas, o ruído do trânsito, o rumor das vozes, mas nada disso acontece. A névoa vai subindo e a primeira coisa que o Beleco vê é um cemitério.

O sol vai rasgando a névoa e os urubus começam a dar voltas e mais voltas, subindo e descendo, fazendo acrobacias. Pardal Wenchell puxa sua pistola, dá um tiro num urubu e erra. Beleco ri, dá uma rajada com sua Uzi Suzi e derruba dois urubus. "Tem que ser um a um", diz Pardal Wenchell. Beleco puxa uma pistola, vê o Guile Xangô descendo as escadas, todos os outros seguindo em fila atrás dele, a Mirtes, a Olívia, o Rafa, o Marcelo Cachaça, o Meu Bem, o Lourinho, o João Amorim, todos eles, as Comadres, os Mandelas, o Comando Vira-lata. Eu faço um gesto para o Beleco vir com a gente, mas ele prefere ficar ombro a ombro com Pardal Wenchell esperando os urubus voltarem ao voo circular e leve, elegantes na sua beca preta, de batina e de toga, as asas de luto e de fome, curvas, os bicos de túmulo, curvos, em gancho, as fossas das narinas já farejando o apodrecimento do mundo, e Beleco estende o braço, mira em mim, de novo, e aperta o gatilho.

Minha mulher me acordou com tapas e pânico, eu estava encharcado de suor, as minhas meninas gritavam e choravam. Tentei me levantar, procurei me reencontrar, mas elas se jogaram em cima de mim, me abraçaram como se estivessem me protegendo de balas perdidas, ou de visões do futuro, ou da loucura, e aí eu chorei, chorei porque estava precisando de todo o carinho nessa vida para me levantar e enfrentar a realidade, chorei e jurei em silêncio que eu precisava salvar as minhas mulheres antes do desastre final, antes da capotagem numa curva do mundo sem freio.

Dormi de novo e sonhei que o Vovô do Crime, o Guile Xangô, o Vavau, o Beleco e o Pardal Wenchell morreram quando iam para um ensaio na quadra da Mangueira. Estavam (amontoados e felizes) num jipe dirigido por uma mulher. O jipe foi fechado por uma ambulância (a sirene uivava de dor como um cachorro atropelado), ziguezagueou, voou sobre a mureta e caiu do alto do vão central da ponte Rio-Niterói no convés de um navio carregado de produtos químicos, explodiu, e a explosão ficou no ar como uma flor branca, muito branca, pálida e venenosa. Meio dormindo, pensei: esse pesadelo tinha que vir antes do outro. E quem era a mulher? A morte? Preciso contar isso ao Vavau, alertar a todos, acordar um por um, menos o Beleco, salvar um por um do perigo.

OS DEZ NEGRINHOS

Guile Xangô conta que a equipe de TV invadiu o salão do hotel-fazenda Fonte Nova com luz câmera microfone empáfia e a repórter não disse bom dia boa tarde como vai, foi logo metralhando perguntas o senhor é o Barão foi o senhor Barão que encontrou os corpos trucidados no chalé foram seus empregados seus seguranças participaram foi o senhor que deu ordens para o massacre?

Maximiliano Álvares de Albuquerque, o Barão, afirmou que a repórter não passava de uma atrevida mal-educada e que deveria se retirar das dependências do hotel, ela e sua turma, naquele exato momento, porque a porta da rua era a serventia da casa. Declarou que não entendia aquela barulheira toda por causa de meia dúzia de vagabundos e que, na sua região, nas terras dele, o costume era cortar o mal pela raiz, o último gatuno saiu dali com os próprios pés, mas sem as mãos, e todos viviam na santa paz de Deus havia mais de cinquenta anos.

A repórter insistiu, parecia chuva, e fazia muito tempo que não chovia por ali, como aconteceu, quando aconteceu, por que aconteceu e se o senhor Barão não foi o mandante por que deixou acontecer já que era dono e senhor do pedaço? O Barão confessou que não sujava mão com tão pouca tinta; e a repórter insistiu quem matou os meninos; e o Barão se encrespou, não eram meninos, eram bandidos, e com certeza eles próprios se mataram, bandidos são capazes de tudo, antes eles do que eu.

E a lei?, perguntou a repórter; eu sou a lei, respondeu o Barão; e a repórter: e a justiça?; e o Barão: eu sou a justiça; e a repórter: então o senhor Barão concorda comigo que fez justiça com as próprias mãos; e o Barão: a justiça é cega, sempre foi, e eu não vi nada, não sei nada, não vi nada; e a repórter: mas não é muda, e eu sei que pro senhor Barão tanto faz seis ou meia dúzia, tudo bem, o senhor Barão já disse o que eu queria ouvir. E o senhor Barão, se policiando para não pular no pescoço da atrevida: eu não disse nada, a senhora é quem está dizendo, e dizendo asneira, isso é uma entrevista ou um tribunal?; e a repórter: é uma entrevista, e bastante reveladora; e o Barão: a senhora está fazendo muita pipoca com muito pouco milho; e a repórter: se vamos falar de milho, é de grão em grão que a galinha enche o papo; e o Barão, triunfante: a senhora deve ser galinha pra entender desse assunto; e a repórter, gritante: terminou a entrevista, tubarão de araque, a gente se vê no tribunal.

O Barão bateu com a bengala no tampo da mesa, ritmando a debandada da turba. Um garoto trêmulo veio trazendo uma garrafa de água mineral e uma batelada de pílulas. O Barão: quem pediu isso?, quero conhaque, conhaque, e manda selar o Zelão. E o garoto: mas o doutor avisou que o senhor não pode. E eu quero saber lá do que o doutor diz que pode ou não pode, disse o Barão arremessando a bengala contra o garoto, que desviou, pegou a bengala no ar, colocou a bengala sobre a mesa, fora de alcance. Você já está um homem, Tavinho, disse o Barão, furioso e surpreso, faz o que eu mando, é o melhor pra nossa saúde.

O Barão já estava no segundo conhaque quando o Pedro Paladino entrou acompanhado do Cigano. Você se encrencou com aquele pessoal da TV, disse Pedro Paladino, eu dei ordens pra você ficar calado, só falar na minha presença. E quem é você pra me dar ordens, moleque, disse o Barão, você devia era estar cuidando pra que repórter nenhum viesse fuçar por aqui, mas nem isso você consegue impedir, e olha que eu lhe pago muito bem pra cuidar dos meus assuntos. A morte dos meninos não vai ajudar em nada, pelo contrário, só vai complicar os seus assuntos, disse Pedro Paladino. A morte de bandidos não tem nada a ver com minhas terras, disse o Barão. Você pode até pensar assim, mas escuta o que eu vou lhe dizer, eles vão cortar a sua cabeça, vão acabar com você, disse Pedro Paladino. Isso não vai acontecer, disse o Barão se levantando para pegar a bengala, e você vai continuar aí fechado em copas, Cigano? Os tempos mudaram, respondeu o Cigano. Os tempos mudaram e você só faz merda, Cigano, disse o Barão, some daqui, desinfeta, tira umas férias. Dinossauros, resmungou Pedro Paladino. Fala alto pra gente ouvir, disse o Barão. Eu estava aqui pensando que a extinção atual das espécies vivas do nosso planeta é um fenômeno natural que se inscreve no quadro do processo da evolução, mas, contudo, todavia, devido às atividades humanas, as espécies e os ecossistemas são hoje objeto de ameaças mais graves do que em qualquer outra época histórica, disse Pedro Paladino engolindo de uma dose generosa de conhaque. O Zelão tá selado, disse Tavinho. Você vem comigo, disse o Barão para Pedro Paladino, você está muito gordo, cevado, aproveita pra fazer um pouco de exercício e me contar as novidades. Você paga, você manda, eu obedeço, disse Pedro Paladino, mas cuidado pra não cair do cavalo.

Do alto do cavalo o Barão ouvia a tagarelice do Pedro Paladino, hipotecas, ações, liminares, testamentos, projetos de regularização fundiária em áreas de propriedade da União, títulos, cadastros, disposições constitucionais transitórias, causas impeditivas ou suspensivas, ascendentes e descendentes, tutela e curatela, novo código civil, senilidade. Traduz esse grego, pediu o Barão. O governo federal quer distribuir suas terras pros camponeses, disse Pedro Paladino bebendo o conhaque no gargalo, o governo estadual quer fazer daqui um clube campestre pros seus funcionários, o governo municipal cobiça a área pra construir casas populares, os empresários têm planos de inaugurar uma escola de futebol e seus filhos legítimos estão batalhando duro pra botar você num asilo sob a alegação de senilidade, entre outras coisas menos dignas, e depois arrancar algum trocado do governo federal ou do estadual ou do municipal ou dos empresários, se possível de todos, isso sem falar nos seus sobrinhos e netos que também querem um pedaço do bolo, quer dizer, você continua um excelente partido, e aconselho você a se casar com uma beldade de 20 anos, 30 no máximo, uma balzaca bacanuda, fazer alguns filhos nela, se possível com a minha ajuda, estou pronto pra isso, sou um homem de boa vontade, um homem justo, e acredito que você merece uma família melhor no pouco futuro que lhe resta nesse mundo cruel. Acabou?, perguntou o Barão. Acabei, disse Pedro Paladino.

Você não tem novidade, disse o Barão, agora me deixa e vai pastar, um conhaque dessa qualidade não se bebe no gargalo. Bom passeio, patrão, disse Pedro Paladino, você devia ir a Machu Picchu, as ruínas de lá são bem melhores, sei, sei, não precisa gritar, você não quer manter relações com a realidade, eu entendo, vai nessa.

O Barão trotou por seus domínios imaginários. Nada ali, agora, era real. Tinha existido uma fazenda com candelabros, pratarias, um cravo, três pianos, canapés, vasos, namoradeiras de palhinha, retratos nas paredes, lembranças de um passado grandioso que se movia no tempo, a visita do imperador D. Pedro II se transformando na visita do ditador Getúlio Vargas e provavelmente nenhuma das duas visitas era verdadeira, apenas mentiras de prestígio. Uma típica fazenda de café, hortaliças, pomar de jabuticabas, e mangueiras, goiabeiras, abacateiros, mamoeiros e pés de jambo, tamarindo, carambola, jamelão, amora e grumixama, um imenso jataí, uma esplendorosa sapucaia. Porcos, cavalos, bois, vacas, cabritos, muitos cabritos, era a Fazenda dos Cabritos. As terras se espalhando em morros meia-laranja, aráveis a um alto custo e baixa produtividade, e só na base da tração animal.

A fazenda era um pouso natural para os viajantes. Com a chegada dos tempos difíceis, as despesas eram grandes, a família começou a cobrar uma taxa de pernoite e o pouso virou pousada, depois pensão familiar, hotel, hotel-fazenda. Deu certo aproveitar as fontes, as cachoeiras, a água farta, e o negócio cresceu. Piscinas, saunas, quadras de tênis, campos de futebol, lagos para pesca, açudes, cavalos, salões de jogos, uma pista de aviação. Nada daquela herança era fruto do seu suor, do seu tino comercial, de sua visão de administrador. O Barão se comprazia em exibir seu porte atlético pelas piscinas, a dar aulas de tênis e de equitação às hóspedes mais atraentes, animar as festas, bancar jogadas e jogatinas. Foi a sua fase gloriosa e inconsequente de pavão juvenil. Com o passar do tempo deu-se o papel de agitador cultural, de relações-públicas. As chegadas eram alegres e as partidas melancólicas, os shows inesquecíveis, a vida boa. Todos os irmãos, cinco homens e quatro mulheres, casaram-se com hóspedes. As cerimônias de casamento eram realizadas no salão principal, com muita pompa e circunstância, padrinhos ricos, convidados poderosos. O seu casamento foi na beira da piscina central.

Vieram os nascimentos e as mortes, mas a vida continuava. Até que as fontes secaram, as cachoeiras viraram barrancos e o fim do hotel-fazenda coincidiu com o fim da família. Fonte Nova caiu no seu colo e de centro do mundo passou a ser periferia. O mato tomou conta das quadras, dos campos, as piscinas viraram esgoto, e tome mofo, decadência, sombras, fantasmas, silêncio, ruínas. Nenhum avião descia mais daquele céu vazio. Agora queriam varrer suas memórias, mas só passando por cima do seu cadáver. Morreria sem deixar rastros. Não ficaria como nome de avenida, de praça, de escola, de clube, de conjunto habitacional, de bairro pobre. Lutaria até o fim, até o esquecimento total.

Veio trotando de volta para o hotel, o vento no capim, bandos de anuns, urubus no céu morto. Cruzou com quatro trabalhadores que ainda tentavam conservar alguma coisa contra o cupim do tempo, uma tarefa inútil. O velho Cigano, pau para toda obra, limpava a única piscina ainda em condições de funcionamento. A água vinha em caminhões-tanque e era nela que dava as suas braçadas diárias, ainda tinha orgulho de sua forma física, não se entregaria sem luta. Cigano ergueu a mão em saudação, o corpo em posição militar, a arma na cintura, seu eterno guarda-costas. Devia estar longe daqui, mas continuava visível, como se nada tivesse acontecido, cabeça-dura. Acenou de volta e continuou seu trote. Falaria com Cigano quando tudo se acalmasse, mas já sabia a resposta da pergunta que lhe faria, o Cigano era homem de uma palavra só e praticamente era tudo o que lhe restava como família. Não devia ter gritado: desinfeta. Na verdade, nada tinha acontecido.

Entregou o Zelão aos cuidados de Tavinho e subiu para o seu quarto. Não demorou a adormecer. Sempre foi bom de cama e já não lembrava mais quando se acostumou com o fato de ser o único hóspede do seu próprio hotel. Preciso mandar o Cigano limpar o chalé, pensou o Barão, jogar gasolina, tacar fogo, fogo lava melhor que água. O sono veio como uma redenção, tacar fogo em tudo, lá da cidade eles veriam o grande incêndio.

Relutou durante uma semana, não vou, quem não deve não teme, mas o incômodo do carro de polícia parado na porta do hotel, dias seguidos, venceu sua teimosia. Vou no meu cavalo, disse o Barão. E foi, montado no Zelão, seguido pelo carro do Pedro Paladino. Apeou na porta da delegacia para ser recebido por uma pequena multidão que lhe gritava assassino, assassino, e abriu caminho a bengala e rebenque, rejeitando a proteção dos policiais, vocês não precisam me proteger, eu sei me defender da plebe, protejam essa súcia de vadios, malta de vagabundos.

A delegada recebeu Maximiliano Álvares de Albuquerque com o olhar curioso de quem examina uma relíquia. Sente-se, e ele sentou com um desconforto de colegial. O senhor conhece o cidadão Rogério Rodrigues dos Santos, ex-fuzileiro naval? Não conheço. Ele é seu empregado há trinta anos. Não tenho empregado com esse nome. E o nome Cigano lhe diz alguma coisa? Esse é meu empregado. Não sabia que Rogério Rodrigues dos Santos e Cigano são a mesma pessoa? Não sabia. Existem outros detalhes que o senhor desconhece? Não presto atenção em detalhes, e a senhora? Quem faz as perguntas aqui sou eu. O Cigano está preso? Já lhe disse que sou eu que faço as perguntas.

A delegada mostrou imagens dos corpos dos jovens assassinados, ia apresentando as fotos como se estivesse jogando cartas, um jogo de pôquer. Não tenho nada a ver com esses vagabundos, disse o Barão. Não eram vagabundos, senhor Maximiliano, eram todos trabalhadores, quatro deles trabalhavam e estudavam, e só tiveram a infelicidade de achar que sua propriedade estava abandonada e pernoitar em um dos seus chalés num feriado prolongado. O mundo não vai acabar por causa de meia dúzia de negros, disse o Barão. Há quanto tempo, senhor Barão, se me permite lhe chamar pelo vulgo, há quanto tempo o senhor não sai de sua propriedade? Nunca saí, sempre vivi lá, disse ele, é o mundo, meu mundo, não preciso de mais nada. Precisa sim, senhor Barão, disse a delegada, o senhor não é a lei, o senhor não é a justiça, o senhor não é o dono do mundo, o senhor precisa responder pelos seus desmandos.

Depois de quatro horas de interrogatório, o Barão não quis saber de cavalo. Voltou no carro de Pedro Paladino e não reagiu quando a multidão recebeu sua figura abatida com gritos de assassino, assassino.

Aboletou-se na velha cadeira de balanço e, da varanda do hotel, deixou seu olhar se perder nos espaços vazios, nas sombras. Eu não quero ser preso, disse o Barão. Vai sobrar pro Cigano, a corda sempre rebenta do lado mais fraco, disse Pedro Paladino. Se eu for preso, quero que você consiga minha prisão domiciliar, disse o Barão. Você sempre gostou de mordomia, Barão, tudo bem, disse Pedro Paladino, mas se expulsarem você daqui o mundo inteiro vai ser a sua desgraça, aí não vai fazer diferença se você vai mofar num asilo ou numa cela de prisão.

Tavinho veio lá de dentro com uma garrafa de conhaque e duas taças.

Não sei se você notou, Barão, mas os sete meninos mortos eram negros, a repórter que te entrevistou é negra, a delegada é negra, eu não sou nada branco, disse Pedro Paladino.

Bobagem, o avô do meu pai, meu bisavô, o verdadeiro Barão, era como eu fui um dia, um homem alegre, amante dos prazeres da vida, do vinho, do conhaque, do jogo, das mulheres, ele gostava de ficar numa roda de meninos negros, de contar histórias pra eles, de puxar pelas rédeas um cavalo levando uma penca de negrinhos a passeio, e quando foi decretada a Abolição todos os escravizados decidiram ficar aqui nessa fazenda, eles acharam que a Abolição foi um péssimo negócio.

Muito bonito o que você diz, Barão, disse Pedro Paladino, mas vai com calma, o mundo mudou, a história é outra, não dá mais pra continuar abolindo negros.

O CADERNO DE NOTAS DA SIBILA

A antropóloga e sua assistente passaram uma semana buscando notícias do Guile Xangô, que deu ordens gritadas para que todos, todos!, negassem qualquer pista, indício ou rastro de sua presença na área pesquisada. A "operação despiste" foi comandada pelo Vovô do Crime, que, extrapolando sua missão, se apropriou de algumas páginas do caderno de notas da caçadora de malucos.

Eu queria subir o morro de São Carlos. Mas Palmira me lembrou do caso dos garotos de São Gonçalo que foram torturados e esculachados ali, levaram tiros na mão, foram queimados com pontas de cigarros. Não ia de jeito nenhum. Deixei Palmira me esperando numa tal Adega Xerez e subi o morro. Falei com uma mulher, depois vieram outras duas, bebemos, conversamos e elas me levaram pelos becos e vielas. Tomamos um porre, e nada. Na volta, encontrei Palmira na porta da Adega Xerez no maior amasso com um bebum que dizia que ela era 10, 10, você é 10. Arrastei a 10 pelo braço e entramos no bar de um tal de Nelson, bebemos, depois no bar do Raimundo, e continuamos bebendo. Mas ninguém me dizia nada. Eu parecia estar com uma doença contagiosa. A 10 só queria beber e fazer corpo mole. Eu bebia e ficava correndo atrás dos rastros do Guilherme.

    Sair. Entrar. Ir. Voltar. Estou com Palmira bebendo cerveja no bar do Nelson, no começo da Sampaio Ferraz. Então um velho de cabelos brancos é saudado por um entusiasmado coro bebum: "Canalha!" Ele ergue o braço direito, coloca a mão esquerda sobre o peito e se curva com elegância debaixo de risos roucos e aplausos sinceros. Ele gesticula com a mão direita pedindo mais e eles lhe dão mais risos e aplausos. Do outro lado da rua, dois garotos em uniforme escolar gritam com voz fina: "Canalha!" Nas janelas do edifício em frente, famílias se debruçam, veem a cabeleira branca caindo até os ombros do homem curvado e riem. Um táxi para e buzina: "Canalha!" Os jornaleiros da esquina, os bicheiros em frente à barbearia, os barbeiros, os vendedores da sapataria, os fregueses e balconistas da lanchonete, a mulher da casa de macumba, todos estão moscas na grande teia.

O homem se inteiriça numa pose marcial, pernas juntas, mãos coladas ao corpo. O sol brilha em seu belo rosto cavado de sulcos. Seus olhos claros e espertos olham em todas as direções: o imperador passa a tropa em revista. Ele toma fôlego e a sua voz potente de cantor de ópera explode no silêncio cerimonial: "CANAAALHAS!"

A cena se desfaz e o homem pede a primeira cachaça do seu porre diário. Senta a meu lado e começamos a beber. E fala só para mim: "É assim que deve ser dito, com essa voz, com essa convicção, com todo esse esplendor. Mas nem isso se pode pedir a eles. Nunca vão conseguir, os canalhas." Vai se alucinando cada vez mais, eu só pagando as despesas. Seu humor vira sarcasmo e ele mal esconde o desprezo pelos seus súditos. Pelo que ele vai me contando, entre um grito e outro, um riso e outro, podia se dar ao luxo de não beber cachaça e de ter uma casa. Mas preferia morar num cortiço (o cortiço em frente à hospedaria Royal), onde entrava acordando todo mundo aos berros: "Canalhas!" O fedor da miséria era insuportável. Ele se jogava na cama suja e começava a chamar seu gato: "Corumbo! Corumbo! Cheguei, Corumbo!" Ouvia o gato vir chegando pelo telhado, passar pelo buraco entre a parede e o teto e depois pular até a cama. Conversava com o gato até dormir. "Corumbo canalha!"

Acreditava que tinha o dom de entender os animais. Contava histórias intermináveis sobre cavalos, pássaros, cachorros e gatos. Não era só o rei da ralé. Era também o rei dos animais. Mas não por muito tempo.

Converso com o Rafa (esse é o nome que ele me deu). A casa é um sobrado e as paredes estão cobertas com pôsteres de Che Guevara. O Rafa é um cara frio, capaz de tudo. Tem imunidade. O pai dele é (ou foi) alguma coisa grande na Polícia Federal e ninguém chega nele. E, se chegar, ele exibe aquela carteirinha que nunca mostra a ninguém e está limpo. Não, ele não joga do lado dos homens. Ele não joga do lado de ninguém. Joga até contra ele mesmo.

A única mulher que o Rafa ama no mundo é a mãe. Ele mora com a mãe, só que ninguém nunca viu a mãe dele, ninguém vê, dizem que ela está entrevada na cama, uma empregada velha cuida dela, mas tem gente que diz que a empregada velha é que é a mãe e que o Rafa morre de vergonha dela. Tem isso com o Rafa: ninguém sabe qual é.

A outra paixão do Rafa é a moto dele. Só vive com a moto. Faz avião com a moto. Trepa na moto. O Nelson tinha um sócio e o nome do cara era Harley Davidson. Acredita? Pois é. O Rafa foi lá conferir, o cara mostrou os documentos e estava lá escrito: Harley Davidson. O Rafa nunca mais entrou no Nelson. Não entrava antes, aliás. O Rafa odeia pé-sujo.

O Rafa é pai de um dos filhos da Taís (ou Lana? Ou Leila? Ou Dedé?). Ninguém entendeu nada porque os dois se odeiam de sair na porrada. O Rafa é dono de toda a carne feminina da área, para ele é tudo puta e ele não vive com puta, só come. Comeu a Taís e fez um filho nela.

O estranho é que depois que desfez a sociedade com o Nelson, o Harley Davidson abriu uma pizzaria. O Rafa deu a maior força, entrou até com uma grana e duas motos. Não perguntou nada.

Uma noite ele estava lá na pizzaria para receber a parte dele e os motoqueiros estavam todos na ativa. O Harley Davidson estava desesperado, os pedidos choviam e ele não tinha como dar conta da entrega, precisava de mais papa-léguas. Rafa pegou um endereço, arrumou a pizza na moto e foi lá entregar, era perto. Tocou a campainha e uma mulher atendeu. Uma coroa. A mulher estava sangrando e atrás dela uma voz gritava coisas. Rafa afastou a mulher, foi entrando e viu um garotão nu, sentado no sofá, vendo TV. O Rafa encheu o cara de porrada e jogou ele pela janela, a mulher gritando você matou meu filho, você matou meu filho. Aí o Rafa jogou a mulher também. Saiu no jornal e tudo. Era no quinto andar. O Rafa é frio como uma moto e quente como a morte. (Cortar isso.)

Continuo perguntando pelo Guilherme. "Viveu aqui, se é que viveu, mas ninguém vê ele há mais de dois anos. E o nome dele aqui não era Guilherme, tenho certeza. Era Gonçalo." "Como Gonçalo?" "Gonçalo, mas o apelido era Gongolo. E acho bom você não ir mais fundo porque você não vai gostar de saber."

A moto chispa do ponto das kombis ladeira acima até a São Roberto e meteora abaixo no mesmo embalo e para. As notas vão trocando de mão. Rafa aposta tudo no Beleco e a galera toda fica secando o Beleco, mas não tem erro.

Tem isso. O Beleco é cria do Rafa. Não é tara. Rafa tem todas as mulheres, de todas as cores, de todas as idades, nunca teve uma só. Às vezes fica uma semana sem ir lá, mas fica uma semana só fazendo. Tem umas três barrigudas subindo e descendo, tudo dele, e a conversa boba é que todas vão parir no mesmo dia. O negócio do Rafa com as garotas é coisa de soldado. O Beleco. A vantagem do Beleco é que ele não parece o que é. Dentro de um uniforme escolar parece estudante. Dentro de roupa de grife, parece bacana. Beleco já tem mais de dez mortos na garupa.

O Rafa pode ser surpreendente. E ele diz: tem esta chuva, tem este vento grosso que veio do polo e desce pelas encostas da montanha. Tem esta noite gelada. E tem a estrada vazia. Não foi difícil me reinventar, o que eu decidi ser já vem de longe, antes de mim, inevitável como um destino, como o amor é mais frio que a morte. Não chega a ser uma roleta-russa, mas a vida começa a fazer sentido, ou sentido nenhum, quando você perde 20 mil dólares em dois minutos e ganha 100 mil dez minutos depois, o mendigo e o príncipe vestindo a mesma roupa do instante, no mesmo lance de dados, no meio do tiroteio.

A vida é simples de operar. Com cinco minutos de instrução, um garoto de 10 anos sabe como liberar o ferrolho e lançar o projétil para efetuar o disparo, dar trinta, quarenta e sessenta tiros até uma distância de 4 mil metros. Rajadas. Pipocos. Paredes não protegem e a pele não chega a ser uma blindagem. O corpo é bem mais vulnerável que qualquer alma.

A vida sobre duas rodas: a da fortuna e a do azar, a da matéria e a do espírito. Atacama. Titicaca. Machu Picchu. Santa Cruz de la Sierra. As vilas, as cidades, os desertos. As montanhas, o lago, o vulcão extinto, a estrada vazia. O ronco do motor, o farol cortando a escuridão e você, o minotauro, a 220 quilômetros por hora como uma estrela cadente.

Eu estava tirando diploma de bebum e em pouco tempo estaria escolada para dormir debaixo de ponte, marquise, viaduto. Um táxi parou na porta do bar do Raimundo, na Maia de Lacerda, e Palmira me arrastou pra dentro tapando o nariz. Eu não tomava banho e não tirava a roupa havia alguns dias. Voltamos para a espelunca na Lapa, tomei banho e dormi vinte horas seguidas.

A sensação é que eu não conhecia nada ali. Não havia nem sinal da passagem do Guilherme, nenhuma pegada. Me senti rejeitada, era como se não quisessem que eu entrasse na vida que Guilherme viveu ali. E meu dinheiro não conseguiria abrir uma janela naquele muro de silêncio quase cínico.

Palmira ficou na espelunca e não quis vir comigo. Era meia-noite, eu andava pela Lapa, e a vida era boa. Os bares estavam cheios. Ela não queria nada com bares naquela noite. "Tesão! Fofura!" "Só a cabecinha!" (Não mudam?) "Eu queria ser presidente do teu fã-clube." Eles vão pelo cheiro, penso,

como os cães. Fico cinco minutos numa esquina e escuto coisas de fazer uma mãe de família ligar as trompas. Diante de um hotel, um táxi descarregava gente. Malas, beijos e gritos de até logo. Li num luminoso: Paradiso. O nome prometia. (Acho que era Tropicana ou coisa parecida, ou nem uma coisa nem outra.)
"Você é nova no pedaço?", uma mulher me segurou pelo braço.
Estava toda de vermelho, o vestido bem acima dos joelhos, quase no pescoço. Grandes brincos, uma peruca loura, gasta, na certa emprestada. O rosto lambuzado de pintura, os cílios do olho direito um pouco maiores que os do esquerdo. Sorria e a dentadura ameaçava saltar fora da boca. Tudo nela era postiço. Tinha uns 30, mas parecia ter 50.
"Você é nova por aqui?", perguntou a mulher de vermelho. (Sou.) "A concorrência aqui é grande. As meninas não são de brincadeira. Além do mais, você é muito distinta. Logo se vê que é uma menina distinta. Bonita, bem tratada, bem de vida. Novinha, quase sem uso, pouco rodada. Zerinho. A gente vê logo que você é de outro naipe, carta de outro baralho." "Eu só estava querendo beber alguma coisa", digo acovardada, "ver como é." "Turista, não é? Querendo fazer turismo às minhas custas, não é? Conselho não se dá de graça, mas eu vou te dar um: cai fora! Cai fora! Cai fora antes que a coisa esquente pro teu lado. Você tem uma cara muito bonita, não precisa de uma cirurgia prástica. Ou precisa?" (Eu não precisava de nenhuma cirurgia prástica, penso. E digo: "Mas este lugar é público", sem muita convicção.) "Aí é que você se engana", disse a mulher de vermelho acendendo um cigarro. "Está vendo esta calçada? É minha. É meu ganha-pão. É dela que eu tiro comida e aluguel, material escolar, remédio. É minha. Pra ficar parada em cima dela é preciso me pedir licença. E eu não vou te dar licença merda nenhuma. Desguia! Arreda! Dá no pé! Rala!" "Você não tem esse direito. Eu estou só de passagem. E vou entrar ali." "Acho que você não entendeu minha filosofia." (Entendi muito bem.) "É folgada a lambisgoia! Está a fim de encarar, não é?"

A mulher veio vindo para cima de mim mostrando uma coisa pequena entre o polegar e o indicador da mão esquerda. Uma gilete. (Preciso aprender caratê, pensei.) "Eu vou fazer um estrago nessa tua cara bonitinha, sua lambisgoia!"

De repente, a porta do Paradiso se abriu com um estrondo. Alguma coisa rolou na calçada, latindo. "Cafetão! Ladrão! Assassino!", a coisa latia. "Cala esse esgoto!", um homem mandou. A mulher que latia era magra, uma garota, não devia ter 15 anos. O homem era baixo, troncudo, tipo halterofilista. "Filho da puta! Escarro!" A garota se levantou, unhou a cara do homem. Tentou. O homem deu uma porrada de mão aberta e ela caiu. Mas parecia de borracha. Se levantou de um salto. Levou outra porrada. Caiu. "Cagão! Você só sabe bater em mulher!" O halterofilista começou a chutar a garota. Ela se enroscou, protegendo a cara e ele continuou chutando. Parecia que estavam batendo um tambor.

A mulher de vermelho, a dona da calçada, deu um grito e se jogou em cima do halterofilista. Levou uma cotovelada e se esparramou sobre sua calçada, e ficou lá, as mãos sobre o peito, a boca aberta, tentando respirar, um peixe fora d'água. Do outro lado da rua, curiosos olhavam o espetáculo sem piscar, sem mover um dedo. Um carro com dois PMs, nem era com eles, passou devagar, e foi.

O halterofilista entrou no Paradiso limpando as mãos num grande lenço branco. Outras mulheres e travestis correram para levantar a garota, que sangrava pela boca e pelo nariz. A dona da calçada, de gatinhas, procurava sua bolsa segurando com uma das mãos os seios postiços.

Voltei para o hotel. "Você sabe onde fica o Paradiso, Palmira?" "Não." "Pois então nem queira saber." Dormi fundo, o coração batendo como um tambor.

Dormi três dias no cortiço, num quarto vazio, e todos me aceitaram sem pedir documentos: eu tinha direito, dinheiro. No terceiro dia vi a queda do rei dos animais.

Conheci Vavau e uma cambada de malucos-beleza. O Nabor, a Rute, a Mirtes, uma orca rainha do oceano, os Quatro

Mandelas, uma enciclopédia da malandragem à moda antiga em quatro volumes. Vavau era o dono do estacionamento que ficava ao lado do cortiço, era o único que desafiava o Canalha. Viviam brigando e se reconciliando.

A casa de Vavau ficava dentro do estacionamento. Era um corredor estreito dividido por cortinas de plástico em quarto, cozinha e banheiro. "Não fique assustada, Dona Bela", pediu Vavau. Eu prometi que não ficaria. Entramos os três na cozinha e Vavau começou a fazer sons estranhos em direção a um buraco na parede. Aquilo durou uns cinco minutos e o Canalha chamou Vavau de louco e ameaçou ir embora.

"Espera."

Vavau continuou e então uma enorme ratazana meteu a cabeça pelo buraco. Trocou os sons sibilantes por uns roncos sussurrados e ininteligíveis. A ratazana mostrou o corpo inteiro, enorme, gordo, o pelo brilhante e cinzento. Vavau estendeu a mão e começou a acariciar a ratazana, que aceitava o carinho com evidente prazer. Depois enfiou a mão numa panela e a ratazana comeu na sua mão. Comeu até se empanzinar. Vavau limpou a mão num pano sujo e reiniciou a sessão de carícias até a ratazana ir fechando os olhos, se enroscar na cauda longa e dormir.

Saímos sem fazer barulho. Na calçada, Vavau assobiava para si mesmo e dançava. O Canalha olhou Vavau de cima a baixo e urrou: "Quer saber? Isso é nojento! Isso é asqueroso!"

Fomos para o bar do Nelson e o Canalha decidiu que devia tratar Vavau como um semelhante, digno de certa consideração, mas com algumas severas restrições. "Qualquer rei, mesmo o rei dos ratos, está um degrau acima dos canalhas, merece um certo respeito", disse o Vovô do Crime, arrasado.

O FIM

Prazer. Emanuel Terra. (O Vovô do Crime botou o dedo indicador na cabeça e girou duas ou três vezes para o bar inteiro ver, indiferente com a passagem de mais um louco pelo pedaço.) Esse é o nome que me foi dado nesta encarnação. Tive outros nomes, outros corpos, outros eus. Já fui homem e mulher, já morri velho e morri jovem, algumas vezes mal cheguei a nascer, fui abortado, mas sempre voltei, e agora estou aqui, com vocês, nesse papo aéreo, indo e vindo, quase existindo, me preparando para o fim. Queria ter nascido árvore e hoje seria uma floresta. Nunca nasci árvore. Estamos no fim.

Vivo dizendo isso, vivo para dizer isso, vou morrer dizendo isso, renascer dizendo isso, mas ninguém acredita. Estamos no fim. Não sei quando recebi a mensagem, se ela me pegou num desses spams, num e-mail que me enviaram sem remetente, mas com anexo, a mensagem me pegou feito um vírus, um worm, um cavalo de troia. Estamos no fim.

As geleiras do mundo inteiro estão derretendo mais rápido do que sorvete dentro de micro-ondas. A Antártica reúne cerca de 90% de todo o gelo do planeta e, se todo esse gelo fosse derretido, o mar subiria tanto que o Cristo Redentor teria que andar sobre as ondas. A Groenlândia está se derramando no oceano Atlântico e os ursos polares estão se afogando. O Himalaia está ficando pelado que nem pinto no lixo. Os Andes também não estão bem de saúde. Alguém aí viu aquele filme

As neves do Kilimanjaro? Pois as tais neves só existem no tal filme e o Kilimanjaro ficou nu feito um zulu.

E não adianta ninguém ficar pensando em icebergs. Os icebergs vão derreter. Quem gosta de uísque pode ir se preparando, não vai sobrar pedra sobre pedra de gelo. Uísque agora só caubói. E os caubóis, sei lá, vocês viram aquele filme? *The end*.

Estamos no fim. Deixa eu repetir: estamos no fim. Sabe qual a contribuição individual de vocês para o aquecimento global? Sabe quanto lixo vocês produzem por dia? Pois é, imaginem quanto lixo vocês produziram até agora em suas vidas sujas. Vocês sabem que os seus pensamentos sujos podem encher um teatro e contaminar plateias? Que suas vidas sujas podem envenenar a energia vital do planeta Terra? Eu queria me purificar, pedir perdão a Gaia, a Mãe Terra, por esta minha vida tão suja, escória, lixão, resíduo, resto, bosta, merda, mas ela vai bater na gente com tornados e furacões, vai cuspir tufões e ciclones na cara da gente, varrer cada um de nós com tsunamis, esmagar povos como pulgas e carrapatos, sacudir milhões de nós de sua face como quem bate um tapete de terremotos. Estamos no fim.

Eu queria viver de luz. A fotossíntese é um processo em que ocorre absorção de luz. É através dela que os vegetais produzem alimentos, o combustível indispensável para a vida da planta, do homem e de outros animais. Somos todos prisioneiros do oxigênio. Vivemos num balão de oxigênio. Somos parasitas da respiração das árvores. E parasitas ingratos. Estamos desmatando o mundo. Envenenando a rosa. Assassinando o plâncton. Suicidas vivendo em cidades suicidas. *Serial killers* de assassinos em série. Estamos no fim.

Desertos já foram florestas, e não me importo com desertos, mando todos eles para a lua, é lá que eles devem ficar, os desertos, na lua. E não gosto de mar, e que se dane se o mar engolir todas as cidades, se todas as cidades ficarem submersas, isso já aconteceu antes, não tem a menor graça acontecer de novo. Também não quero saber se os mares vão ficar desertos. Por mim, tudo bem. Estamos no fim.

O fim

Mas gostaria que as árvores invadissem as cidades, envolvessem as cidades num abraço sufocante de raízes, caules, folhas, galhos, musgos, pétalas, xilemas, fleimas. Isso já aconteceu antes. Vai acontecer de novo. Veja aquele paredão de edifícios. Parece que vai durar para sempre, mas não, não vai não. Um pequeno grão vai cair na fresta do asfalto e vai lançar pequenos tentáculos finos. Outro grão e mais outro e mais outro também lançarão seus dedos sinuosos, tateando aqui, tenteando ali, subindo pelas paredes, quebrando os vidros das janelas, ocupando os corredores, invadindo quartos e garimpando e se espalhando, até chegarem às coberturas e estenderem seus troncos fortes e seus galhos poderosos para se empanturrar de glória e tomar porres e mais porres de luz do sol. E agora o que você vê? A cidade soterrada pela floresta. A vitória da madeira sobre o mármore, o aço, todas as ferragens, o plástico, o plexiglass, o vergalhão, a argamassa, o concreto, os forros, os pisos, as tomadas, as luminárias. A apoteose das raízes triturando o cimento armado. Adeus, adeus, todas as plantas da engenharia humana, adeus. Estamos no fim.

Nunca nasci árvore. Dia desses me olhei numa vitrine, gente passando em volta, xingando em celular, fumando, respirando, sufocando, e vi. Corri para um restaurante, entrei no banheiro e vi. Voltei para casa, me despi, me olhei no espelho do armário, me apalpei, me inquiri, me pesquisei e vi. Uma folhinha. Verde. Estou ficando verde.

Vocês estão no fim.

NOTAS SOBRE OS EUSSOCIAIS

"não poderei nem ao menos me tornar um inseto",
disse o homem do subsolo de fiódor dostoiévski
— "como assim?" perguntou franz kafka, o de praga,
e escreveu no ato: "quando gregor samsa despertou,
certa manhã, de um sonho agitado viu que se transformara,
durante o sono, numa espécie monstruosa de inseto."

pois saiba que os cupins que leram os meus livros
(e devoraram quase tudo de a a z) não estão nem aí

do segundo andar da casa onde escrevo, às seis horas
da tarde, o sol já posto, a lua nascendo, vejo um siriri
(ou revoada ou aleluia) no quintal da vizinha,
milhões de cupins alados siriricam num não querer acabar mais:
saem do seu ninho como um fogo de artilharia interminável

ou numa outra imagem: parece uma chuva de papel picado
nas festas de fim de ano no centro das cidades que
o vento leva para cima: voam revoam sobem golfam
buscam as luzes, rodam giram regiram as luzes as luzes,
se espaventam em volta das lâmpadas das ruas e das casas:
fazem isso durante dez ou vinte minutos, depois caem no
chão, se livram das asas e correm para os cantos escuros em
busca de local para fazer o novo ninho nova colônia

:descubro que estou em cima de um cupinzeiro,
e esses cupins pertencem à mesma quadrilha que "leu"
meu livro de a a z e nesse exato instante
estão devorando a minha coleção de revistas no quarto
do fundo, perto da piscina (que se afoguem na piscina,
que sonhei ter mas não uso: pois que usem a piscina,
se afoguem!)

— o cupim (português brasileiro), ou térmite, térmita (português
europeu) ou salalé (português de Angola) ou muchém
(português de Moçambique): inseto eussocial da
ordem isoptera, que contém cerca de 3 mil espécies
catalogadas no mundo: mais conhecidos por sua importância
econômica como pragas de madeira e de outros materiais
celulósicos (meus livros e minhas revistas, por exemplo), ou
ainda pragas agrícolas:

pois sim: todos os cupins térmites térmitas salalés muchéns
são eussociais, possuindo castas estéreis (soldados e operários):
uma colônia típica é constituída de um casal reprodutor,
rei e rainha (a rainha pode viver até trinta anos, ou não seria
rainha), rainha que se ocupa apenas de produzir ovos;
os operários (como não poderia deixar de ser) executam todo
o trabalho e alimentam as outras castas: soldados
(como não etc.) são responsáveis pela defesa da colônia:

pois não: a dispersão e a fundação de novas colônias ocorrem
num determinado período do ano, coincidindo com o início
da estação chuvosa (os meus cupins estão se lixando para esse
lance de datas): e eis que as revoadas de alados (chamados
popularmente de siriris ou aleluias, como eu já disse),
dos quais alguns poucos conseguem se acasalar e fundar
uma nova colônia:

(cupins podem chegar facilmente ao nono
andar de um prédio)

mais: recentemente cientistas (sempre atrasados, sempre
boquiabertos) descobriram cupins suicidas: melhor: bombas
(cupins-bombas):
procedimento: os insetos mais velhos armazenam
cristais sólidos que produzem uma reação química quando
misturados com outras secreções do indivíduo (modo de dizer
humano) e se atacada a colônia se explodem molotovs, kamikazes
(outro modo de dizer), enfim, cupins-bombas:

(não seriam dignos de imitação esses cupins
térmites térmitas salalés muchéns, ou seria
humano, demasiado humano?):

pensando além: místicos trigueirinhos anunciam que
os trabalhos de aproximação entre os seres e as civilizações
intergaláticas e intraterrenas com a civilização da superfície
da terra estão entrando na sua terceira fase de desenvolvimento:
a terceira fase desses trabalhos de aproximação consta da
manifestação visível dessas civilizações desses seres
extraterrestres e intraterrenos:

serão vocês, cupins térmites térmitas salalés muchéns,
os intraterrenos existentes mas quase invisíveis? ou serão as formigas
argentinas, parentes das abelhas e das vespas, com sua
megacolônia de
6 mil km que invadiu a europa e prossegue sua cega marcha
napoleônica hitleriana huna conquistando tudo, inclusive o futuro?

:não respondem os térmites térmitas salalés muchéns cupins,
os harmônicos posto que maquínicos eussociais: não
respondem

Guile Xangô e o Vovô do Crime, jogando conversa fora, vão caminhando lado a lado debaixo das luzes públicas infestadas por galáxias de cupins.

GRANDE HOTEL

Os mendigos dormem com os cachorros na rua Professor Higino. Um hotel também perde a classe, vira mendigo. Pernambuco limpa o gargalo da garrafa e bebe, ele está caindo de gerente para desempregado. Passa a garrafa para Pardal Wenchell, o vigia do Sindicato dos Rodoviários. Os dois bebem e olham o casalzinho saindo do hotel. Pernambuco se levanta, mas fica ao lado de Pardal Wenchell, pensando que devia estar na portaria. O garoto é louro, está engordando um pouco, o rosto redondo, os olhos azuis muito claros, quase aguados. Ela é negra, uma pretinha jeitosa, cabelo esticado, brincos e pulseiras, os dentes grandes, um palmo mais alta do que ele. Ele vê os homens e tira o braço de cima dela. Ela olha para ele, para os homens, para o garoto de novo. Ele deve ter ficado vermelho de vergonha. Passa o braço esquerdo sobre os ombros da pretinha, ela dá um beijo na cabeça dele. Ele desce o braço até a cintura dela. Pernambuco ri da sem-gracice dele. Pardal Wenchell boceja sem piedade.

    O garoto entra na brasília estacionada na Professor Higino, a garagem do hotel está atulhada de material de obra que nunca foi usado. O garoto abre a porta para a pretinha. Falam alguma coisa, riem, estão sempre rindo. O carro para junto aos dois homens e o garoto estende o braço. "Pra cervejinha", diz o garoto sem jeito. Até para assinar a ficha do hotel ele ficava vermelho.

"Estão indo cedo hoje", diz Pernambuco embolsando a nota com seu melhor sorriso. "É, é isso aí", diz o garoto olhando Pardal Wenchell com o rabo do olho. "Algum problema?", pergunta Pernambuco. "Não, nenhum", diz o garoto. "O chuveiro funcionou direitinho", diz a pretinha, os dentes grandes e brancos, "acho que as baratas tiraram férias." "Está difícil acabar com elas", diz Pernambuco. "Não esquenta não", a pretinha se inclina sobre o volante, "as que têm o carimbo do hotel são bastante simpáticas." "Deixa elas comigo", diz Pernambuco, e o carro parte aos saltos, nervoso, e dobra na Sampaio Ferraz.

"O que ele viu na empregadinha?", pergunta Pardal Wenchell. "Ela não é empregadinha", diz Pernambuco. "Como você sabe?" "Eu sei." "O garoto tem cara de bunda e ainda por cima é medroso." "Ela é mais inteligente do que ele." "Mais esperta." "Eles levam livros pra ler. Estudam. A letra dela é grande e redonda. A dele é pequena e complicada." "Bobagem. Empregada não estuda." "Eu acho o contrário: o que ela viu nele?" "Grana. Todas elas andam atrás da grana." "Acho que eles se gostam de verdade."

Pernambuco volta ao hotel, um estirão de madrugada pela frente. Abre a porta do almoxarifado. Sobre pilhas de roupa suja, entre baldes e vassouras, Badu dorme. Preto, pequeno e gordo. Acordar essa bola de banha a pontapés, queria conversar. O que você acha da vida, Badu? Como é que se sai dessa merda, Badu? Tem vergonha de ser preto, Badu? Fechou a porta.

Foi para trás do balcão: fichas, registros, uma barata. As noites em que o hotel ficava vazio era como se a sua insônia tivesse quartos, pensamentos retirantes, ações vazios. Esperar pelos sábados. Cada dia ficava mais difícil esperar pelos sábados. Abre a gaveta: livrinhos de bangue-bangue, uma Bíblia, um revólver. Tira uma garrafa de uísque paraguaio. Um copo, um trago, um cigarro. Começa a ler. Tudo vento, correr atrás do vento.

A manhã veio junto com o patrão e o patrão acompanhado de uma nova mulher. Não entraram logo. Ficaram andando na

calçada, a mulher falando muito, fumando um cigarro atrás do outro, o patrão de mãos nas costas, escutando, era o jeito dele. "Acorda, Badu, o patrão está aí." "Dane-se. Não tem nada que fazer. Ele vai pagar meu atrasado?" "Fala com ele."
A mulher entrou na frente, usou o chão como cinzeiro, olhou tudo com cara de bosta. ("Bom dia, Severino", disse o patrão. "Bom dia", disse Pernambuco. "Bom dia, patrão", gaguejou Badu.) A mulher remexeu os papéis, a cara pintada, parecia dona de puteiro. O patrão olhava por cima dos ombros dela e não apitava nada. Depois subiram as escadas, a mulher com os papéis debaixo do braço. ("Como é, Badu, vai ou não vai pedir aumento?" "Quem é essa vaca?" "Pelo jeito é a nova dona." "Com ela não fico aqui um minuto." "Você não tem palavra, Badu.") Desceram meia hora depois, animados, sorridentes. ("Até logo, Severino", disse o patrão.)
Pernambuco entrou no bar do Nelson e, como sempre, invejou o estranho atrás do balcão. Raimundo de Jesus era seu irmão, mas agora se chamava Nelson, tinha um bar, mulheres, uma outra vida, um outro nome. "Como é que vai o hotel?", perguntou Nelson colocando o prato de mocotó na frente do irmão. "Mal-assombrado", respondeu Pernambuco. "Vão derrubar." "Está sabendo mais do que eu." "Foi o que eu ouvi." "Ouviu demais, Jesus." "Você não está bem", disse Nelson. "Dá pra ir levando", respondeu Pernambuco.
Pediu duas garrafas de cachaça e o irmão não quis aceitar o dinheiro. Deixou o dinheiro em cima do balcão e veio embora. Não queria esmola, conselho, conversa.
Badu dormia. "Acorda." Subiu as escadas e, antes de chegar ao topo, Badu já estava dormindo de novo. Entrou no seu quarto, ficou nu. Da janela via a pedreira e as casas empoleiradas na beira do abismo. Garotos armados passeavam pelas vielas. Outros garotos soltavam pipa em cima das lajes, um deles também armado. Mais alguns dias, um ou dois meses, teria que procurar trabalho. Talvez não, talvez ficasse, preguiça, cego de feira. Ligou a TV sem som, aumentou o volume do rádio, abriu a garrafa e continuou o porre que já durava dois anos.

Acordou com o barulho de motos e patins na Maia de Lacerda. A noite flutuava sobre a pedreira, as casas na beira do abismo, um mundo que não era seu. Podia pelo menos acordar acompanhado. Mulher sempre se arranja. Filhos, o irmão já tinha pelos dois. Não precisava de filhos. Não estava bem.

Abriu a porta: "Badu." Os passos gordurosos de Badu vieram subindo a escada. "Que é, patrão?", disse Badu com sono e ironia. "Toma e vai buscar alguma coisa pra gente comer." "No posto?" "Tem outro lugar, seu bunda?"

Comeu dois sanduíches e ficou deitado no escuro. É pra isso que você veio pro Sul, o irmão reclamava de sua vida. Podia reclamar, ele era seu pai desde os 17 e só nove anos mais velho. Mas não tinha razão. Pegara no pesado, passara fome em São Paulo, construíra espigões no Rio, quase perdera o braço numa máquina faminta, ajudara a criar os filhos e a enterrar as primeiras duas mulheres do irmão. Havia três anos conseguira aquela boca, por que não beijar com ela, acordar tarde, ter preguiça, morder com ela?

Podia ser diferente, é claro, mas a gente mata. Não matarás, mas a gente mata um irmão, por um irmão, por uma mulher, mata o Ministro e o Papa, a alma fica vermelha, sangrando pela rua, e o homem tenta segurar as tripas gritando me pegaram Jesus, Jesus, me pegaram, Jesus, tenta botar as tripas para dentro, o fedor, devia pensar antes de dizer, devia pensar antes de fazer, mas a gente mata por um fio de cabelo, por um tapa na cara. O povo em volta: foge, desgraçado. O irmão: não te pedi nada, se entrega, não foi pra isso que eu te trouxe pro Sul. Seis anos de alma na lama.

Derrubariam tudo, não ficaria nada de pé, mas a pedreira estaria ali para sempre, os garotos armados lançando garotos desarmados lá embaixo, a fumaça de corpos carbonizados formando nuvens de fedor e morte riscadas por balas traçantes. Vestiu-se bebendo e fumando. Bebendo e fumando passeou pelos corredores, revistou os quartos, os lençóis encardidos, as toalhas amareladas no último fio, o trabalho secreto dos cupins na madeira das camas, nos assoalhos, as pias piando, os chuveiros chocando como peixes elétricos, nada funcionava direito, bebendo e fumando, uma sensação de cadeia e cela, as paredes úmidas de infiltração, as manchas de mofo, e riu: agora era um carcereiro. "Já que vão derrubar de qualquer jeito", disse para si mesmo, "pode acontecer um acidente, um pouco de gasolina, um cigarro."

Desceu as escadas, a alma leve. Badu roncava na portaria. "Já foi em casa?" "Você sabe, a mulher disse que eu só entro em casa se levar dinheiro." "É como aqui", riu, "vê se isso dá pra quebrar o galho." "Hoje eu fico. Amanhã eu vou." "Você é que sabe."

Tinha aprendido a ficar sozinho, sentia prazer em não ter companhia. Sentou-se o mais confortavelmente possível, o copo, a garrafa, a Bíblia. Não queria mais nada. Invejava os porteiros dos grandes edifícios, sempre quisera para ele suas noites de veludo e silêncio, suas madrugadas vazias.

Entraram três casais. As meninas de lado como caranguejos, os rapazes juntos, amontoados, dando força uns aos outros. A mesma coisa de sempre. Alugavam um quarto por duas horas, um casal entrava e outros dois ficavam bolinando no corredor, esperando. Isso aqui é um hotel, não é uma feira, dizia, e eles ficavam olhando a ponta dos sapatos surrados, espremendo os bolsos. "Deixa ver essa fortuna." Eles tinham vergonha do próprio dinheiro, pediam desculpas. "Da próxima vez mandem as meninas passar e lavar as notas." Encabritaram escada acima, no corredor vibravam como fazem os jogadores de futebol, o primeiro filho daria um nó no pescoço deles e acabaria não sobrando dinheiro nenhum para ter vergonha.

Era o que restava da clientela. Melhor do que quando os garotos armados vinham se malocar ali ou os vagabundos e as vagabundas da rua vinham trepar e cheirar, mais cheirar que trepar. Conseguiu expulsar todos. A própria miséria do hotel reduziu a clientela a gatos pingados, a ninguéns.

Pouco depois entraram mais dois casais, juntados no acaso de um encontro cego, e parecia que a noite estava fechada.

"Boa noite", disse o garoto, "o mesmo quarto de sempre." Alegre, um pouco alegre demais. A pretinha segurava uma sacola e sorria. "Vamos casar amanhã", disse o garoto sem mais nem menos, "quer ser nosso padrinho?" Pernambuco olhou para a pretinha, a sensação de estar sendo gozado, e ela fez sim sim sim e não com a cabeça, sorrindo com a boca fechada. "Você pensa e amanhã você decide", disse o garoto, mais para ele mesmo, "é só chegar no cartório e assinar. Jogo rápido." "Amanhã a gente vê", disse a pretinha. O garoto jogou o dinheiro sobre o balcão, podia se dar ao luxo de não ter vergonha da própria grana. "Fica com o troco. Você aceita, não aceita?" "Amanhã, meu bem, amanhã." "Eu quero saber se ele aceita." A pretinha fez um sinal. "Aceito", disse Pernambuco. "Então até amanhã", o garoto subiu as escadas com alguma dificuldade. Parou lá no alto e se voltou, meio se desequilibrando, "amanhã de manhã você está aí, não está?" "Estou." "Palavra de escoteiro?" "Palavra." Quis descer para um aperto de mão, mas a pretinha o levou pelo braço. Começou a cantar com a língua engrolada.

"Vai vomitar, vai vomitar e esquecer tudo, o filhinho de papai", disse Pernambuco para si mesmo. Bebeu, acendeu um cigarro, continuou lendo. A pretinha não bebia ou bebia e mantinha a linha, ficava no controle. O normal era ele dar vexame, brigavam uma vez por mês, discutiam, e não precisava ser adivinho para saber de quem era a culpa. Palavra de escoteiro. A perna dela era grossa, com uma correntinha no tornozelo. Uma noite ela ameaçou ir embora e ele veio rolando atrás dela, de calça na mão, babando. Todas as crioulas têm bunda de tanajura, a dela era redonda, nem grande nem pequena, no ponto certo, não admira que ele babasse, o babaca. No comecinho ela usava o cabelo cortado rente, parecia um moleque bonito.

Os casais saíram, estavam nos 40, cansavam à toa, pegavam fogo que nem madeira verde, devagar, sem muita vontade. À uma e meia da madrugada socou a porta dos três primeiros casais. Desceram a escada cheios de sono, entregaram a chave, abriram a porta e ele disse que podiam ficar até as sete. Subiram as escadas um pouco mais acordados.

A madrugada era a melhor parte do seu dia. Pensou no lugar onde a noite durava seis meses, lá fazia frio, ele gostava do frio, um país de sonho. Às três da manhã decidiu que ia encher a paciência de Pardal Wenchell. Pegou a segunda garrafa, já pela metade. Dois carros pararam na rua vazia, os faróis acesos, as portas se abriram e os homens saltaram. Contou seis na luz dos faróis. Tremeu. Entrou, ficou atrás do balcão, a mão dentro da gaveta.

Usavam cabelos curtos, saúde de atleta. O mais velho tinha uns 50 anos num corpo de 30 e tantos, os olhos frios, a boca fina e amarga. Dois deles pularam o balcão com facilidade. O mais alto empurrou Pernambuco e o obrigou a ficar de cara contra a parede. O outro, um pouco mais baixo, leu as fichas. "Não está aqui não, coronel." "Revistem tudo." Quatro subiram as escadas. O quinto ficou colado em Pernambuco. O que chamavam de coronel abriu a porta e ficou olhando a noite lá fora, as mãos cruzadas nas costas.

Ouviram-se pancadas nas portas, vozes, gritos. Dois homens desceram com a pretinha, nua, os cabelos em pé, apavorada. Ao passar pelo homem da boca amarga, ela tentou cuspir na cara dele, mas a boca devia estar seca, não saiu nada. Ele passou a mão no rosto assim mesmo e ficou olhando na direção da escada.

O garoto veio esperneando entre os outros dois homens. A ele tinham vestido. Os olhos do homem da boca amarga amoleceram um pouco. "Miserável!", gritou o garoto, "não adianta mais nada! Já estamos casados! Corno!" Dava para ver que estava mentindo. Ligaram um motor e um dos carros partiu lá fora. "Vamos", disse o homem mais velho. "Me solta, porra!", o garoto estava chorando, já não resistia mais, "me solta!" Foram embora.

"Nossa mãe!", disse Badu, "eu vou é pra casa." Pernambuco despertou, sentiu-se sujo. Bebeu um gole comprido. Tremia. "Eles não podem fazer isso." "Não se mete", disse Badu dando-lhe uma gravata, "escuta o que estou dizendo, não se mete, isso é coisa de bacana." Pernambuco saiu arrastando Badu. "Me ajuda aqui", gritou Badu para os garotos no alto da escada. Dois deles desceram, mas Pernambuco conseguiu se livrar. Atiraram. Correu na direção dos tiros.

Pardal Wenchell estava no meio da rua cercado pelos cachorros dos mendigos. "Roubaram o carro do garoto", disse Pardal Wenchell recarregando a arma, "mas acertei um dos filhos da puta."

GUILE XANGÔ NAS ESTEPES

Pelo menos uma vez por mês baixa uma depressão doida e eu não quero saber de bar, cinema ou museu, e viro lobo. E o lobo sai pela cidade andando pelo escuro da noite, não dessa noite comum, da outra, da noite da noite, e eu ando em silêncio. A chuva encharca os meus pelos, o vento gela a espinha e as estrelas trilham má sina e a fome passa do corpo e invade voraz o espírito e a ausência ameaça com vazios todos os redutos do lobo.

Para se defender, o lobo começa a fazer planos: beber comer ir a uma festa ver o tempo passar matar beber comer dormir acordar não sonhar fazer mochila ir para São Paulo voltar de São Paulo não sonhar.

E o lobo, de orelhas em pé, tenta apagar as velhas músicas com pensamentos de derrota, não quero vencer, desisti numa boa, eu quero perder a vida com certa dignidade, com um pouco de brio, com algum mérito, não quero viver, eu só quero perder bem.

E então as palavras se atropelam na mente do lobo. A vida que escolheu não está valendo a pena, isso é verdade, ou quase, nunca se sabe, mas, solto ao vento, ele vai levando a vida, esta, exatamente esta mesma vida que me está levando, esta, não outra paralela ou parecida, não outra, esta que me levanta à solta e que eu acho que não vale, que não está valendo a pena ser levada ou vivida, vazia.

O vento é outro vento e o lobo vai sem ver nada, todo concentrado em ser lobo. Você pode montar dois cavalos ao mesmo tempo, no mesmo galope: você é o centauro de tudo isso. Você pode habitar dois mundos, sangrar por duas feridas. Você passeia pelas ruas da duplicidade e só consegue descansar no duplo. Lembre-se: você está expulso da unidade; o uno lhe está absolutamente oculto.

E o lobo quer parar essa voz, mas não consegue, ele quer parar a voz que lhe diz coisas que não quer ouvir e eu também já estou cansado disso: sair de mim, apagar, acordar, entrar em mim de novo, voltar a mim, levar em frente a vida que me vive como se nada do que me acontece não tivesse me tecido. Já estou mais câncer do que vivo, tão quase morto do que digo que nem o silêncio me resolve.

Então o lobo acorda de ser lobo e para diante de uma igreja e lembra de todas as igrejas e dos templos de todos os credos e crenças e seitas e arapucas: sempre que passa por uma dessas construções de pedra e de ilusão seus pelos se arrepiam, seu nariz começa a sangrar, ele lambe o focinho e o gosto de sangue deixa seu corpo tranquilo a flutuar no mar de uma certeza: se o lobo tem fome, ele ainda pode devorar ovelhas e, disfarçando bem sua agonia, fazer parte de um rebanho.

BIG BANG E O HORIZONTE DE EVENTOS

(Eles aparecem por aqui, visitam como quem desce ao inferno e depois aparecem na TV ou nas rádios, dão uma de gente boa, de gente fina, os artistas. Um deles acabou no casarão, mais um mumbava, e deixou uma carta para ninguém. E, até na hora da verdade, eles mentem.)
    Eu estava bem. Tão bem que cheguei a pensar que era eterno. Em maio tinha feito uma participação numa minissérie sobre a juventude dourada do Rio. Me viram na TV e, em agosto, eu estava no elenco de uma peça com sucesso de público e crítica. Em setembro gravei um CD com músicas só em inglês, todas minhas, com arranjos meus, e com destaque para minha guitarra, e eu era o vocalista. Em outubro me mudei da periferia e fui morar na zona sul. Até que, em novembro, eu estava num bar da moda, vi a garota da minha vida, olhei para ela, ela olhou para mim, e eu fui andando entre as mesas na sua direção, ela veio na minha direção entre as mesas, rindo, linda, toda minha, e eu fui caindo, fui apagando, e ela desaparecendo. Era a minha morte.
    Acordei uma semana depois no hospital e os médicos me disseram que eu sofria de uma doença rara, dessas que tem um caso em 100 milhões. Não é nenhuma dessas modernas e transmissíveis, é coisa rara mesmo. Parece que envelheço um ano a cada mês. E não adianta ir para os Estados Unidos. Não tem remédio. É muito azar.

No começo lutei feito um condenado. Fiz de tudo para manter minha rotina. Quis transar com todas as minhas garotas. Mas a notícia já tinha vazado e todas elas me deram carinho distante, secretária eletrônica, e-mail e muito gelo.

Então me agarrei com Deus. Busquei consolo em tudo que foi religião. Conversei com padres, pastores, rabinos, iogues, magos, gurus, escroques. Fui a centros espíritas, rodei candomblés, fiz regressões, fucei vidas passadas. Mas não cheguei a lugar nenhum.

Mergulhei na literatura. Li *A montanha mágica, Doutor Fausto, Em busca do tempo perdido, Crime e castigo, Ilusões perdidas*. Não adiantou.

Tentei drogas e outros paraísos artificiais. Até que me conformei, fiquei um tempo na casa da minha mãe, e vim para este sítio que comprei nesta cidadezinha no meio do nada. Cada dia é o último dia de minha vida. A lua vermelha de verão flutua sobre a torre da igreja, ao alcance de uma pedrada, de um salto em cama elástica. Dá para ver a sombra cinza de suas montanhas e vales, a pálida extensão do seus desertos de areia cósmica.

Neste começo de noite surge o primeiro satélite artificial, um minúsculo ponto de luz, pontualmente apressado, movendo-se alto e mecânico tendo por fundo o céu eterno. Outros seis ou sete satélites cruzam o quase eterno céu com pequenos brilhos fixos de cabeças de alfinete. Num futuro próximo ou distante, longe daqui e de hoje, uma estação orbital poderá brilhar no céu como uma pequena cidade, uma aldeia astral a flutuar sobre um outro mundo futuro.

Um vento que parece vir do mar do futuro ou do passado levanta uma poeira triste e suspende no ar uma risada de criança e faz cair as folhas secas das árvores que os pardais fazem de hotel por uma noite de verão. Enquanto isso, neste mundo, galileus de laboratório constroem as pontes que um dia vão ligar o homem de barro a outras distantes estrelas heliotrópias. Em seus templos, neste mesmo mundo, galileus de outras doutrinas pregam que a lua vai cair no mar e ondas gigantescas vão afogar toda a criação, como já aconteceu antes. Os filhos de Satã e os filhos de Deus continuam a sua batalha infinita. Mas eu sei, mais do que nunca eu sei, que nada depende de nós. Nunca tivemos controle de nada. O próprio destino já perdeu o fio da meada há muito tempo. Não dá para distinguir, aqui e agora, o começo do fim, o fim do começo, o fim do começo do fim do começo do fim.

O vento sopra mais forte. Nuvens cobrem o céu e a lua e as estrelas. De madrugada não consigo dormir. Ando dentro da noite. Falam de mim, contam coisas, inventam medos. Caminho dentro da noite enquanto o sono coletivo libera as almas e as formas. Os cães farejam o novo animal que herdará a Terra e ladram avisos. Ele sempre esteve entre nós, esse novo animal. E ele será implacável como nós. Mas não estaremos vivos para contar a história.

AQUÁRIO

Jesus é peixes e Deus é câncer.

"Você vai comigo até Araçatuba?"
"Só vou com você pra Narilla."
Estamos sentados nesta mesa, a Betoca e eu, há duas mil horas e há não sei quantos copos de cerveja, mas é mais seguro não contar nem as horas nem os copos, as noites intermináveis, as palavras trocadas, os silêncios. Estamos aqui dentro do aquário do bar da Graça, um novo point na rua Sampaio Ferraz, no bairro do Estácio, na cidade das balas perdidas, no país das oportunidades perdidas, no planeta das guerras pela paz.

Antes o lugar era um típico pé-sujo carioca, mas a Graça comprou o salão ao lado — que foi sapataria, loteria, casa de umbanda — e montou um restaurante família que, depois das três da tarde, vira um pub enfumaçado e acolhedor. Os antigos frequentadores, tradicionalistas resistentes a qualquer tipo de mudança, apelidaram o novo espaço de "quarto de motel", de "salão vip", de "mocó dos esnobes", de "o aquário", que foi o nome que pegou.

Lá no pé-sujo a jovem e desejada garçonete sorri toda maria bonita, um colar de algas em volta do pescoço, uma pequena estrela brilhando na testa entre as sobrancelhas. As caixas de som propagam forrós pornofônicos disputando gols e notícias de escândalos políticos com o aparelho de TV. As máquinas caça-níqueis contribuem para a zoeira e para os jogadores que buscam o bônus milionário nas figuras de macacos, tigres, tarzans, nas frutas, nos números, berram, gritam, xingam e vibram de acordo com as marés da sorte e do azar.

No aquário basta fechar a porta de vidro para conseguir uma calmaria meio submarina. Uma estrela-do-mar (insaciáveis devoradoras de ostras e de outros moluscos) está pregada ao lado do relógio que emperrou nas doze horas. O ponteiro dos segundos gira, o das horas e o dos minutos não se movem, e dizem que quem entrar aqui vai morrer de marasmo na água parada do tempo. Mas as janelas deixam o aquariano voltar à tona. Basta afastar a cortina, olhar pela vidraça e lá está a calçada com as pedras portuguesas que plagiam o ondeante calçadão mundialmente conhecido de Copacabana. O Capitão, o rei dos ladrões, é hoje aquele mendigo deitado debaixo da marquise do outro lado da rua, afogando as mágoas e os dias de glória na garrafa de cachaça. (Os jogadores das caça-níqueis também estão empoçados, presos em seus becos: são os "vicionários" de um futuro que foge a cada um e que derrota a todos.)

"Você vai ou não vai comigo até Araçatuba?"

A Betoca se exilou no Rio por amor. Se quisesse ganhar dinheiro teria ficado em São Paulo, mas acabou se apaixonando por um anjo carioca, um anjo torto, da mesma legião urbana daquele que mandou o poeta Drummond ser *gauche* na vida. Até que ela tentou prender o anjo em Araçatuba, compraram uma casa, moraram alguns anos por lá, chegaram a ser felizes, mas no verão o anjo batia as asas para as praias cariocas, e uma vez emendou verão, primavera, outono e inverno. Foi quando a Betoca arrumou as malas, pegou um ônibus e veio cortar as asas do seu anjo antes que ele virasse saudade ou vontade de matar e morrer. A casa ficou lá em Araçatuba, os móveis cobertos por tapetes de poeira, os livros lidos vorazmente pelas traças, os discos presos a um silêncio de mofo, os fantasmas dos instantes felizes arrastando correntes pelos cômodos e gemendo de solidão pelo quintal tomado de ervas daninhas e sem a sombra de um cachorro. (A casa de Araçatuba é um aquário onde os peixes da memória boiam na asfixia da ausência.)

Aqui neste outro aquário escuto a voz da Betoca. Os seus olhos verdes, as suas mãos brancas, o seu corpo pequeno, o seu andar magro, tudo nela fala. E tudo nela lembra. Voz, olhos, mãos, o corpo inteiro lembra. A infância em Araçatuba, o pai na boleia do caminhão comerciando grãos e bois e tudo pelas cidades do interior de São Paulo. O pai, José Antônio, o Tonho, que trocou de nome com o irmão Antônio José, o Pepe. O amigo japonês que, no fim de um porre ituano, botou o amigo Tonho dentro de um avião para ele passar um fim de semana em Buenos Aires, a cidade onde nasceu, e esticar até Montevidéu, onde nasceu seu irmão Pepe.

Lembra a morte do pai e a chegada do Centauro. Ele apareceu em Araçatuba, vindo do nada, trazendo presentes para a viúva, e estava sempre bêbado, ébrio, sempre balançando desequilíbrio, não sabia caminhar com os próprios pés. A mãe viúva permitia que ele dormisse na sala, no banheiro, no celeiro, mas as crianças jamais souberam o seu verdadeiro nome, suas verdadeiras intenções, nunca viram o visitante dormindo inteiro, só em cima do cavalo, meio acordado, dando bom-dia ou dando adeus, o Centauro.

A velhice da mãe italiana, os dois últimos anos tão tristes. A *mamma* leoa que não deixou que a família se desintegrasse depois da morte do pai. A *mamma* raposa que durante vinte anos conseguiu fumar escondida dos filhos. E de quando ela, Betoca, passou a ser a mãe e o marido da mãe. ("Quando ficou senil, a minha *mamma* me chamava pelo nome de meu pai: 'Já comeu, Antônio? Seu prato está em cima do fogão. É só esquentar. Você quer que eu esquente?' 'Está muito frio, Antônio, vou pegar seu casaco.' 'Está chovendo, não esquece o guarda-chuva, Antônio.' O tempo todo eu vivia chorando pelos cantos.")

Mas lembra principalmente do avô, pai do pai: *"Me voy a Narilla. Me voy para Narilla"*, ele repetia e repetia, os olhos cheios de lágrimas, as mãos trêmulas. Queria morrer na aldeia onde nasceu.

Depois de mais de sessenta anos no Brasil, sonhava juntar as duas pontas da vida, de qualquer vida. Ele veio nas primeiras levas de imigrantes espanhóis, se revoltou contra a exploração pelos fazendeiros de café, arranjou uma passagem para Buenos Aires, depois foi para Montevidéu, e acabou voltando para São Paulo. *"Me voy para Narilla"* virou uma espécie de senha para um código de angústia, de desespero, de saudade do paraíso perdido. (*"Me voy para Narilla"* era o último suspiro, a doença, a solidão, a morte.)

Existe a infância, poderosa e avassaladora, com cheiro de jaca, textura de melancia. As crianças metendo a cara na melancia, enfiando os dedos para separar os gomos da jaca, o visgo, a fome alegre, a farra. E a cobra. Os tios correndo pelo mato e trazendo a cobra morta balançando num pedaço de pau. "A cobra mordeu você e morreu todinha, a coitada."

Já adulta, Betoca lembra de ser barrada nos cinemas porque sempre pareceu uma criança. Do prefeito gritando "vai, Diabo Louro, vai, vai!" quando ela jogava no time de futebol de salão da escola. E os irmãos, as irmãs, as tias, os tios, os vizinhos, os amigos, todos delirados, vendo e ouvindo Caetano cantar para a "turba de Araçatuba" no estádio lotado: é uma das lembranças mais luminosas. O lado negro foram os muitos anos de bancária na cidade de São Paulo e que doem como um sequestro nada relâmpago, um desfalque, um cheque sem fundos. (Mas hoje também não está satisfeita em ralar como gerente de um salão de beleza em Copacabana. "Como bancária eu fui uma milionária virtual e hoje não tenho o mínimo orgulho em ser uma operária mal paga da indústria da vaidade humana.")

De vez em quando a Betoca tenta cercar palavras com caneta e guardanapos. Para ela, escrever é como cercar galinhas. "Hoje eu queria morrer... Mas daí pensei: ontem eu queria viver. Qual a merda? Qual a diferença? Por que eu, vivendo, estou me matando aos poucos?"

"A amizade é a mãe do amor. Será que o respeito é o pai? Porque nenhum amor sobrevive sem respeito e sem amizade. Pode ele ser fraterno, materno, paterno, inferno. É o amor."

"Jesus é peixes e Deus é câncer."

"Ninguém pode achar que engana as pessoas fingindo ser gentil. Ser é que é importante, mais nada. Ser o que você é: essa é a sua força, o seu cartão de visitas, a sua carta de identidade. Não ultrapasse esse farol."

Claro que Betoca tem sonhos atuais, de olhos abertos: pagar todas as dívidas, ser feliz, domesticar seu anjo, caminhar ao lado de Maria Bethânia pelas ruas de Santo Amaro da Purificação, voltar para Araçatuba.

"Você vai gostar de Araçatuba", diz a Betoca.

"Só vou com você pra Narilla", eu digo. "Googlei lá na lan house e descobri que a origem da cidade é pré-romana. Os árabes chamavam Narilla de Narixa, Naricha ou Narija. No século X as mulheres trabalhavam a seda, com uma produção tão fina que ganhou fama em todo o Mediterrâneo. A gente pode passear pelas Cuevas, batizadas como Catedral da Pré-História e declaradas Monumento Histórico-Artístico Nacional. Rezar na Igreja de Nossa Senhora das Maravilhas e fazer penitência na Ermida das Angústias."

"O que você tem contra Araçatuba?", Betoca se encrespa. "Você pensa que lá é terra de caipira? Você está muito enganado, mano. Lá tem até aeroporto."

"Araçatuba quer dizer, no vocabulário indígena, 'Terra dos Araçás', marcando o quilômetro 281 do trajeto ferroviário. É também conhecida como 'a cidade do boi gordo', mas também tem algodão e amendoim. Foi fundada em 2 de dezembro de 1908, tornou-se município em 1921. O nome do aeroporto é Aeroporto Estadual Dario Guarita e fica a dez quilômetros do centro da cidade", recito.

"Isso não quer dizer nada, nada! Faz alguma coisa, vai! Internet não tem cheiro de chuva, sol, gente na rua, balada, crianças saindo de escolas. Você vai ou não vai comigo até Araçatuba?"

"Eu vou com você pra Narilla."

"Que Narilla, meu! Nós nunca vamos ter grana pra ir pra Narilla."

"Milagres acontecem."
"A gente não precisa de milagres pra ir pra Araçatuba."
"Na dureza que nós estamos, devendo uma fortuna à Graça, aluguel atrasado, telefone cortado, cartão bloqueado, holerite zerado, a gente vai precisar de um milagre até mesmo pra passar uma semana em Araçatuba."

Betoca fecha os olhos e mergulha fundo em si mesma. Ela se ilha, se exila. Um exílio plantado em sua alma por imigrantes espanhóis e italianos e que agora é um exílio de paulista no Rio, o exílio dentro de um exílio dentro de outro exílio.

"Abre a janela desses olhos e me conta aquela história."
"Que história, Gui?"
"Aquela que me faz rir."

Betoca abre os olhos e sorri. Quando sorri, a criança salta de dentro dela. Canta: "As aparências enganam, aos que odeiam e aos que amam."

E começa a contar como o seu irmão mais velho convencia os irmãos menores a engolir peixinhos vivos, dizendo que aquele era o único jeito infalível, aprendido com dois velhos índios (um velho índio coroado e um velho índio caingangue, pajés das tribos que tinham vivido naquelas terras e depois fugido para dentro do mato), um método infalível, escalafobético e tremendão para aprender a nadar no rio, a nadar mais rápido, mais longe, mais fundo, a nadar mais peixe.

Betoca inclinava a cabeça para trás, olhava para o céu de imenso azul, um infinito mar suspenso nas alturas, abria a boca e, possuída por um sentimento que era do tamanho do céu, o coração dando pinotes de peão boiadeiro, engolia os peixinhos com arrepios de piedade, fé e esperança. Mas não aprendeu a nadar na vida.

(E agora estamos nós dois aqui, no bar da Graça, sendo engolidos pelo tempo, dentro do aquário.)

BUM BUM PATICUMBUM PRUGURUNDUM

O Guile Xangô recebeu uma carta de um amigo dele alemão que estava querendo fazer um carnaval em Berlim e pediu que mandasse um samba para a escola de samba dele, a Schule Samba de Berlim. Convocou o Dão, o Nei, o Edu, o Beloba e outros bambas para fazer, gravar e enviar a encomenda.

Mas antes de enviar a fita para Berlim foi feita uma noite de gala na quadra do Lima com a presença de convidados ilustres, sendo o mais ilustre de todos o João Amorim, que lutou na Itália e vive sonhando que seu batalhão sobe todos os morros da cidade, como se tomasse o Monte Castelo para acabar com o movimento. João não gosta de falar da guerra com todo mundo, respeita os soldados alemães, lembra da fartura dos americanos, não quer ser visto como herói, mas agora está lá no meio da quadra, sentado em mesa nobre.

A bateria vibra, os instrumentos disparam e o Guile Xangô anuncia o samba alemão: "Amazônia Wunderbar", e segue em frente, ao vivo, com um chapéu de tirolês e um canecão de chope na mão direita:

A Schule Samba de Berlim
Vem aqui apresentar
O mito, a glória, a maravilha
Amazônia
Amazônia

Amazônia Wunderbar

Lá lá lá lá
Netuno se casou com Iemanjá
O boto fez amor com a sereia
O céu beijou a boca do oceano
Die Welt Der Himmel Der Mond Die Sonne
O universo ama a Amazônia
Amazônia
Amazônia
Amazônia Wunderbar
Amazônia Wunderbar
Na antevéspera do Apocalipse
Entre o Anjo e o Demônio
Sambava o profeta Nietzsche
Amazônia Wunderbar

Lá lá lá lá

Pirarucu tucuxi
Pororoca tucuxá
Poluição destruição
Ah não deixa secar
Ah não deixa desfolhar
O rio mar
O mundo mar
O verde mundo
Amazônia
Amazônia
Amazônia Wunderbar.

Por misericórdia a galera sustenta o refrão, "ah não deixa secar, ah não deixa desfolhar", e alguém grita "Mangueira", e o Dão emenda um samba-enredo atrás do outro, "Lendas do Abaeté", "Aquarela brasileira", "Heróis da liberdade", "Quizomba, festa da raça", "O mundo encantado de Monteiro Lobato", "Chica da Silva", "Chico Rei", "Festa para um Rei Negro", e todo mundo pega no ganzê, bum bum paticumbum prugurundum, sob o comando dos Quatro Mandelas, prestando homenagem à tradição enquanto João Amorim e Pardal Wenchell consolam o Guile Xangô: "Samba alemão não dá enredo."

OS DOIS SOLDADOS

João Amorim está sentado com o Rafa no fundo da Adega Xerez. "O Rubem Braga escreveu que a guerra na Itália foi só poeira, lama e neve. Mas ele era correspondente de guerra. Eu era soldado de infantaria. A minha guerra foi só poeira, lama, neve e sangue", diz João Amorim, usando o garfo e a faca para fazer montinhos geométricos de comida e depois levar à boca e ficar remoendo aquilo feito um boi velho e cansado. "Acho que se a gente tivesse lutado contra os *scugnizzi* a gente perdia. Os *scugnizzi* eram os pivetes de Nápoles. Você podia perguntar aos italianos: quem expulsou os nazistas daqui de Nápoles? Os *scugnizzi* expulsaram, o povo respondia."

"Alguns alemães se entregaram ao meu pelotão. Eles estavam cansados de guerra, dois deles, os mais velhos, tinham lutado em Stalingrado. Os outros dois eram bem jovens, adolescentes. Eles achavam que os brasileiros eram bárbaros e que os nossos soldados negros eram canibais. Deviam achar o mesmo dos negros americanos. Mas nem nós nem os americanos éramos tão bons soldados como os alemães", diz João. E manda: "Você está me preocupando."

"Eu estou bem", diz o Rafa.

"Então para com esse jeito de rato com a bunda na parede."

"É o meu jeito."

"Juraram você?"

"Juraram, mas já fiz todos eles. Só dois estão vivos."

"Então fica de olho aberto", diz João. "A gente chamava a metralhadora dos alemães de Lurdinha. Grande parte do tempo a gente passava cavando, que nem toupeira, que nem tatu. O abrigo (a buca, o buraco) era um puxadinho do *foxhole*. A entrada era estreita, você tinha que entrar arrastando, só um pouco mais pra dentro você podia ficar de pé. A guerra te faz animal, caça e caçador. Muita gente achou difícil voltar a ser humano normal."

"Disso eu entendo", diz o Rafa.

"Tinha *boobytrap*. O alemão vem andando no escuro, na terra de ninguém, de repente pisa em alguma coisa e aí se acende o *very-light* e tudo em volta fica tomado por uma luz branca, fantasmagórica. Do lado de cá, na moita, a gente vê a patrulha alemã cega na luz e puxa o gatilho das nossas metralhadoras. Era uma armadilha luminosa."

"Isso não mudou muito", diz o Rafa.

"Pior que os bombardeios de avião ou de artilharia, que as granadas incendiárias, que os morteiros, eram as minas. É a coisa mais terrível de ver: um pelotão dentro de um campo minado. Não tinha coisa pior que desarmar minas, as nossas, que esquecemos onde tínhamos plantado, ou as dos alemães. Mina é coisa covarde, é pescar peixe com dinamite."

"Guerra é guerra", diz o Rafa. "Fala de Monte Castelo."

João fala da tomada de Monte Castelo, não foi um passeio, foi a hora da virada. Mas se perde. Cobra do Rafa a coleção de filmes de guerra americanos. Muda de assunto.

"Tinha a ração. Três tipos: K, a de assalto. C, a de combate. B, a operacional. A ração K tinha três caixas pequenas que eram três refeições, café, almoço ou jantar. Cada caixa tinha uma lata de queijo, patê ou sopa desidratada, e mais biscoitos, café ou limonada solúvel, chocolate, cigarros, fósforos, um tablete de Halazone pra purificar a água, uma colher e um abridor de latas. Os alimentos equivaliam a novecentas calorias. A ração C tinha 3,8 mil calorias e a ração B, 4 mil calorias. Até hoje, quando eu escuto falar em ração, lembro que eu era um animal", diz João.

Rafa ri por dentro: por isso é que ele come em montinhos, em tabletes.

"Você está rindo de quê?", pergunta João.

"Com as armas de hoje, juntando todas as favelas, unindo o movimento, eu tomaria Monte Castelo com um pé nas costas", diz o Rafa.

"Tudo bem", diz João Amorim, "mas vocês são os alemães."

BETH RAMISHPATH

O Guile Xangô vai ficar sentado ali no bar do Luiz e não vai fazer nada? Ele vai ficar ali, sem fazer nada, como quando estava no banco do carona do carro dela, enquanto ela dirigia e falava sobre planos de viagens e de dinheiro. Ele ouvia, sentado e satisfeito, ouvia com carinho a voz dela falar de planos de viagens e de como conseguir dinheiro para a viagem que os dois poderiam fazer, e ele ouvia isso com imensa ternura, ali, sentado e satisfeito, ao lado dela. E então ele não ouviu mais a voz dela e viu que ela tinha diminuído a marcha do carro enquanto o olhar dela estava preso no homem negro que caminhava pela calçada, e ele acompanhou com ela, mas sem que ela percebesse, o homem andar alto e magro e negro pela calçada, e ali, sentado e ausente, percebeu que, para ela, ele não estava mais ali, já sentado no esquecimento. O homem atravessou príncipe entre os carros, com seu elástico caminhar orixá e continuou pela outra calçada. Foi encoberto por um ônibus vermelho e desapareceu, mas ficou ainda caminhando dentro dela, e ela acelerou dentro de um pequeno silêncio profundo, e perguntou: o que a gente estava falando mesmo?, e ele não olhou de volta e ficou ali sentado, ouvindo falar da viagem, do dinheiro, do fim de semana, do marido da melhor amiga morrendo de câncer, e ele disse por dizer "morrer deve ser terrível para quem morre e um descanso para os outros". Então ela falou "que tal a gente comer alguma coisa?", e ele ali sentado pensando em mortos, ia dizer que queria ir para casa como estavam indo, mas falou que sim e ela fez o caminho de volta falando em lulas, casquinhas de siri, comida japonesa, e então ela parou o carro no estacionamento e eles atravessaram a rua e entraram no restaurante, e ele ali sentado com o cardápio na mão e ela, sentada ali na frente dele com o cardápio na mão, sabendo que cada vez que a porta abrir ela vai ficar olhando, esperando que o homem alto entre, enquanto ele fica ali sentado, como está agora, sentado no bar do Luiz, sem fazer nada.

Mas é impossível ficar sentado em silêncio no bar do Luiz, e o Monstrinho fica parado em frente à máquina de música e a ficha cai e a máquina esparrama que "toda mulher já nasce pra morrer de amor". Cezinha, o garçom, vai semeando pelas mesas de dentro garrafas de cerveja, copos de vinho, um olhar sóbrio, um risinho testemunha de Jeová. "Eu te amo", despeja a máquina, "eu não te amo", "eu te amei", "estou fazendo amor com outra pessoa." O Guile Xangô pensa: "Sempre se faz amor com outra pessoa." Mas depois repensa que nem sempre ou quase nunca. "Estou indo embora daqui", alguém diz, "aqui é o inferno." Uma voz de mulher: "Eu não entendo. Ele passou a mão na minha barriga e chorou. Mas não acredita que o filho é dele." Um copo quebra e o Dafé vai porrando o Léo desde o banheiro até a calçada. O Léo bate contra o carro estacionado, abre os braços e dá uma gargalhada, o nariz escorre sangue. O Léo adora apanhar.

O Guile Xangô sai e agora está sentado no bar do Nelson olhando para a mulher que está fazendo compras lá no mercadinho, entre a lanchonete e a casa de umbanda. Daqui do Nelson ele vê o corpo magro da mulher, cheio de energia jovem, e determina que seu nome é Beth Ramishpath. Faz tempo, meses, olhando do Nelson para o mercadinho, entre a lanchonete e a casa de umbanda, que vê a mulher fazer a mesma coisa, com os mesmos gestos, e ela demora nas compras, e é espantoso que saia sempre com uma pequena sacola. Tanto tempo cabe em tão pouco embrulho?, e ela segue e desaparece de seu olhar pela Sampaio Ferraz acima. É estranho que ele só veja aquela mulher ali, e dali do Nelson, nunca no Luiz às duas da madrugada, nunca na banca do Miguel comprando os jornais de domingo, nunca no metrô às sete da manhã, nunca no ponto do ônibus para Ipanema às nove, Copacabana às dez, Jardim Botânico às onze, nunca na Igreja do Divino Espírito Santo depois da missa, nunca no pagode do Lima ouvindo o Dão e o Nei Batera. Só ali, e daqui, anoitecendo, do outro lado do Nelson.

Lembra que já perguntou ao Nelson, quem é? Ninguém conhece. Nunca pensou em se levantar, atravessar a rua e comprar alguma coisa ao lado dela, uma lata de comida para gatos, ouvir sua voz, sentir seu cheiro e chamá-la pelo nome que lhe tinha dado: Beth, Beth Ramishpath. Nunca pensou em segui-la e confirmar se ela desaparece quando dobra a Sampaio, entra na Professor Quintino do Vale em direção à Lázaro Zamenhof, e some no ar, lá em cima, em frente ao salão de beleza onde trabalham a Brechó e a Lúcia. Nunca.

Agora imagina muitas vidas para Beth Ramishpath, quer fazê-la descer dos seus íngremes degraus de ser mulher, da puta à santa, da secretária à empresária, da escrava à princesa, da faxineira à gerente. Mas ela resiste a qualquer blitz, não se revela, não se deixa sequestrar e escorre entre seus dedos de sonho: Beth Ramishpath evapora, diante de seus olhos, como agora.

O bar do Nelson começa a encher e o Guile Xangô continua não querendo conversa. Compra um litro de vodca e decide subir a travessa Carneiro e ficar ouvindo as histórias da Mirtes. "Depois da meia-noite as portas do inferno se escancaram e tudo acontece", disse a Mirtes lembrando seus tempos de linda mulher. "E tudo acontece, eu disse a ele, que era jovem e educado, tão educado que era virgem, estudante de alguma coisa. Ele riu, meio sem graça, e acho que teve vontade de dizer: 'Você sabe disso melhor do que eu, afinal de contas você trabalha num inferninho.' Era o que eu diria para ele se eu fosse ele. Mas ele não disse nada, babando de amor, enroscando os seus dedos suaves nos meus dedos cheios de calos. Ele dizia que eu tinha mãos de fada. Será que ele não via que eu tinha as mãos brutas e fortes?, não via, também não conseguia perceber quem eu era por trás da boca pintada, da maquiagem, do laquê e de todo o resto. 'Você está perdido', eu disse, sem piedade, 'vou acabar com você.' E ele riu, feliz da vida, crente que era uma declaração de amor."

O Guile Xangô está de volta ao carro. Entram na casa dela e agora ele está aqui, invadindo-a, sempre com a mesma adoração canina. Conseguiu chegar aqui depois de se agarrar, trêmulo, ao corpo dela, no corredor, jurando que não ia largá--la, mesmo que gritasse. Ficou ali agarrando-a, tremendo, até que ela disse: você escolhe, ou vamos ser amigos ou faz isso que você quer e nunca mais a gente vai se ver, você escolhe.

O engraçado é que, nas mil e uma vezes que transou com ela, depois de escalar a muralha de seu autodomínio, de seu fascínio, ela dizia, entre as mil e uma coisas, que ele tinha inventado o que ela diria, que ela se renderia exatamente com essas palavras, e com essa ameaça de que ele só iria embora depois de fazê-la morrer de prazer e gritar para ele: se eu soubesse que ia ser tão bom, a gente tinha feito isso muito antes, nunca ninguém me amou, me comeu, me arrasou desse jeito, e ele ia embora, disposto a cumprir o trato, e ela iria correr atrás dele, e telefonar e mandar recados, e era ele, agora, que não queria, e então ela ia dizer que não podia mais viver sem ele.

Entre as mil e uma coisas que imaginou, ele também fantasiou isso que está acontecendo: o prazer dela, a indiferença, esse favor, essa esmola indiferente, essa distração gelada, assim como quem pinta as unhas enquanto lê uma revista, e ela é um cirurgião e ele está em coma, em anestesia geral, e ela é o legista e ele o cadáver, ele pensou essas coisas mórbidas, violentas, ele o punhal e ela a ferida, ele a torre e ela a planície coberta de lençóis de nuvens.

Tinha sofrido todas as humilhações, pagado todos os micos para chegar até aqui. Tantos chegaram até aqui sem esforço, e ele sabia de todos os detalhes, alguns ela contou, mas antes ele ouviu dos visitantes, e doía, até que passou a se colocar no lugar dos que estiveram ali, aqui, e ouvir os detalhes com interesse. Mas nada doeu tanto quando ela, abandonada, se agarrou a ele naquele dia (era sábado, era noite, chovia, fazia frio, era aniversário dela), ela, abandonada, só ele tinha vindo, e ela, chorando e dizendo que era uma puta, só ele a fazia se sentir virgem e, por isso, ele não podia ser como os outros, e então a campainha tocou e ela o largou como um saco de roupa usada e abriu a porta e os amigos invadiram a casa com um grande bolo e bebida e presentes, e ela gritou, brincou, dançou, cantou, bebeu, e ele saiu sem que ela notasse ou se preocupasse, foi para casa sozinho e dormiu mais de vinte horas seguidas.

E agora ele está aqui, dentro dela, e ela abriu a boca, e ele espera um gemido, uma palavra, mas ela vira o rosto para o lado sem se preocupar em esconder o bocejo, e ele está começando a ficar fora de controle, e ela sente o perigo, o corpo dela sente o perigo, ela está pensando em dizer alguma coisa, mas está vindo, está vindo, e a campainha vai tocar e nenhuma porta vai abrir, o telefone está tocando e ninguém vai atender, escorpião com virgem, unicórnio com esfinge, tudo podia ter sido tão maravilhoso.

UM SONHO COM VERDADE DENTRO

Beleco, só Beleco, não quero ter outro nome. Não sou santo. Se a senhora acha que pode me tirar da merda em que estou, desista. Comigo não tem conserto. Eu já fiz tudo errado. Tudo o que você pode imaginar. Comigo é assim: eu vou fazendo. Às vezes me arrependo, mas aí já é tarde.

Cola? Já cheirei. E muito mais. Eu não sou santo.

Eu sou da rua, da arruaça, minha casa é onde eu cair. Mas já tive casa. Tinha meu pai, minha mãe e mais sete irmãos. Eu sou o sétimo. Meu pai foi embora. Meus irmãos também foram indo um a um. Fui o único que fiquei com minha mãe. Como eu não tinha casa legal para ficar, a maior parte do tempo eu ficava na rua. Ficava junto com a galera, no meio da muvuca, arrepiando, dormindo embolado debaixo de marquise e em outros cantos.

Até que rolou aquele massacre. Sacudiram uns oito de uma vez. Deram teco na bola da galera. Encheram de pipoco a rapaziada. Russo, Caveirinha, Pimpolho, Paulete. Eu não morri também porque não estava lá. Mas estava chegando. Tinha ido resolver uma parada e cheguei a ouvir os tiros. Eu apareci na TV, mas com a cara tapada com um cobertor. A senhora ia me conhecer.

Foi por causa daquele massacre que minha mãe apareceu e me levou de volta para casa.

Não sou burro tapado. Fiquei três anos e meio na escola, aprendi a ler e a escrever, levava jeito para números. Num teatrinho de fim de ano, fiz um saci e um besouro falante, claro que um de cada vez, todo mundo riu, bateram patas. Eu levava jeito. Então começou a chover merda e, pelo visto, não vai parar tão cedo.

Eu sei me virar. Já fiz muita coisa. Fui baleiro, engraxate, vendedor de picolé, vendedor de bolinho, moleque de recado. Fui guia de um cego unha de fome. Guardei boi para seu João Guerreiro, o corno. Carreguei trouxa de roupa suja e lavada. Carreguei água e cobrava por lata. Capinei quintal por metro e por hora. Já vendi passarinho, que é o melhor negócio se você tem paciência de esperar o puto cair na arapuca. Eu não tenho.

Já vendi goiaba, manga, banana, laranja, alho, cebola. Já vendi tecido e linguiça de casa em casa. Já cacei cobra para vender para o instituto tirar veneno, mas não era bom nisso. Fui mordido por uma, quase estrebuchei. Só que não era venenosa. Já vendi amendoim torrado, pipoca, vendi pipa e cerol. Já peguei rã. Quis ser padeiro, mas não deixaram. Quis ser trocador e riram da minha cara. Mostrei que sabia fazer conta, multipliquei, diminuí, dividi, somei, tirei raiz, fiz prova dos nove, riram do meu tamanho.

Fui carregador de sacola de madame em supermercado. Já acordei de madrugada para entrar em fila de hospital e vender lugar para os outros que chegavam às nove da manhã. Tem gente, pai de família, mãe de família, que só vive disso. Quis escrever jogo do bicho, mas seu Paulo Gonçalves, o bicheiro, me disse: "Você é esperto, mas não dá, aparece aqui todo fim de tarde pra receber uma grana." "Assim não quero, não sou mendigo nem pé de cana."

Já fiz de tudo. Já caí de cavalo. Fui atropelado uma vez. Quase que o carro passa por cima da minha cabeça. Ia fazer bem assim: ploft! De vez em quando aparecia lá na minha área um desses shows em cima de caminhão. Fazem programa de calouro e dança, distribuem prêmios, dão brindes, alegram o ambiente. Começa o show com os pivetes do lugar, depois os marmanjos do lugar e no fim é a vez dos profissionais. Que não são profissionais droga nenhuma, só imitam mal pra dedéu os profissionais do rádio e da televisão. Dá dó.

Ganhei prêmio de calouro cantando "Amada amante". Quase caí do caminhão, mas ganhei também o primeiro prêmio de dança me acabando num rock da pesada e levei uma granola como revelação da noite. Até eu fiquei de boca aberta comigo mesmo. O dono do show, um tal de Neuzenir Dutra, disse que eu era quente, me botou nas nuvens, pediu salva de palmas, prometeu que na próxima vez me levava. Estou esperando até hoje, sentado na privada, para não ficar com varizes.

Foi por causa daquele massacre que minha mãe apareceu e me levou de volta para casa. Eu já contei. Tem animal selvagem e animal doméstico. Minha mãe é doméstica. A vida inteira sempre foi doméstica. Vida inteirinha lavou a cueca do marido dos outros. Lavou, passou e trocou fralda dos filhos dos outros. Cozinhou a comida dos outros no fogão dos outros. Tirou o prato sujo da mesa dos outros. A vida inteirinha. Quando vinha alguém perguntar: o que a senhora faz?, ela respondia: "Doméstica." Quando alguém me pergunta: o que a sua mãe faz?, eu respondo: "Doméstica." Não tem saída.

Quando chegava em casa, ela desabafava: "Não sou escrava de ninguém", e tome-lhe comida fria, banho de água gelada às duas da manhã. Acho que isso ajudou a rolar o que rolou. Tenho certeza que se os outros não vivessem às custas dela, inclusive meu pai e meus irmãos, a chuva de merda não caía com tanta força. Pelo menos um guarda-chuva a gente arranjava.

Mas caiu, fedeu. Ficamos os dois sozinhos, eu me virando pela rua, ela se matando na casa dos outros. A coisa piorou depois que um irmão meu apareceu matado, o queridinho dela. Foi aí que ela começou a pirar legal. Eu não podia fazer nada. Ela me xingava, cuspia na minha cara. Um montão de vezes a gente saiu no braço, eu tinha que me defender. Era feito ela ficasse bêbada. Era uma outra pessoa, não era ela. Mas ela nunca bebia nada. Talvez fosse loucona. Sei lá. Não sei. Para não me aporrinhar, eu ficava zanzando para lá e para cá, arrumando o que fazer. Chegava em casa de madrugada, morto de sono. Só chegava para dormir. Sumia de casa meses.

De vez em quando ela dava uma de artista. Cantava umas músicas do tempo da onça, chorava feito criança, rezava e cantava e cantava. Depois dormia. Mas sempre, toda vez, acordava na horinha de ir para o serviço. Até relógio às vezes para. Ela não.

Dessa última vez que voltei para casa ela estava muito pior. Tão pior que um dia acordei todo acorrentado. "Você vai ficar aí direitinho. Mamãe volta logo." Trancou a porta com a chave e foi embora. Gritei o dia inteiro, socorro, me tira daqui, esses troços. O pior de tudo é que eu sabia que tinha gente me escutando, ouvia as pisadas dos putos, ouvia a voz dos viados, o bochincho das vagabundas, mas filhodaputa nenhum me acudiu. Não sabia que eles tinham tanta bronca de mim.

De noite minha mãe chegou e botou um prato na minha frente, resto de comida dos bacanas que ela sempre trazia para casa. Lavagem de porco. E o pior é que o prato bem ali debaixo do meu nariz e eu nem podia mexer um dedo, um fio de cabelo. Ela nem notava isso. Comecei falando macio, "pensa bem, mãe, eu sou seu filho, mãe, só quero seu bem, mãe, me tira daqui, mãe, me solta, mãe". Mas ela não estava nem aí. Acabei perdendo a paciência, gritei capacho, escrava dos outros, mulher maluca, acabei xingando e ela nem te ligo, falando com as paredes, cantando um pequenino grão de areia que era um pobre sonhador, uma dessas músicas de muito antigamente que cantava porque a mãe dela cantava para ela, e agora ela cantava para mim.

Eu ficava me dizendo "não acredito", eu dormia e acordava, "não acredito". E até hoje não acredito. Ela cantava, depois bojava feito balão apagado e dormia. Mas, na horinha certa, o relógio estrilava lá dentro da cabeça e ela acordava. Tomava banho, se vestia, ia embora. "Mamãe já volta. Fica aí direitinho." Acho que ela estava me prendendo porque não queria que eu fosse massacrado. Não era por maldade.

Aquilo durou um tempão.

Fiquei tão fraco, tão fraco, que comecei a ver coisa. As crianças começaram a passear por cima de mim. Era um dia de festa e as coisas passavam muito devagar. Pousavam devagar feito pena caindo. O sol ficava horas e horas parado no céu. O céu ficava quase na ponta do meu pé e o sol era logo ali.

As crianças flutuavam. As crianças voavam para todos os lados, para cima e para baixo. Pulavam na minha barriga e viravam cambalhota. Os marmanjos também queriam voar, mas caíam logo. As crianças voavam e faziam guerra no céu. Guerra de tinta, tomate e lama. Quem levasse uma tomatada tinha que vir caindo do alto, rodopiando, rodopiando, gritando raaaaaul! E caíam na minha cara. Caíam dentro do meu olho.

Quando acabou a lama, o tomate, a tinta, as crianças meteram a mão no pordosol e jogaram pordosol umas nas outras, escorregavam nas cores. Era a maior lambança. Eu fiquei brilhando coloril.

Então veio a noite e a Lua saiu de dentro do meu peito e ficou suspensa. As crianças voavam até a Lua e voltavam. Iam na Lua e pulavam de volta na Terra. Eu era a Terra. Umas voavam até as estrelas e desapareciam. Elas nunca mais iam voltar e chorei porque elas nunca mais iam voltar das estrelas.

Acho que foi da minha tristeza que começou a soprar o vento do fim do mundo.

O vento do fim do mundo apagava os marmanjos. Os marmanjos apagavam feito vela. Dava para ver os marmanjos fugindo. Fugiam que nem ratos. Fugiam que nem baratas. Coitados. Então o vento do fim do mundo soprou mais forte e mais forte e mais forte e os marmanjos todos foram apagando. Milhões deles. E fiquei coberto de cinza.

As crianças desceram da Lua e começaram a me tirar de debaixo de tanta cinza. Elas diziam que o vento era um dragão. Invisível. Um dragão feito de vento. Diziam que era o tempo. Era um tempo feito de vento. Um tempo-vento. E quando o tempo-vento soprava, os marmanjos apagavam e viravam cinzas. As crianças ficavam andando e discutindo em cima de mim. Me limpando das cinzas. Não estava entendendo mais nada. Eu não sabia quem eu era. E eu não conhecia nenhuma daquelas crianças.

Estava tão magro que era só me arrastar um pouquinho e ficava livre das correntes. Só que eu não tinha forças para isso. O prato de comida ficou cheio de vermes brancos e gordos. Os vermes passeavam em cima de mim, eu não conseguia pensar no que ia acontecer se eles entrassem em minha boca, pelos meus ouvidos, pelo meu nariz. Nem mastigar os vermes eu ia conseguir se eles entrassem na minha boca.

Não sei quando minha mãe enfiou na cachola que eu tinha saído. Me deu uma surra com um pedaço de tábua, eu não sentia nada. Me jogou na bacia, me deu banho, penteou meu cabelo, me vestiu. "Vamos, seu peste, bandido, filho do cão." Mas eu não me aguentava em pé. Ela me botou no colo feito uma pena. Acho que pegamos um ônibus. Saltamos do ônibus. Entramos por um barulho de portão. Ela me jogou no meio de umas moitas, passou uma coleira dessas de cachorro no meu pescoço. Amarrou a corrente numa árvore. Sei lá. Nem precisava disso. Fiquei lá olhando as árvores, o céu entre as folhas, ouvindo milhões de barulhinhos formigando. O céu era alto alto alto.

Não sei quantas vezes ela foi lá me ver, eu sabia que ela vinha pelo barulho dos passos. Até que chegaram uns passos diferentes, uma mulher se debruçou sobre mim e deu um berro. Foi um corre-corre. Acho que me botaram dentro de um carro ou de uma ambulância. Acabei num hospital com fio em tudo que era buraco. Com o tempo tiraram os fios, fiquei chupando mamadeira, depois passei a comer de colher, canja de galinha, suco de laranja, papa, esses troços de doente. Uma madame vinha me visitar, acho que era a patroa. Eu não dava a mínima.

Mal peguei um corpinho e me escorraçaram para uma funabem dessas aí. Só tinha pervertido naquela porra. Os carcereiros diziam que eu tinha sorte, que iam pagar meus estudos, que iam me adotar. Eu fingia que acreditava. Não dava um mês para eles começarem a me cobrir de porrada como faziam com os outros.

Estava meio fraco, mas não estava morto. Fugi de lá. Fugi não: saí pela porta da frente, junto com as visitas. Eu já estava cascudo de ficar preso.

Voltei para casa e já tinha gente morando lá. Fui falar com Seu Paulo Gonçalves, o bicheiro, e ele me disse que já sabia de tudo pelos jornais. Eu tinha saído nos jornais e não sabia. Me disse também que a partir daquele dia eu podia considerar ele como meu padrinho, mandou esvaziar minha casa, me arrumou uma grana e eu disse para ele que ia pensar a sério nessa história de padrinho.

Depois fui falar com o Dr. Sérgio, que é advogado e meu amigo, ele também já sabia de tudo. Me levou de carro até a casa de doido onde estava minha mãe. Falei com ela, mas não me reconheceu. Estava um palito, atulhada de remédio. O médico disse que ela tinha mania de empregada doméstica, vivia catando lixo, limpando coisas. Perguntei para o Dr. Sérgio de que jeito eu podia trazer minha mãe de volta para casa. Ele mandou eu pensar em mim mesmo, que eu ainda não era responsável por mim mesmo. Eu disse para ele que conheço muito marmanjo que eu não respeito porque são muito mais crianças do que eu.

Não sou de pedir favor. Mas, quando peço, peço alto. Escrevi para o Presidente da República pedindo que devolvesse a minha mãe e que me arrumasse um jeito de eu poder cuidar dela. Empregada doméstica a gente escolhe, mas esse negócio de mãe a gente não pode fazer nada. Até hoje ninguém respondeu.

Eu pensei: "Acabou. Não tem saída. Vou crescer e ficar maluco. Se eu crescer. Não tem jeito."

Mas aí um dia desses eu tive um sonho muito doido.

Foi assim.

Eu era um menino que morava numa gaiola porque não tinha casa. Tinha duas asas, era coberto de penas. Tinha um bico vermelho e cantava o dia inteiro. Eu falei que o sonho era doido.

E eu cantava todas essas músicas de rádio. Cantava demais. Cantava em qualquer língua. E era todos os instrumentos. Eu era a própria música. Todo mundo gostava, todo mundo parava para ouvir o que eu cantava.

Fugi da gaiola.

Foi então que eu encontrei uma menina que vinha vindo pelo caminho. Ela estava feliz da vida porque tinha quatro patas enormes, duas orelhas de abano deste tamanho e uma tromba. Eu e a menina ficamos amigos e fomos pela estrada comprida.

No meio da estrada a gente encontrou um orangotango. Ele não tinha nada: não tinha sapato, não tinha tamanco, não tinha sandália, não tinha dinheiro no banco, não tinha trabalho. Ele era só orangotango e vivia reclamando porque gostava de morango e não tinha dinheiro para comprar caixas e caixas e caixas de morango. Ele era um morangotango.

A menina também era comilona e ela inventou que a gente tinha que fazer dinheiro. "É fácil", disse a menina. "Fácil?", perguntei. "Como?", perguntou o morangotango. A menina pegou o morangotango pela tromba e disse para mim: "Você canta e a gente dança."

Então a gente entrou na cidade e eu comecei a cantar e eles dois a dançar. O povo todo juntou em volta. A gente fez pilhas de dinheiro.

Mas aí apareceu o Rei dos Ratos, que era dono das ruas e um ratão imenso. Ele disse bem grosso e alto: "Ninguém fala, ninguém canta. Eu quero ouvir o silêncio." E o silêncio foi geral. Não se ouvia um ai, um ui, um oi, um psiu. Mas eu não conseguia parar de cantar. E cantava.

O Rei dos Ratos urrava de raiva. E eu cantando. Então ele me trancou num buraco escuro. Mas mesmo lá dentro eu não conseguia parar de cantar. E cantava, cantava, cantava. O Rei dos Ratos urrava, urrava, urrava de raiva. E eu cantando. Até que a música foi cavando, cavando e iluminando. A música me tirou do buraco.

Eu saí e encontrei com a menina e o morangotango. Eles estavam dentro de um carro novo, zerinho, e gritaram para mim: "Vamos vamos vamos você está atrasado!" A gente tinha que se apresentar num programa de TV. Eu cantando e eles dançando.

A gente ficou rico. Muito rico mesmo. A casa da gente tinha uns quarenta quartos. Uma piscina enorme para a menina. Um morangal que não tinha fim para o morangotango. Uma gaiola de ouro de três andares só para mim. A minha mãe tomava conta de tudo e as coisas brilhavam de tanta limpeza.

    Eu sei que é um troço doido, mas até comecei aprender a tocar violão. Sei lá, sonho é uma coisa assim mentirosa, mas esse sonho aí tem verdade dentro.

•

PEDREIRA

> *teus cabelos de ouro Margarete*
> *teus cabelos de cinza Sulamita*
> Paul Celan

1. Vigília

Os dois helicópteros estão lá em cima filmando a favela. Zumbindo. Rosnando. No primeiro dia, quem tinha que se esconder se escondeu. Quem não devia nada, ficou olhando. O que eles querem? Estão fichando a favela? Preparando invasão? Querem guerra? "Polícia é a única coisa do governo que sobe o morro", dizem.
    Voltaram no dia seguinte. E no outro, no outro e no outro. No quarto dia ninguém estava mais ligando. Só as crianças: "Se eu conseguir crescer, eu voo até lá e derrubo." "Eu pego uma bazuca, e bum!, e eles caem no chão, e buuum!" "Se eles fossem beija-flor, eu dava pedrada." Depois até as crianças cansaram.
    Lá do alto dá para ir mapeando tudo. Do alto, os telhados marrons, as janelas olhando para todos os lados, os verdes, os vermelhos, os azuis, as vielas, os becos, a torre branca da igreja, as lajes, os zincos, o papelão, o plástico, as esquadrias de alumínio, os vidros, os tijolos aparentes, as espinhas de peixe das antenas da TV aberta, os pratos piratas das TVs fechadas, a muvuca, o burburinho.

Um formigueiro, para um olhar que não liga muito para os que teimam em sobreviver, alguns até com muito capricho. Uma colmeia ativa, as vans, as kombis, as motos subindo e descendo. Um cupinzeiro humano. Mas a paisagem mais espantosa é a pedreira. Já roubaram muito dela, estão lá as marcas das patadas de máquinas gigantes, de explosões de dinamite, mas o que sobrou ainda é imponente, um corpo maciço e poderoso. Há casas e casarões construídos lá no alto, aparentemente num equilíbrio precário, mas não se tem notícia de desabamento. A pedreira ensina a essas casas a consistência, e elas resistem. A pedreira também ensina aos moradores a dureza, a casca grossa, a permanência.

No sexto dia os dois helicópteros já eram uma árvore antiga, um ônibus. Mesmo quando desapareceram, ficaram lá em cima por algum tempo.

2. Comando

Pedrão e a mulher acordam com o grito das filhas. Pega a arma debaixo do travesseiro, mas Dentinho está na porta do quarto com um fuzil apontado para o seu peito. "Você é esperto, não vai fazer bobagem", diz Dentinho. Pedrão joga a arma em cima da cama e corre para o quarto das filhas, acompanhado pela mulher enrolada no lençol. Ficam lá os cinco, agarrados uns nos outros, Pedrão pedindo calma e jurando por dentro que vai fazer uma merda, não vai deixar barato, mas sabe que o melhor é negociar. Procura na memória o vacilo que deu para estar ali, nu, cercado por suas mulheres, e um bonde de oito malandros que nunca viu, tirando o Dentinho, dentro de sua casa.

E Dentinho explica que é exatamente a casa que ele quer. "Ninguém precisa vazar, é só por umas horas. Depois vocês voltam. E isso é bom: faz muito tempo que você não areja, Pedrão, e as meninas precisam conhecer outros lugares. Agora, cinco minutos pra todo mundo botar uma roupinha e ir passear.

Não precisa levar nada. E a senhora não precisa se preocupar, Dona Ana, vai encontrar tudo no lugar. E vocês, meninas, sem choro. Desculpe o mau jeito." Pedrão tenta argumentar, Dentinho grita: "Sem papo!", as filhas gritam "vamos sair daqui, pai, vamos sair daqui!"

Agora estão dentro de uma van. O homem que está ao volante é profissional e Pedrão se pergunta como um homem daquela idade e com aquela pinta pode estar colado com Dentinho, um bundão metido a besta. Os outros dois são um pouco mais novos, mas também profissionais. Pedrão pigarreia. "Não complica. Todo mundo no chão", diz o homem ao volante. Um dos homens distribui toucas ninjas e mostra o que fazer. Pedrão e suas mulheres obedecem: enfiam a touca até o pescoço e agora estão no escuro.

A van entra na Maia e Pedrão ouve vozes, risadas, o ronco de motos, o ruído dos patins e dos skates, e quase entende o amor do Guile Xangô por ela, mas sabe que dali não virá nenhum socorro.

Saem da Maia e estão na Barão de Itapagipe. Pedrão fica mais tranquilo quando a van entra no Hospital Central da Aeronáutica. Ouve vozes alteradas e eles voltam na contramão, descem pela avenida Paulo de Frontin e entram no pátio da Xangai, uma empresa de lixo falida.

Saltam da van, sobem uma escada de vinte degraus. O barulho da chave numa fechadura velha. Um chão de carpete, um cheiro de mofo. Uma outra porta é aberta. "É melhor não bancar o herói. Todo herói é um homem morto", diz o homem mais velho. A porta se fecha com duas voltas na fechadura também velha. Pedrão tira a touca: está num quarto sem janelas, o chão coberto por um oleado verde e gasto, as paredes pintadas de preto. Olha para suas mulheres encapuzadas, de mãos dadas, a mais nova com um tênis branco e outro azul, e aproveita para chorar em silêncio antes que elas tirem as toucas. "É isso que nós somos: lixo."

3. A hora errada

Dentinho solta um putaquepariu e empurra o Afonsinho para dentro da casa do Pedrão.

"Pensei que você ia ficar no asfalto de vez", diz Dentinho. "Aqui é o meu lugar", diz Afonsinho. "Não é mais." "Não dá pra viver no asfalto." "Não tem lugar pra nós dois aqui." "Não dá pra esquecer?" "De quê?" "Pô." "Eu não sei do que você está falando." "Qual é?" "Vê? Eu já esqueci. Você, não." "A gente sempre foi irmão. Mais do que irmão. Lembra daquele..." "Não." "Mas..." "Se você fica, vou ter que te deitar." "Então deixa falar com a mãe." "Não te contaram?" "O quê?" "Ela voltou pra terrinha." "Nunca pensei que você..." "Você nunca pensou. Você faz e depois pensa. É o teu mal." "Vou subir." "Vai descer deitado." "E quem são esses aí?" "Amigos." "Você nunca teve amigos." "Chegou na hora errada." "Vou subir." "Vai cair. Você é o azar."

Dentinho está sentado ao lado do corpo de Afonsinho. Os outros cinco não falam nada. Estão na tocaia, todos concentrados na missão. Dentinho quer falar, mas sabe que seria sinal de fraqueza. "Tinha a Cabrita, moreninha, feita à mão, ganhei ela, fui pro Halley, ela tirando a roupa, fui pra cima dela vestido do jeito que estava e ela gemendo vem vem e eu fui, não consegui gozar e o pau não baixava e só consegui quando o dia estava amanhecendo, era tesão demais. Depois esqueci dela." E ele sabe que está mentindo. E pensa sem querer pensar: "Um mês depois te passaram que ela estava de caso com o Afonsinho, teu irmão, irmão de sangue, e você bateu no mocó do Afonsinho e foi ela quem abriu a porta, é, e você começou a gritar 'Judas! Judas! Como é que você fez isso comigo?' e você gritava 'Judas! Como é que você?', gritava pra ela e pro Afonsinho que estava lá dentro do mocó, e ela ainda fez um gesto: 'A parada é minha, não te mete', e virou pra você e disse: 'Que culpa eu tenho de ser gostosa?' E você não esqueceu do gesto nem das palavras. E foi daí que você começou a ficar frio, a pensar antes de fazer.

E então encontraram a Cabrita morta, a cara rasgada a navalha, um cabo de vassoura no ânus, uma garrafa de refrigerante na xota e um tiro no coração. Mas você só tinha pensado no rosto retalhado, o resto veio depois. O tiro foi por amor. E a partir daí, você só fez coisa de monstro."

Dentinho prefere pensar naquele dia em que tomou ácido. O pessoal resolveu fazer um racha no alto do morro, a bola veio alta e então ele se preparou para matar a bola no peito e viu a lua, a lua cheia, aí a lua veio caindo, caindo e ele matou a lua no peito. Ele sentiu uma coisa tão imensa que sentou no chão e começou a chorar, e os moleques sem entender nada. Depois se levantou, se trancou no mocó e ficou lá sozinho. Só saiu de lá dois dias depois, e nunca mais bebeu, cheirou ou fumou. Mas não esqueceu. E essa é a melhor lembrança que vai levar deste mundo, doidão, matando a lua no peito.

Rafa olha para o relógio e diz: "Está na hora." Dentinho sai do seu delírio, chuta o corpo do Afonsinho. "O baile vai começar", diz.

(Batidas na porta.) "Sai de cima de mim. Os homens. De mim, sai de dentro de mim, o que você fez? Está devendo?" (Batidas na porta.)

"Quem é?", pergunta Micuçu, a arma na mão.

"Sou eu, o Kleber."

"Porra, você está acordado até essa hora?"

"Sou eu."

"Já sei. É o Klebinho. Tem quatro anos e uma força do caralho. O que você quer?"

"Eu quero uma chupeta."

"Peraí."

"Você tem?"

"Tenho. Mas é rosa."

"Eu quero."

Micuçu abre a porta para entregar a chupeta ao Klebinho e dá de cara com o Dentinho e o Rafa.

"Perdeu", diz Dentinho.

Beleco está se exibindo para os moleques, fazendo roleta-russa. Rolando o tambor do velho três-oitão e dando teco. Até que o Dentinho bota o ferro na cabeça dele e grita:

"Para com isso!"
"Taca o dedo!", grita Beleco, "taca o dedo!"
"Eu preciso de tua cabeça inteira", diz Dentinho. "Vamos dar um rolé."
"Qualé a boa?", pergunta Beleco.

4. O fogueteiro

Sou fogueteiro. Quando comecei a entender as coisas, eu tinha seis irmãos e uma irmã, que era a mais velha e cuidava da gente como se fosse mãe e até era mais mãe que a mãe, e cantava, cozinhava e dava porrada e carinho, e até mandava na mãe mãe, que trabalhava fora e bebia e chorava e era triste e trazia homens para dentro de casa nos fins de semana.

Eu tinha roubado uns patins e estava ali no asfalto, agarrado na garupa da bicicleta do Dafé, e tinha mais uns quatro de bicicleta, no asfalto, zoando os carros, eu de patins. Todo mundo gritando, aquela zorra, voando.

Então o Dafé se desviou de um buraco e eu no asfalto, e minhas mãos se soltaram da garupa, e eu estava solto, procurando não cair, e consegui me equilibrar e o carro começou a crescer e eu nem senti o choque.

Quando me levaram para casa eu pensei que ia ficar deitado para sempre. Quando me levantei descobri que tinha uma perna mais curta que a outra e que ia ficar assim.

Minha irmã saiu de casa e meus irmãos foram caindo na vida. Todo mundo sumiu. Virei trapo. Não dava nem para ser ladrão. Virei fogueteiro. Eu solto fogos.

Pedreira

Eu estava indo assumir meu posto, vi duas sombras, me entoquei. Manaus estava passando com o Rafa, e o Rafa dizendo que tinha algumas armas e queria trocar pelas que o Manaus tinha conseguido na casa de um bacana, e Manaus dizendo que era importante ter seu próprio arsenal, não depender mais do Dentinho.

Achei estranho e fui pela sombra atrás dos dois e achei mais estranho ainda quando entraram na casa do Pedrão. Não vinha música nenhuma lá de dentro, e lá sempre tem aquelas músicas falando de Jesus até altas horas. Foi então que escutei um grito abafado. Nem pensei: tirei um rojão da sacola, acendi e o rojão explodiu contra a parede da casa. Vi o Beleco pulando da janela dos fundos e um alemão com uma faca na mão correndo atrás do moleque.

Corri para a viela e soltei mais três rojões, agora para o alto, e não entendi bem quando o tiroteio começou a rolar grosso lá em cima, na fronteira com os inimigos. O negócio era aqui embaixo, ali na casa do Pedrão, e vi cinco alemães saindo da casa, um deles com um saco nas costas, apareceu uma van, e eles desceram, seguros, livres.

Lá em cima o tiroteio continuava rolando solto. Até que parou e vi o meu time levando quatro alemães para a São Roberto e fui com eles e vi os alemães pedindo arrego, mas só conseguindo tiros, e depois foram jogados dentro da lixeira, molhados com gasolina, e viraram uma fogueira.

Depois segui com eles até a pedreira e oito alemães pediam perdão, imploravam, mas o meu pessoal estava irado e começou a jogar um por um lá de cima. Não sei o que o Dentinho estava fazendo no meio do meu pessoal, mas ele estava lá, botando pilha, e chegou a atirar no último garoto que foi jogado, mas errou. E o Dentinho se encostou em mim e perguntou: "O que você está olhando?" "Nada", eu disse. "Quer aprender a voar?", ameaçou baixinho, mas o Chefe chegou junto de mim e me elogiou pelo serviço, pelo aviso. E então levei ele para um canto e disse que tinha uma coisa estranha lá embaixo, na casa do Pedrão.

E então o meu pessoal desceu acelerado, entrou na casa do Pedrão e encontrou o bando do Manaus, todos menos o Beleco e o Dafé, e todos sem cabeça. Nem sinal do Rafa. O Chefe matou a charada na hora: a invasão lá de cima foi só para desviar a atenção do que estava rolando aqui na casa do Pedrão. "Trabalho de profissional", disse o Chefe. Manda botar os corpos dentro de um carro e desovar no asfalto: aqueles mortos não mereciam nem fogo nem pedreira.

Não falei nada sobre o Rafa, mas senti um arrepio de morte passar pelo meu corpo. O Dentinho me olhava com aquele riso de hiena. Baixei os olhos. Eu só sei soltar fogos, mas, se quiser viver mais algum tempo, vou ter que aprender algum truque novo, e rapidinho.

5. A hora da verdade

Não tem nenhuma lembrança de Manaus, só nasceu lá, está na certidão. Tinha vontade de conhecer a cidade, a floresta, mas não muita. Gosta daqui.

O pai, a mãe e os seis irmãos. A principal figura de sua vida foi o tio Bide, irmão do pai. Era músico. Sempre que ia visitar o irmão levava discos, balas, comida, chamava os vizinhos, dava uma festa. Fazia isso uma vez por ano, mas a família inteira esperava. Nem o Natal era tão bom de esperar.

Tinha 8 anos quando Bide disse: "Você é valente. Lembro de você criança, brigando com seu irmão mais velho. Ele jogava você na parede, você batia a cabeça, ria e voltava para brigar. As pessoas já nascem com coragem."

Nunca esqueceu. Talvez nem precisasse dizer. Apesar de pequeno e franzino, ele impunha respeito na rua. Chamavam ele de Cachorro Louco, mas não pegou. Chamavam pelo nome: Juscelino. Quando nasceu, a mãe achou que ele ia ser alguma coisa grande na vida. E deu o nome de Juscelino. Manaus veio depois.

Aos 10 anos estava jogando futebol de salão na quadra. O tio apitava o jogo. Corria com a bola dominada, olhou para a bola, olhou a posição do goleiro e não viu mais nada. Veio voltando, voltando e a primeira coisa que ouviu foi a voz do tio: "Está tudo bem, tudo bem." Demorou algum tempo para entender. Tinha levado uma tesoura. Bateu com o joelho no cimento e desmaiou. "Se morrer é assim, até que é legal." Foi o que ele pensou. E nunca esqueceu. Queria morrer daquele jeito: apagar.

Aos 13 anos tio Bide veio tirá-lo do abrigo de menores delinquentes. Até ali só tinha cometido pequenos roubos. O tio acreditava que podia dar um grito nele. Não ficou dois dias na casa do tio: levou todo o dinheiro e a pistola preta que ele guardava dentro da gaveta da mesa de cabeceira.

Agora acorda aqui. Estão algemando seus braços e forçando a sua cabeça contra o tampo da mesa da cozinha da casa do Pedrão. Lá na sala, também algemados, o Beleco, o Micuçu, o Panda, o Nélio, o Pilau, todos os seus homens. Não quer sentir dor. Seria bom conseguir apagar de novo. Sempre pensou que ia conseguir fazer isso ele mesmo, não ia dar esse prazer a ninguém. E a risada do Dentinho é o que mais dói. Escuta a explosão lá fora e ainda tem tempo de ver Beleco aproveitar o vacilo dos seus matadores e sair no pinote.

6. A chuva de cinzas

O tiroteio come solto lá em cima. Aqui ainda não é o asfalto: é o vale, o vale da morte. A mãe do Rafa fugiu de casa e está no bar do Raimundo bebendo e falando alto, coisa que nunca faz. Sabe que o Rafa está lá em cima e se desespera e entrega tudo: "Ele queria ser soldado, o meu filho. Nasceu caxias. Cresceu pra dentro, quieto, calado. Nasceu do meu quarto marido, modo de dizer, porque nunca casei, só juntei os trapos, era o meu primeiro filho homem depois de cinco mulheres. Não sei bem filho de quem, desconfio de dois, um motorista de ônibus e um fantasma de fim de noite. Não sei qual. Parei de parir por causa dele, já tinha um filho homem dentro de casa. Só me aprumei por causa dele. Pensei que era mais um, mas não era. Desmamou cedo. Não chorava de fome, de dor de criança. Olhava entendendo. Um dia bati nele e ele não chorou, tinha 3 anos e estava na porta do quarto olhando eu trepar com um qualquer. Olhava como um homem. Sem dedo na boca, sem chupeta, de pé, olhando. Gritei: 'Some daqui!', ficou lá, bati nele, não chorou. Cheguei a pensar que era louco ou idiota. Mas começou a brincar com outras crianças, ninguém zoava ele. Gostava de brigar e era bom de briga. Era mandão. As outras crianças sempre faziam o que ele queria. Tinha vontade. Na escola, era o melhor. Lia. Só gostava de livro de guerra, de filme de guerra. Só pensava em servir o Exército. Entrou pro Exército. Num exercício lançaram uma granada no meio do pelotão dele. Ele se jogou em cima da granada pra abafar e salvar os outros. Não sei direito como foi, ele nunca me contou, soube isso pelos outros. Foi promovido a cabo e a herói. Queria lutar na África, ser soldado da ONU, sei lá, queria ser soldado em qualquer lugar. Até que deram baixa, dispensaram, e isso também ele não me contou o motivo, a razão. Nunca me contava nada. Saiu do quartel e disse que ia fazer a guerra do jeito dele. É especialista em armas e não sei o que mais. Não cheira, não fuma, não bebe, não joga. Não fala mais comigo. O que ele gosta mesmo é de dar tiro."

Bêbado, de olhos molhados, o Guile Xangô dizia a quem quisesse ouvir que muitos povos usavam o enterro pelo fogo e que isso já chegou entre nós, o crematório é o grande negócio do futuro, poupando o espaço dos cemitérios, que, aliás, já estavam invadindo o corpo vivo das grandes cidades, e que, vistas do alto, todas as cidades parecem cemitérios, cada grande edifício fotografado em escala era uma cova, um túmulo, um ponto de morte. Todas as cidades crescem em volta do cemitério. A metrópole nasce da necrópole.

Tudo bem, Guile Xangô, fecha a matraca. Daqui a pouco você vai falar no ritual do churrasquinho, que nos fins de semana, nos quintais, nos subúrbios, aqui mesmo na Maia e em toda a cidade, na beira de campos de pelada, nas varandas, nas coberturas, na beira de piscinas, milhões de pessoas estão esperando o carvão ficar em brasa, os mais avançados usando churrasqueiras eletrônicas, todo mundo botando carne no espeto, o sal na mão esquerda, a faca afiada na mão direita, todos se empanturrando de carne vermelha.

Corta essa, Guile Xangô. Esse cheiro é diferente. Não foge, Guile Xangô, é carne humana, é gente queimando viva no meio de pneus. E não adianta argumentar que em algum lugar, ou que no futuro, vão descobrir as qualidades nutritivas da carne humana. Essa carne ninguém vai comer. Cai na real.

O cheiro de carne queimada começa a tomar conta da Maia. O tiroteio come solto. Balas traçantes cruzam o céu. Corre a notícia de que jogaram oito corpos lá de cima da pedreira. Começa a cair uma chuva de cinzas.

7. Se quiser chorar, tá liberado

Pedrão escuta os passos apressados e ordena que suas mulheres se protejam num canto. Procura alguma coisa para se defender, mas só tem as próprias mãos. Alguém mete o pé na porta, que não resiste ao terceiro ataque. Um homem entra e Pedrão se embola com ele. "Sou eu", grita Vavau, se livrando de Pedrão. "Vamos embora." Pedrão vê suas mulheres se agarrarem a Vavau e sente raiva, ciúme e alívio.

Só se recompõe quando vê o seu táxi parado na porta da firma de lixo abandonada. O dia está nublado. Vavau dirige e diz que está levando todo mundo para a casa da filha do Vovô do Crime. "Vocês vão ficar aqui por uns dias até a poeira baixar." Pedrão quer reclamar, mas Vavau pede para ele fechar a matraca pelo amor de Deus. Rute sai da cozinha envolta num cheiro gostoso de comida. "Vocês estão precisando de um banho", diz, e leva as mulheres do Pedrão para dentro do quarto. "Foi só isso que conseguimos tirar de lá", diz Rute mostrando as sacolas de roupas. "Fizeram a limpa, levaram tudo." As mulheres de Pedrão choram de dar dó.

"Eu quero ver a minha casa", pede Pedrão e caminha para o seu táxi. Vavau o empurra para o banco do carona. "Pelo que eu saiba, a porra desse táxi ainda é meu", grita Pedrão. Vavau agarra o volante e olha para o amigo sem dizer uma palavra. Pedrão baixa os olhos e diz: "Eu sei o que você está pensando." E os dois voltam no tempo.

Pedrão tenta encarar os dois bandidinhos e leva um tiro dentro do táxi na esquina da Sampaio com a Haddock. Ele uiva: ai ai ai! O verdureiro corre. No bar do Nelson alguns correm para dentro do banheiro e outros correm para ajudar. Pedrão grita de dor ai ai ai com a mão na cintura. O Guile Xangô e o Vovô do Crime são os primeiros a chegar, o Guile Xangô senta ao volante enquanto o Vovô do Crime tenta empurrar Pedrão para o banco de trás, mas ele resiste, os olhos girando descontrolados, parece que está entre inimigos. Todo mundo cerca e tenta convencer Pedrão de que ele deve ir para o hospital senão vai morrer. Ele só se acalma quando Vavau aparece desesperado. Ele se abraça a Vavau que pede calma calma calma e o encaminha para o banco traseiro e manda o Guile Xangô meter o pé no acelerador, o Vovô do Crime quer ir mas o Pedrão geme ele não ele não e o Vovô do Crime diz "tomara que morra" e entra no carro, "quero ver você me tirar daqui", e para o Guile Xangô: "Toca logo essa bosta." O carro arranca fritando os pneus, o Guile Xangô está nervoso, faz barbeiragens, mas chega ao Souza Aguiar já acompanhado por uma fileira de táxis. O Vovô do Crime arma um fuzuê, dá carteirada, mas é a conversa mole do Guile Xangô que funciona. Ele conhece um médico no lugar, é bem enturmado, e a pressão dos taxistas também ajuda a abrir as portas. Vavau se abraça com o Guile Xangô e eles só saem de lá de madrugada quando sabem que Pedrão está fora de perigo.

Enquanto isso, na esquina da Sampaio com a Haddock, os táxis continuam a chegar e os taxistas vão se juntando em volta da poça de sangue. Chega a polícia e começa um conflito entre policiais e taxistas. A foto do tumulto saiu nos jornais.

"Você é meu único amigo", diz Pedrão saindo do tempo e do táxi e entrando no bar do Nelson. Vavau pede uma cachaça e bebe de um só gole. "Você também vai precisar de uma, uma não, duas", diz para Pedrão.

Sobem a pé até a casa e, a cada passo, pessoas vão se juntando a eles como uma pequena procissão. Param do lado de fora da casa: janelas, portas, telhas, tudo arrancado. Pedrão entra acompanhado de Vavau. Há sangue coagulado por toda parte, tapetes de sangue, parece que a casa inteira sangrou horrores. Pedrão percorre todos os cantos da casa onde pensou que seria feliz para sempre. De uma das janelas olha para a pequena multidão que acompanha a sua desgraça. Tem certeza de que muitos dos que estão ali participaram do saque. Seus móveis, seu fogão, o aparelho de som das suas mulheres, o seu aparelho de TV, o aparelho de TV delas, as bijuterias, as bonecas, tudo está espalhado agora em outras casas, vendido a preço de banana, trocado por qualquer mixaria para o vício dos sacanas, e pensa em gritar contra eles, mas Vavau já está gritando, "Some daqui, cambada de filhos da puta, urubus, rala daqui, essa porra não é cinema", e cai sobre a pequena multidão com um porrete. A pequena multidão se dispersa, alguns rindo "bem feito!", outros lamentando, mas todos satisfeitos: é melhor ver alguém na merda do que estar dentro dela até o pescoço.

"Você não tem mais nada, Pedrão, a tua casa ficou assombrada. E não adianta subir pra se queixar porque ninguém vai querer ouvir."

"Eu ainda tenho meu táxi, tenho saúde e tenho vontade."

"Isso é que é falar como um homem."

"E tenho um amigo."

"Se quiser pode chorar, tá liberado."

OS MILAGRES, OS LOUCOS

De tarde, entre as três e as quatro, um bem-te-vi bate seu cartão de ponto, um pássaro bem funcionário. Falam que na Sampaio Ferraz, de vez em quando, aparece um sabiá. Mas ninguém tem provas e as testemunhas aqui não são nada confiáveis nessas matérias. Perto do bar do Nelson tem um passarinho real, mas não é bem isso: é um cuco, o cuco da loja de quinquilharia. Ninguém nunca entrou na loja. É até possível que o tal sabiá seja um passarinho de verdade, só que ninguém nunca entra na loja de quinquilharia.

Tem o barulho do tráfego, que é meio rio e meio vento, e já faz parte da trilha sonora dos dias e das noites. Tem também a muvuca da feira, às quartas, mas vem e passa. De madrugada ainda se escuta o latido de cães conversando uns com os outros e o coro dos galos cocoricando suas galinhagens, gritando socorro, confundindo o luar com a manhã. E sempre acontecem os tiros. Três seguidos, nunca um sozinho. Outras vezes é um tiroteio, rajadas, explosões. O estranho é que os cadáveres não aparecem mais depois da invasão e do churrasco humano, o cheiro na memória, nos prédios, as cinzas nos telhados. E, quando aparece um, ninguém nunca viu, nem sabem quem é. Ninguém mais vê, do jeito que não se vê mais um mendigo dormindo ou morrendo na calçada, ou os que são jogados sem asas do alto da pedreira.

Mas tem gente que se paralisa e enferruja. O sujeito fino e educado abriu a lanchonete e plantou uma moeda na calçada.

Todo mundo, um dia, pelo menos uma vez, já se abaixou para pegar a moeda e passou vexame. Só os muito malandros nunca se abaixaram. Mas tem o velho que é dono de dez apartamentos ali no prédio perto da banca de jornal. Ele anda todo duro, artrite, artrose, arteriosclerose, e sempre sai do prédio às quatro da tarde para pegar sol, quando tem sol, e para em frente à moeda e faz aquele esforço terrível, se curvar aos trancos, se abaixar rangendo e pegar a moeda. Todos os dias, todos os dias, todos os dias, ele se abaixa, ele range, fica ali lutando para arrancar a moeda e não consegue, então desiste, fica parado no sinal, atravessa a rua quando o sinal abre e vai sentar lá no respiradouro do metrô para pegar sol junto aos outros velhos dinossauros.

No começo todo mundo ria e até juntava gente para ver. Depois se acostumaram. Até o dia em que uma das netas do velho pegou um martelo, fez um buraco na calçada, arrancou a moeda junto com um pedaço de cimento e jogou tudo em cima do dono fino e educado da lanchonete. Ele se abaixou atrás do balcão, gritou de volta e xingou a garota de maluca e outras coisas, e então ela começou a dar marteladas no vidro do balcão e o trânsito parou, o guarda saiu do correio e chegou perto dela, o segurança já estava lá, e veio o Padre e ela entregou o martelo ao guarda e se abraçou com o Padre e o Padre levou ela para casa. E ficou tudo por isso mesmo.

O fino dono educado da lanchonete cimentou o buraco, mas o velho continua parando no mesmo lugar e procurando a moeda, só que não se abaixa mais porque a moeda não está mais lá, mas fica olhando, aí então desiste, para no sinal, atravessa a rua quando o sinal abre e vai se sentar lá no respiradouro do metrô para pegar sol junto aos outros velhos esclerossauros.

O Padre conhece todos os mendigos da área. Nunca recusa um pedido de esmola. Já chegou ao cúmulo de dar todo o dinheiro de um batizado para uma mulher com uma criança no colo, mesmo sabendo que ela era uma pedinte profissional.

Não gosta quando o esmolento diz: "Deus vai te dar em dobro" ou coisa assim. Levou um longo tempo para tirar da ideia que estava emprestando dinheiro a Deus, por piedade ou por consciência suja. Dava ao vazio, automático, sem esperar juros. Uma forma de humilhar a própria necessidade.

Gosta dos mendigos que mentem com imaginação e se perdem no meio da história, "minha mulher tá doente, meus três filhos tão sem comer há três dias, preciso comprar remédio pra minha mãe, eu tava bem de vida, minha mulher me deixou, preciso arrumar trabalho pra tirar minha mãe do asilo, preciso de dinheiro pra comprar remédio pro meu filho, pra enterrar a minha mãe" e outras teses esfarrapadas. Não gosta dos bêbados que pedem dinheiro para comprar pão: "Só dou se for pra beber!"

Gosta do Túlio. Ele veio do Sul e tem orgulho. Faz ponto no sinal, das sete da manhã às cinco da tarde, pedindo aos motoristas, xingando, batendo nos vidros, esmurrando lataria, chutando pneus. Às seis entra no bar do Nelson e pede uma cerveja para beber debaixo da marquise. Às sete e meia da noite, janta. Depois bebe até as dez, forra a calçada e dorme. Túlio é orgulhoso, reclama da cerveja quente, da sopa fria, exige respeito.

A menina louca passa o dia pedindo esmolas pelos bares, no supermercado, no correio. Tudo o que ela tem é um sorriso de dentes para fora, todos perfeitos, e botaram nela o nome de Mônica. Tem o sorriso e a mão estendida. E uma regra: não aceita moedas, só notas. É muda, consegue dar gritos, grunhidos. Anda como um pato ou como se estivesse dentro de um barco, se equilibrando para lá, para cá.

Quando fica séria, os dentes parecem um sorriso, mas os olhos estão vidrados, olham para dentro (parecem ter medo do que veem) ou então parecem pensar (é uma tristeza negra, quase de luto, ou dois medos parados).

Ela fica tocaiando o Padre. Ele aparece e ela vai andando ao lado dele. Na mão, um sanduíche de queijo e presunto. As pessoas riem, dizem coisas. Ela fica séria, a boca aberta cheia de dentes, pão, queijo e presunto, e o olhar parado e a outra mão no ombro do Padre. Ela deve estar pensando em casamento, e a rua toda é o corredor da igreja, e o altar é lá no posto de gasolina, antes da Adega Xerez.

Quer se confessar. Pequeno, orelhas de abano, barrigudo. Bebe e chora porque foi desprezado pela mãe e pelo pai. Os outros dois irmãos eram altos e bonitos. Faziam coisas com ele, o Baixinho, e os pais nem ligavam. Onde estão os dois galalaus agora? Na cadeia por assalto, estelionato, sequestro, tráfico e outras merdas. E ele? Ele se formou, é engenheiro químico, os pais vivem às custas dele. "Mas pensa que agradecem? Merda nenhuma." Amam pegar no pé dele porque não tem filhos.

Agora ele vive de comércio, tem cinco barracas na feira, viaja para o Paraguai e para a Argentina muambando roupas, relógios, cigarros. Rola pelos bares porque gosta de beber, de um bom papo. Quando bebe demais, chora e conta como foi desprezado pela mãe e pelo pai. Pegou no pé do Padre e não larga mais.

A culpa é do Guile Xangô, que decidiu jogar o mundo nas suas costas. Uma piada, uma sacanagem, fazendo a igreja de bar. "Toma que o filho é teu, Padre, se vira que o mundo é teu."

No escuro do confessionário é obrigado a aturar assédios. "Eu era bem criança quando me pediram pra fazer um boquete pela primeira vez. Foi dentro de casa. Ser criança é foda. Pensei que era normal. Quando me pediam pra fazer, achava que estavam me pedindo aquilo. Fui virgem até os 19 anos, acredita? Nem eu acredito, mas é a pura verdade, juro. E não gostei", diz a mulher do Dafé, uma delas, fazendo caras e bocas. "Não é nem mais um vício. É uma loucura. Sabe sede? A boca seca, a garganta seca? É a mesma coisa. Você está achando nojento? Me veio agora esse negócio de sede. Essa ideia. Mas é isso mesmo. Sabe? Não é por nada não, mas é por isso que eu tenho um treco aqui por você. Com você dá sempre pra levar um lero, desenrolar um babado. As ideias rolam", e ela estende a mão como se fosse fazer um carinho no rosto dele.

Conta para o Guile Xangô, pede para que ele ajude a parar aquela romaria. "Você vai ter que rachar essa loucura comigo", diz o Guile Xangô. E conta que ela se confessa com todo mundo. "Um dia ela me disse: 'Você é tão, tão, sei lá, tão... meigo!' E eu mandei: 'Se você me chamar de meigo de novo eu vou te encher de porrada!' Olhei duro e depois fui amaciando, e ri. Ela explodiu numa gargalhada, tapou a boca com as mãos, o corpo se sacudindo, duas lágrimas gordas empoçando nos dedos. 'Você me faz rir. Você sabe que você é o único cara que me faz rir desse jeito?' Você tem que fazer ela rir", diz o Guile Xangô.

O dia está meio assim como uma hora depois do jogo final e o Brasil perdeu, mas hoje é só sábado de manhã. O filho mais novo está ali, correndo na frente dela, tem seis anos e ainda não fala direito, gagueja, mas está feliz porque vai passar o fim de semana na casa da tia, a Lana, irmã dela, Lucinha. O garoto não regula bem, tem medo de tudo, e ela não sabe como aconteceu.

A seu lado está Luciana, sua filha, 14 anos e já mulher-feita, mais alta do que ela. Está ali. Entra na casa da irmã e a Lana começa a dar conselhos, logo ela, beija os sobrinhos, oferece doces, conta histórias. Lucinha puxa a irmã, diz que está nervosa, tensa, precisa de alguma coisa para acalmar os nervos. Lana toma o pulso da irmã e dá a ela uns comprimidos, isso vai ajudar.

Lucinha está na rua com a filha. Percebe que os homens só olham para a pivete gostosinha. Como não tinha visto isso? Chega em casa e João, seu homem há seis meses, está na cozinha fazendo comida, um homem prendado, um companheiro como nunca teve.

"Vamos resolver logo isso."

Os três entram no quarto. Lucinha fecha a casa inteira. Engole todos os comprimidos com água da torneira. Fecha a porta do quarto e senta na cadeira que trouxe da sala. Põe no colo a arma que pediu emprestada a Pardal Wenchell. "Eu não estou aqui."

João está envergonhado ou meio tonto (deve ter bebido alguma coisa no bar). A filha não está nem aí. Tira a roupa com gestos rápidos e deita na cama. Como não tinha visto que ela já estava mulher? João tira a roupa. Os dois transam. Lucinha percebe que a filha é boa no que faz. Quando engrena, transa como se Lucinha não estivesse ali. Pior ainda: dão o melhor dos dois para impressionar ela, para ferir mais fundo, para decidir tudo de uma vez. Os dois estão lá. João não olha para ela.

A filha olha e faz um gesto, um convite, por que ela também não entra no jogo? Está vendo pela primeira vez o que está rolando há cinco, seis meses, desde o começo. Foi ela mesma quem pediu. João cobre os olhos com o braço. A filha joga a perna direita sobre o corpo dele. Os dois estão ali. Não precisa mais imaginar nada. É assim: daquele jeito. Lucinha não sabe o que fazer. "Eu estou com medo de mim mesma, de fazer uma loucura, Padre."

Eu era magro e só sabia brigar de pé, mas ele sabia disso e se atracou comigo, mais alto e mais forte, e então no meio do bolo eu arranquei a orelha dele com uma dentada. A gente era garoto, e depois dessa briga fiz muita merda, e a gente se encontra sempre até hoje. Quando ele era mais novo escondia com o cabelo a orelha que não tinha, mas agora o cabelo caiu, só no alto da cabeça, e ele preferiu assumir a careca e a orelha que não tem. A gente até se fala, a gente se fala há anos, mas nunca é assim tranquilo, cada vez que entro no bar e ele está, eu bebo, pago e me mando, saio de perto. Ele vive dizendo que foi na covardia, e não foi, mas tem gente que acredita e, cada vez que eu vejo aquela orelha que ele não tem, faço questão de lembrar e dizer que não posso ser bom porque ninguém deixa.

Eu quero ser bom. A velha Baiana saiu do bar do Nelson debaixo de chuva, não conseguia atravessar para o outro lado da rua, aí então eu fui atrás. A rua era um rio, a água batia quase nos peitos murchos da Baiana, e aí eu botei ela nas costas, ela gritando, e atravessei ela para o outro lado e botei ela na casa dela, e ela gritando que ia me esfaquear. Voltei para o Nelson, tremendo de frio e fedendo a esgoto, e todo mundo rindo de mim, e agora, três dias depois, a Baiana espalhou que eu quis pegar ela à força, que fiz mal a ela, e todo mundo rindo, e eu estou saindo porque senão vou matar a Baiana de porrada. E é por isso que eu vivo dizendo que ninguém me deixa ser bom, e que, ainda por cima, por causa disso, ganhei esse apelido que me deixa puto da vida, esse apelido, Bombom. Bombom é o meu caralho!

O Klebinho foi expulso da creche. Ficava querendo chupar o pau dos outros meninos, pedia que os outros meninos chupassem o pau dele, queria meter o pau dele no buraco das meninas, qualquer coisa. A mãe dele é prostituta e trabalha em casa.

Mas antes ele era inocente, pelo menos há uns três meses. (Continua sendo, mas quem vai querer saber?) Descobriu a própria sombra. Botou a sombra no muro e agora está lá brigando com ela. Qual é a tua, moleque? A mãe manda parar e ele não escuta. A mãe ameaça e ele continua. A mãe zomba e ele não liga. Klebinho tira a sombra do muro, bota a sombra no chão, chuta, dá porrada. Deita em cima da própria sombra. Está sem fôlego. Depois se levanta, olha para a mãe, quer saber se já está na hora de ir para a escola, e pergunta ao Padre: "Você veio me buscar?"

Enquanto as mulheres fazem fila e se sujeitam a uma humilhante revista para entrar no presídio, ela sobe no pequeno banco da praça, de costas para a estátua do Ismael Silva, e fica lá de pé olhando para o chão. Lá de cima, de uma das janelas gradeadas, alguém olha a filha do Pedrão e se masturba, e ela sabe e deixa estar; e ela faz isso todas as quintas-feiras, mata aula e fica ali, e tudo porque a melhor amiga contou que o irmão tinha tesão por ela, viu uma foto dela e se apaixonou. Estava em cana, e se ela ficasse ali a vida dele ficaria melhor, e então ela mata aula e fica ali, parada, sendo olhada por alguém que nem conhece, nem sabe se olhada, mas fica. Não presta atenção no Beleco, que está ali perto dando milho aos pombos só para fazer deles bolas com asas e chutar um por um.

Poucos sabem da história do Granola, que morreu de amor pela Dedé, se entupiu de viagra para dar conta dela e acabou morrendo de infarto ou embolia, morreu de amor, mas tanta outra gente está morrendo ou se deixando matar de amor, o amor, esse criminoso, deveriam proibir o amor como droga perigosa ou receitar amor só para os que estivessem em estado terminal, internar os loucos de amor, prender os amorosos, acabar com o amor romântico, a vida seria mais fácil.

O Padre pega a menina no colo, prisioneiro envergonhado do olhar das mulheres dos presos que bebem no bar em frente. Põe a menina no chão e caminham de mãos dadas. Beleco acerta um chute num pombo e ri. "Ri de mim", pensa o Padre, "riem de mim", a mão fria da menina entre suas mãos de febre.

VOCÊ MERECE MAIS

Não é inveja, não invejo ninguém, pensa o Vovô do Crime, pau da vida, no bar do Luiz. Não dá. Não dá para ver jogo de futebol ou de vôlei ou basquete com o imbecil. Ele tem que explicar tudo. Um filme de porradaria. Tem o herói e o amigo do herói. Mas não tem uma cena em que o herói e o amigo do herói estejam juntos, lado a lado, e ele explica que o herói não tem humor e que os produtores filmaram cenas de humor para intercalar com as cenas de porradaria do herói. E a quem interessa isso? Deixa a gente ver a porra do filme, Guile Xangô!
 O mesmo com o jogo de futebol. A decisão do campeonato rolando e ele fazendo conferência sobre talento e equipe. Conta o que todo mundo já sabe. O Lourinho é capaz de fazer o que quiser com uma bola, faz pé-pé, embaixada, mata no pescoço, não deixa a bola cair no chão por mais de uma hora, e isso bebendo cerveja, fumando um cigarro, o cão. Mas, num campo de futebol, numa pelada, é um tremendo cabeça de bagre, um perna de pau patético. E nem como goleiro o Lourinho se garante, é dono de aviário, criador de frangos. E aí põe o Periquito no argumento, o Periquito que resolveu montar na Harley do Rafa, aqui mesmo no Luiz, na calçada, e a porra da moto esmagou a cabeça do Periquito, ninguém entendeu aquela merda e muito menos ainda os argumentos, mas o pessoal finge que presta atenção, afinal, ele é que está pagando as cervejas.

Compra todo mundo. É o pai, o pagão, um chato, não tem ideia própria, tudo o que diz é tirado dos livros, é uma enciclopédia, lê cinco jornais por dia, quatro revistas por semana e ainda é viciado em internet, com sítios, teias, línguas. Pessoalmente indefinido, guru gorado, sábio burro, raposa galinha, o rei dos ratos, não, esse é o Vavau, o rei dos cegos, porque consegue ver com o olho do cu, isso aí, o rei de Cuba, de Cusa, de Siracusa, cuzão, o Rei Cuzão!

Mas não é bem assim, é claro. Aqui é o inferno, mas nem todo mundo faz o que o Diabo gosta, e o viadão maneiro já batizou meia dúzia de afilhados, e o que ele apronta? Leva a garotada para soltar pipa no largo da estação do metrô. Mas não pode fazer como todo mundo, entulhar o céu de pipas de todas as cores, e é até bonito de ver mais de cem pipas no alto tendo como fundo um imenso sol vermelho, coisa para prêmio de fotografia. Mas não! O imbecil tem que inventar de ensinar os garotos a gostarem de aeromodelismo, isso aí!, aeromodelismo!, os aviões roncando no alto, fazendo acrobacias e tirando toda a beleza colorida e pobre das pipas, e foi bem feito aquele dia em que o Beleco encheu os cornos de cachaça e começou a atirar nos aviõezinhos, querendo derrubar um por um, e todo mundo se borrando de medo, e ele dando de herói, embolado em cima dos afilhados, o galinha protegendo os pintos dos tiros incertos do Beleco. Grande Beleco!

Mas dá um desconto na raiva. E volta às três horas da madrugada daquele dia anônimo, quando o garoto de olhar de anjo puxou a pistola da cintura e bateu com o cano na sua testa pedindo para ele dizer: quem é o Vovô do Crime, quem é, quem é o Vovô do Crime, coroa? E uma voz diz: "Ele é o Vovô do Crime." O menino guarda a pistola e pede desculpa: "Meu nome é Xande. Sou irmão do Cirinho. Eu só não gosto quando ficam me zoando de Bebê do Crime por tua causa. Qualquer bronca estamos aí." O Vovô do Crime tira a camisa, enrola a camisa na cabeça e grita: "Vovô do Crime!" e vai embora descendo o morro, mantendo a pose. No asfalto, dobra a esquina e vomita atrás da banca de jornal. Vai andando pela rua, se arrepia em frente à Igreja do Divino Espírito Santo, às quatro da manhã, na chuva fina. Volta no tempo: aqui fica o largo Estácio de Sá, que já foi Bica dos Marinheiros, Caminho do Rio Comprido e, mais adiante, Mataporcos. Retorna. Às suas costas, o sinal sai direto do verde para o vermelho. O asfalto sangra. E ele berra, os braços abertos:

> Senhor, escuta a minha voz
> Somos filhos da puta,
> Filhos de pais desconhecidos
> Somos putas e viados
> Assaltantes cornos viciados
> Assassinos sanguinários
> Inocentes inocentes inocentes
>
> Senhor, escuta a minha prece
>
> Estamos todos marcados
> Nós somos a bola da vez
> Nossa vida está por um fio
> Nossa vida está por um tiro
> O carrasco afia a lâmina
> Nossa alma está em pânico
>
> Senhor, escuta nosso grito
>
> Não sabemos para onde ir
> Não temos teto nem cama
> Estamos fedendo de dor
> As mãos vazias e os bolsos
> A fome quebrou nossos dentes
> Estamos fodidos
> Senhor, escuta a nossa dor.

Lembra das próprias palavras até hoje. Ficou cinco meses aporrinhando o Nabor para botar música nos versos. O Nabor, o Dão, qualquer um que aparecesse com um violão debaixo do braço, menos o Nonô. E pensa, agora, todo poeta: "As pessoas vêm e vão. É muito difícil gravar um rosto num segundo de olhar, uma sombra de som. Ninguém lembra, ninguém sabe, ninguém é o nome do relâmpago. Você caminha entre fantasmas."

E volta a ficar com raiva. No dia em que estava gritando os versos, com certeza o idiota devia estar lá na torre com o padre. Passa noites inteiras com o padre lá na torre da igreja lendo Santo Agostinho!, e tecando, cheirando coca, os dois, o padre e o puto, hóspedes da casa de argila onde Deus é traído constantemente. No mundo cabem todas as ideias e há espaço para todos os espíritos que vêm cumprir pena na penitenciária da Criação.

E então explode. "Vamos ser radicais, ele compra todo mundo, tem afilhados, tem o apoio da Mirtes, é isso!, foi a Mirtes!, foi a Mirtes que indicou o nome dele pra receber o anel do dono do movimento, o alvará de gente fina, por que não pensei nisso antes?, a Mirtes indicou o nome dele pra receber o nobel da malandragem geral, e a culpa é minha, que não paparico a Mirtes, eu que apresentei o babaca a ela, ao movimento, a todo mundo e sua mãe! Um político! Nem guru, nem sábio, nem sagaz, nem nada: um pela-saco, um político, o sidarta de fliperama, o príncipe de merda, o maquiavel merdabosta. Um cuzão!"

Vovô do Crime sorri, vitorioso. O X-9 pensa que foi com ele, que foi para ele o riso, e pede licença para sentar, põe o copo e a garrafa de cerveja na mesa e diz "venho te sacando há algum tempo", conta que também gosta de ler. Tem uns 40, quase 50, fez de tudo, foi gerente de uma grande empresa, faliu, "você não lembra o nome", e começa a falar sobre política. Garante que a violência está demais e detalha um plano para exterminar todos os bandidos, pau que nasce torto tem que morrer torto, e ele pegaria todos os assassinos estupradores traficantes sequestradores corruptos ladrões e lançaria todos eles de avião em alto-mar e aqueles que conseguissem chegar a alguma praia é porque mereciam uma segunda oportunidade de morrer com um tiro na nuca. E depois disso, para os novos bandidos, seria o terror, seriam mortos no ato, e assim o Brasil seria feliz. O dinheiro que se gasta com os bandidos presos seria investido em desfavelização e na esterilização de mulheres pobres e vasectomia de homens pobres, e muita educação, muita saúde, muita moradia para todos. Essa era a fórmula dele para um admirável Brasil novo, cheio de famílias pequenas e felizes e sem violência graças a um terror vigilante e eficiente.

O Vovô do Crime tenta dizer a ele, só por espírito de contradição, que o terror tem uma história que é sempre a mesma: corta a cabeça daqueles que propõem a guilhotina como saída para uma sociedade perfeita, e canta um samba que ele acha que é de Noel, "e acabou sem pescoço o inventor da guilhotina", coisa assim. O terror é um cachorro louco: ele morde todo mundo, sem discriminação, e torna todo mundo desconfiado e raivoso e com sede de sangue. O X-9 não gosta nem um pouco dessa argumentação, manda um "você não está me entendendo" e volta a contar o seu plano: ele pegaria todos os assassinos, todos os corruptos, e então o Vovô do Crime grita "quem não está entendendo?", pega a garrafa pelo gargalo, "quem não está entendendo, seu porra?", e quebra a garrafa na cabeça do exterminador. O X-9 começa a gritar, o sangue empapando a camisa, ameaça puxar o ferro, mas a turma do deixa-disso aproveita para dar umas porradas no X-9 enquanto o Dafé e o Vavau seguram o Vovô do Crime, que esperneia agradecido e berra "era pra devolver pro Nabor a garrafada que ele me deu, mas acho que um cuzão como você merece mais!".

VAVAU

Esta vida é uma estranha hospedaria,
De onde se parte quase sempre às tontas,
Pois nunca as nossas malas estão prontas,
E a nossa conta nunca está em dia.
Mário Quintana

Vavau avança uma pedra e sente subir uma onda de raiva quando Marcelo Cachaça vai dizimando as suas peças e faz mais uma dama. Controla a vontade de virar a mesa, de enfiar a porrada nos malandros que ficam peruando o jogo, curtindo com sua cara. Com um gesto contido e cavalheiro, desfaz o jogo, arruma as pedras no tabuleiro, levanta-se e dá lugar a outro jogador.

Fica de pé, encostado no balcão, ainda furioso, mais furioso ainda pela raiva que está sentindo, e fica ali, nublado e distraído, ouvindo o Macacão e o Fernando falando do tempo em que trabalhavam no bicho como apontadores, o único emprego que conseguiram depois de sair da cadeia. Macacão, que daqui a dois dias vai dar um tiro no ouvido direito por causa de uma dívida de jogo para bancar um amor que virou paixão senil, escuta o Fernando falar do Coronel que jogava todo dia no mesmo milhar, aposta grande, duzentos a trezentos paus. Um dia fez o jogo, mas sem carbono, sem cópia, e embolsou a grana. No fim da tarde, o Coronel chegou ensandecido: depois de cinco meses tinha dado o milhar, e Fernando fugiu, com a cabeça a prêmio, e só escapou porque sua mãe se ajoelhou aos pés do poderoso chefão, implorou perdão e pagou parte do prejuízo com a poupança de sua merreca de aposentada por invalidez.

Vavau nunca entendeu que alguém goste de jogos de azar. O Pará, que foi o seu melhor ajudante, era capaz de perder horas numa dessas máquinas caça-níqueis, máquinas caça-otários isso sim, e estava tão viciado que precisava fazer empréstimos bancários para manter o ritmo. O Pará apostava em fliperama, cavalos, Fórmula 1, pegas, cuspe a distância. Vavau mandou Pará embora quando o pirado usou um dos carros que estava na sua antiga oficina para um servicinho e trouxe o carro de volta com a lataria mais furada que peneira, contando uma história também cheia de furos. Cortou e disse: "Pará, essa não foi a primeira, nem a segunda, nem a terceira vez, tá ligado?, mas foi a última, o caminho da gente se separa aqui, não vou pedir pra você tomar juízo porque eu sei que você já está nessa merda até o pescoço, e não tem volta."

Pede um conhaque e bebe o conhaque e a raiva de um só gole. Um vento joga folhas mortas na calçada, as folhas caindo amarelas, e o vento varrendo as folhas pelo asfalto, e o som terrível das folhas arrastadas, o vento varrendo amarelo as folhas e o barulho amarelo que as folhas fazem quando são arrastadas por cima do asfalto que brilha preto sob a luz das lâmpadas.

Gostaria de entender a mecânica dos ventos. O vento vem do sul e arrebanha nuvens gordas que descem pelas encostas das montanhas verdes e vão envolvendo árvores e casas e ruas e a cidade inteira com um abraço de polvo branco, de mar grávido, e reboa e relampeja e metralha tudo com rajadas de bilhões de gotas de água por milímetro cúbico por segundo. A enxurrada transforma a rua em num rio que dura vinte minutos.

Paga a conta e sai do bar. Caiu muita água. A chuva parou, mas as ruas ainda estão alagadas e cheias de lama e lixo. Tenta caminhar pelos cantos, não há lugar seco. Os porteiros dos prédios usam mangueiras para limpar as calçadas. Homens e mulheres esfregam os carros que estão encharcados, com marcas de lama até a altura dos retrovisores. A rua principal e as transversais estão tomadas pela água barrenta e pela lama. As rodas dos ônibus vão estourando garrafas de plástico com o som de tiros. Chega até a Adega Xerez e tenta encontrar um caminho até o estacionamento quando vê o Assassino se arrastando doloridamente pela lama. "Quer ajuda?", pergunta. O outro estende um grande saco plástico e se apoia no seu braço. Vão seguindo passo a passo e o Assassino fala que são varizes, de manhã está tudo bem, mas de noite ele não aguenta andar de tanta dor. "Você é meu vizinho?", ele pergunta: não é bem uma pergunta, é uma afirmação. Vavau diz: "Sim, meu irmão, sou seu vizinho, trabalho no estacionamento", e vão se arrastando, caranguejos, até a Hospedaria Royal. Na porta (é uma porta de vaivém, como nos antigos *saloons* de filme de bangue-bangue), o Assassino diz que ali está bem, a escada tem trinta degraus, mas tem corrimão, "Deus te ajude", ele diz, e Vavau lhe entrega o saco plástico e ri do orgulho besta do Assassino, que não quer ser visto chegando em casa com a ajuda de um vizinho, de um irmão.

Vavau atravessa a rua com água até os joelhos, entra no estacionamento, toma um banho e dorme. De madrugada, sonha.

São 13 e estão todos agora dentro de uma sala de um edifício luxuoso no centro da cidade. O fato de serem 13 não causa a menor ruga em nenhum deles. O andar também é 13. Eles chegaram à sala onde estão sorteando números. Subiram até ali escalando números. Depois de décadas de sorte, finalmente a justiça resolveu tirar a venda e olhou para eles, jogou os 13 no mesmo barco, embrulhou os 13 no mesmo pacote, não estavam nada confortáveis. Por isso estão ali, 13 no 13, esperando pelo jovem advogado.

Mais do que ninguém, conhecem sua própria natureza. O Águia não tem nada a ver com o Leão, o Gato não topa o Cachorro, o Tigre despreza o Avestruz, todos desprezam o Burro, o Macaco e o Touro, todos desconfiam do Cobra e do Borboleta, e ninguém entende por que o Camelo e o Urso estão entre eles. O Águia fala e todos escutam. O Leão fala depois do Águia e todos escutam. Todos odeiam o Águia e o Leão, que não viram as costas um para o outro, e os dois não topam o resto. Cada um por si. Cada qual queria se defender sozinho. Sempre tinha sido assim e cada um sempre soube se defender, um dos outros, uns contra os outros, todos contra todos. Cada um por si. Por que mudar a regra do jogo?

Então entra ele, Vavau, que é o jovem advogado. Não entendia bem por que estava ali. Eles sempre tiveram tudo: juízes, policiais, políticos, jornalistas. Por que estavam ali tremendo de medo quando ele, o jovem advogado, entrou?

Vavau põe a pasta em cima da mesa e diz: eu sou o Advogado do Diabo. Todos caem na gargalhada. Espera que a gargalhada acabe e começa a gritar para o Águia que a amante ia consumir em dois anos e meio toda a fortuna que ele, o Águia, tinha conseguido: iates, apartamentos, casas, carros, tudo. E o Águia começa a chorar como uma criança no ombro do Leão, que também chora. Os outros pedem de joelhos que Vavau conte os acontecimentos futuros. E Vavau mostra num quadro-negro como eles serão derrotados pelas mulheres, pelas amantes, pelos filhos e filhas, genros, noras, pela família inteira, pelos mestres-salas, pelas portas-estandartes, pelas rainhas da bateria, pelas alas das baianas, e eles choram de soluçar. A única saída é entregar os pontos a ele, o jovem Advogado do Diabo, todos os pontos, e eles concordam satisfeitos, e Vavau acorda com o barulho dos primeiros carros entrando no estacionamento, num mundo lavado e limpo, novinho em folha.

5 x 1

Calça jeans, tênis, cabelos presos num rabo de cavalo, óculos escuros e uma camisa 10 do Flamengo. Respirava energia. Explodia saúde. Invejou a juventude dela.

Saiu da barca que liga Niterói ao Rio, uma flor de desejo no meio da pequena multidão. Atravessou a Antônio Carlos e entrou na Sete de Setembro. Ele foi pela rua da Assembleia. Na Rio Branco ele teve a visão direta dos óculos escuros, do perfil determinado, da boca vermelha. Pensou em dizer: você pega o metrô na Carioca, salta na estação Estácio, pega o outro metrô na linha dois e salta na estação Maracanã.

Todos viravam para olhá-la. O grupo de garis: "É areia demais pro meu caminhão!" Um grupo de pivetes: "Meeeengo! Gooooostosa!" Mengostosa.

Flamenguistas concentrados no Amarelinho. Três deles cercam a garota. Ela sorri, distribui elegantes golpes de capoeira e segue pela praça Floriano. Vaias e aplausos. Os aplausos são para ela, que junta as mãos sobre a cabeça e ergue uma taça imaginária.

Sabia se cuidar. Desembocou na praça Mahatma Gandhi e, na rua do Passeio, parou num camelô em frente ao Cine Palácio, comprou chicletes e foi em direção à Sala Cecília Meireles. Tchau!

Guile Xangô pensou: Aterro, Museu de Arte Moderna, passar o domingo deitado na grama, lendo os jornais junto ao Monumento aos Mortos.

Na República do Paraguai ela hesitou. Um ônibus com bandeiras do Flamengo: Sobe sobe sobe! Ela teve um momento de indecisão, sobe, sobe, sobe! E ele, para sua própria surpresa, subiu atrás. Enturmada, ela gritava canções de guerra. Não era nada tímida.

O Maracanã anunciava erupção. Guile comprou uma arquibancada nas mãos de um cambista. E se ela fosse para as cadeiras? Estava determinado a marcá-la em cima, e isso não fazia sentido. Pensou em revender o ingresso, comprar uma cadeira. Ficou surpreso com o número de garotas com a camisa do Vasco, e lindas.

Entrou e saiu de bares, engoliu um x-tudo e arrastou em volta do estádio a mesma sensação de abandono de todos os dias nos últimos anos, o luto amargo da separação, os bares, os porres. Por que estava se perdendo ali? Decidiu, contra si mesmo, que ia ficar. Comprou uma camisa do Flamengo. As torcidas urravam arruaças por toda parte.

Os portões foram abertos. Caminhou na direção de um deles e levou uma pancada no peito quando viu a garota camisa 10, lá na frente, com a massa de flamenguistas entre os dois. Sentiu alívio e admiração ao perceber que ela estava ninguém.

A garota ficou no meio do anel do estádio, na zona neutra. Um grupo foi se formando em torno dela. Não tinha abandonado a ideia de que estava ali para protegê-la, mas isso era idiota: ela não precisa, ela é parte de um delírio, de uma imensa solidão coletiva. Fechou-se um círculo vermelho e negro em torno dela e a onda foi se ampliando até se chocar lá longe contra a outra margem preta e branca.

Fazia tempo que não vinha a um jogo, que não se dissolvia numa multidão. Quantas vezes tinha saído dali debaixo da chuva fria da derrota? E quantas vezes tinha flutuado nos braços da vitória, boiando na felicidade? Mas, num dia qualquer, sentiu vontade de desistir, um cansaço do qual ninguém poderia salvá-lo. Talvez, a partir daí, há uns oito anos, tenha começado a morrer de verdade.

5 x 1

Estádio lotado, canções e gritos de guerra ecoaram a luta de dois gigantes. A torcida do Flamengo tinha tomado mais da metade do estádio. A do Vasco também cantava, mas era mais seguro não escutá-la. E a garota continuava ali, invencível, torcendo sozinha, gritando, erguendo os braços, fazendo do corpo uma bandeira agitada.

Temor e tremor aos catorze minutos do segundo tempo. O Vasco invadiu a área, o atacante chutou, a bola passou pelo goleiro e ele se levantou para ver o gol, chegou a ver o silêncio caindo sobre a torcida do Flamengo como uma falta de luz, um corte de energia, mas a bola foi tirada em cima da linha. Se aquela bola entrasse, o destino da partida seria outro. Da sua vida também. A camisa 10 se levanta e grita o nome do herói da jogada. Todos gritam com ela.

Dois minutos depois, a explosão. Viu a garota pular desesperadamente no meio da massa. Braços se agarraram e bocas se beijaram. E ela agarrou e beijou de volta e gritou gol gol gol três vezes, e uivou.

Foi nela, aos trinta minutos, que viu o segundo gol: saltou alto, flutuou, socou o ar, primeiro com a mão direita, depois com a mão esquerda, e caiu nos braços dos torcedores, dezenas de mãos tocando seu corpo, apertando, espremendo, bocas babando suas curvas, e ele a viu subir à tona daquele estupro, pulando, se esgoelando gol.

Fim de jogo e a torcida ali, suor gritos lágrimas. Até que ela se livrou da empolgação dos abraços e veio abrindo caminho em sua direção, se agarrou nele gritando é campeão, porra, é campeão! É campeão! Não gritou nada, e se deixou levar pela angustiante dádiva de poder apertá-la contra o seu corpo inimigo. Ela gritava, e outros torcedores vieram se grudar aos dois, é campeão, porra, é campeão! Até que o abraço coletivo se desfaz e ela diz: Vamos.

Saíram do Maracanã pulando ululando abraçando e sendo abraçados, é campeão! Começou a gritar o que ela gritava, a mão quente dela dentro da mão fria dele, até que o bloco foi se dispersando e, de repente, os dois, só os dois, indo pela rua enquanto carros buzinavam uma alucinada alforria.

Aqui mesmo, ela disse. Entraram no hotel e ela perguntou: Aceita cartão? Percebeu vagamente do que se tratava e seu coração acelerou em dizer: Eu pago. Foi puxado por dois lances de escada e, mal fechou a porta do quarto, ela começou a tirar a roupa dizendo estou te sacando desde manhã, você está a fim, não é?, tudo bem, você me deu sorte, você merece a taça e você vai levar a taça, você nunca vai esquecer este dia, cara, eu vou acabar com você, você vai ver, eu vou acabar com você. E partiu com tudo para cima dele. E gritava cios e xingava feio e estava decidida a acabar com ele de qualquer jeito, com braços, coxas, uma boca faminta, e jurava e xingava que ia acabar com ele, vou acabar com você, e ele pensou vai, ela vai acabar comigo. Ele não queria resistir, mas tentou botar ordem em si mesmo, lembrar que era um veterano. O que tinha que fazer era jogar na defesa, não se deixar levar pelo entusiasmo, resistir àquele ataque do melhor jeito, se manter em pé, em pé e não cair, não cair, vender caro a sua vida, a sua derrota. E quando ela gemeu que ia acabar com ele, e depois só gemeu e veio, veio desabando em cima dele, quase não acreditou: tinha resistido, tinha defendido.

Esperou o coração de tigre dela ir batendo gatinho e depois a virou, e depois a montou, e depois viu o seu sorriso crispado, o suor escorrendo por sua cara linda, e começou a invadir o campo dela bem devagar, feliz por ver o espanto nos seus olhos. O jogo ainda não estava perdido, era a vez dele de empatar, de virar o jogo. Invadindo o campo dela, deu ordens para o meio de campo apertar a marcação, pediu que os zagueiros avançassem e exigiu que os atacantes fizessem jogadas pelas pontas e esperou que ela viesse de novo e ela veio, ela veio vindo, vindo de novo. Esperou um pouco mais até ver nos olhos dela um brilho, o brilho de quem reconhece o valor do adversário, o brilho morno e mormaço. Só então o seu goleiro saiu majestosamente debaixo das traves, atravessou o campo com passos largos e tranquilos e entrou na área dela. E quando a bola veio caindo, no último segundo antes do apito afinal, já nos descontos, quando a bola veio caindo, o seu goleiro meteu a cabeça e ele viu que era gol. Ela fechou os olhos e abriu a boca num grito silencioso.

    Despertou com o bater da porta. Pensou em correr atrás dela, mas preferiu se espojar naquela epifania. Dormiu profundo, sem sonho, para muito além de si mesmo. Acordou outro e abriu a janela para deixar entrar o rio do tráfego, as vozes, a maravilha, a redenção e o sol da manhã de uma cidade estrangeira à beira-mar.

OLÍVIA

O Guile Xangô garante que todo mundo aqui tem um nó. Podia ser outro nome: bloqueio, entalo, beco, situação-limite, paralisia, branco. Aconteceu um desastre e a pessoa parou ali, se estatelou, se traumatizou e não vive mais, vegeta. Morreu ali, continua vivendo, mas morreu. Nó. O nó impede que você crie um laço afetivo com qualquer outra pessoa. Não se entrega mais, não quer mais ficar disponível, aberto.

Tem a Olívia, a transparente de tão magra. Ela te convida para ir na casa dela. Te recebe bem, conversa, bebe, fuma, tudo. Depois, quando começam a rolar confidências, ela pega o baralho e começa a jogar paciência. Fecha a porta do mundo dela e joga paciência até amanhecer, dez, quinze horas seguidas.

O nó? O homem dela, o Paulo, que saiu de casa para fazer um empréstimo num banco junto com outros amigos. Era o último, jurou, queria dar uma vida decente a ela, parar de ficar dando pequenos golpes em shoppings e supermercados.

Tudo bem lá dentro, mas na saída deram de cara com uma patrulha, o alarme tinha tocado. Eram seis, dois conseguiram ralar. Três morreram e o homem dela levou meia dúzia de tiros. Foi para o hospital, sobreviveu e depois foi para a cadeia. Com o assalto e mais outras façanhas que andava devendo, pegou vinte anos de janela.

Ela continua esperando ele voltar.

O Rafa carregava o malote na mão esquerda, a metranca na direita, andando. O carro, parado a três passos, as portas abertas. Ele vai entrando. Paulo vem atrás. E então ele escuta os tiros. Ele vê o Paulo caindo e os homens de uniforme lá, mandando bala. Os outros três estão fugindo a pé. Ele vai rajando contra os azuis, de olho no Paulo, e o Paulo faz sinal para ele se mandar, e quer dizer outra coisa, mas não dá.

O carro dispara e o Paulo lá na calçada, com os azuis chegando em cima dele, e ele não vai poder cumprir a promessa, "se me acontecer alguma coisa, não me deixa na mão deles", pediu, e agora ele está lá. Mas vai cumprir a outra: deixar a Olívia numa boa.

Rafa se maloca uns tempos na casa da Ruth. O quarto fede. Roupas, livros, jornais, revistas, garrafas e latas de cerveja, litros e litros de vinho. Liga a TV. Apaga a TV. Fica vendo o filme dentro de sua cabeça: o Paulo caindo na calçada, os outros desabalando. Podia ter caído ao lado dele, ter voltado. Até tentou, mas o Pará puxou ele para dentro do carro. Vambora vambora vambora. O Pará tinha bronca do Paulo.

Abre e esvazia o malote no chão. Começa a contar. Quase 1 milhão. Por que não 1,5 milhão? Por que não 2 milhões? Conta de novo. Por que não 3 milhões? Põe tudo de novo dentro do malote. Procura um lugar para esconder o malote. Procura e não acha. Põe o malote debaixo da cama e quer dormir. O filme continua passando. A luz cheira podre. Acesa. O Paulo foi lá buscar a saída e não voltou. Não vai voltar. Amanhã vão dizer que caiu, que está na lixeira, é sempre assim. O sol te apodrece dias e noites. A luz do quarto fede acesa. Até queimar. Ou alguém apagar. O Paulo já apagou. Fede.

O Pará entra no bar do Raimundo e baixa o silêncio. Bebe uma cana, a mão treme, a cana se derrama queixo abaixo sobre o peito nu. Fala. Fala. Ninguém escuta. Todos ligados no tabuleiro de damas onde o Guile Xangô faz a jogada errada e Marcelo Cachaça, a jogada certa. O jogo é pau a pau, mas é quase impossível ganhar do Marcelo.

Pará continua falando para ninguém do seu tempo de soldado. "A gente tinha metido um banco. Quem tinha trazido as armas pelo asfalto foi a Lana. A Lana era mula da gente. A melhor. Não tinha mula melhor do que a Lana. E aí a gente meteu o banco, com os homens atrás enchendo a gente de pipoco. A gente entrou em dois carros. Oito malandros em dois carros, três feridos. A ideia era deixar os carros na entrada da favela e escalar o morro..."

O Guile Xangô tinha arrancado um empate do Marcelo Cachaça e isso era quase uma vitória.

"... e eu, nós três, ficamos ali embaixo no asfalto, eu, o Rafa e o Paulo emboscando os alemães enquanto o resto do bando pinoteava pela favela adentro levando os malotes. Três contra mais de trinta. Três contra um batalhão. Pela minha mãe! Rajada, rajada, rajada! Nós paramos a alemãozada toda. Nunca ia passar pela cabeça deles que a gente tinha cu. Mas a gente tinha cu e paramos eles. Dez minutos de pauleira, mas pra mim foi uma hora, dez anos. E eu não queria mais sair. A munição tinha acabado e eu continuava atirando. Não queria sair do baile. Pode crer. Eu atirando sem munição. E paramos os alemães, nós três, eu, o Paulo, o Rafa, e ainda saímos zoando os putos."

O Guile Xangô faz uma jogada esperta e todo mundo sente aquele prazer de ver o campeão cambalear no centro do ringue e começar a desabar.

O Vovô do Crime se arrependeu de ter levado o Guile Xangô para conhecer Mariinha, sua filha. Em menos de meia hora os dois já eram amigos de infância e, duas horas depois, já estavam dando comidinha um na boca do outro, e aí o Vovô do Crime achou tudo aquilo uma coisa melada, até nojenta, e foi dormir jurando que nunca tinha encontrado um sujeito mais desgraçado que o Guile Xangô.

O normal era ele chegar em casa com pão quente na hora em que a filha estava saindo para o trabalho. Os dois tomavam café na cozinha enquanto trocavam alguma ideia. A filha já tinha desistido de implorar que o pai tomasse juízo e o pai já tinha desistido de tentar convencê-la a abandonar aquela vida miserável de funcionária pública de um Estado corrupto e inoperante, assassino por omissão, canibal por princípio, sequestrador de cidadania, Robin Hood às avessas, roubando dos pobres para dar mais mordomias aos ricos. Resmungavam sobre as pequenas coisas da vida deles ou das pequenas grandes merdas da cidade e do país. A filha saía com um beijo e o pai ia para a cama dormir com o gato preto que tinha tirado das ruas e fizera ninho ali.

O Vovô do Crime acordava lá pelas duas da tarde e seguia um ritual infalível: dar comida ao gato, fazer o primeiro cigarro do dia e, sentado na privada, fumar e esvaziar o corpo, depois tomar um café e continuar fumando debruçado na janela do apartamento.

Fez tudo como sempre, mas com uma sensação de azia na alma. O Guile Xangô veio se debruçar na janela ao lado dele, e ficaram ali em silêncio. O dia estava claro e calmo, mas nunca se sabe. Nunca mesmo. Um grupo armado saiu de dentro do banco em frente carregando malotes de dinheiro. Três deles entraram num carro que estava estacionado. Um outro carro chegou para pegar os outros três. Tiros pipocaram de dentro do banco ou da esquina e um dos homens com malote caiu na calçada. O primeiro carro já ia longe. O segundo arrancou deixando o homem ferido. Começaram a chegar os carros de polícia, cercaram a área, saíram em perseguição dos assaltantes.

"Porra, hoje é o meu dia de sorte", disse o Vovô do Crime. Aquele era o terceiro assalto naquele banco em menos de dois meses. Nas outras duas vezes ele não conseguiu ver nada e chegou a pensar em estender uma faixa na janela, pedindo aos assaltantes que avisassem quando ia rolar a ação, para ele poder acompanhar de camarote. Agora não precisava mais.

Deu uma tragada funda no baseado e ficou olhando os policiais jogarem o assaltante ferido dentro da caçapa do camburão, e começou a pensar que era pé-frio, nas outras duas vezes o trabalho tinha sido rápido, limpo e perfeito. Num gesto automático, passou o cigarro para o Guile Xangô.

O camburão saiu levando o homem ferido. "Não é o Paulo que eles estão levando?", perguntou Guile Xangô.
Olívia estava feliz. O Paulo estava feliz. Acordaram, fumaram, transaram, dormiram de novo. Ela acordou de novo, entrou no banheiro e ficou ali olhando a cidade brilhando debaixo do sol de domingo, um dia tão maravilhoso que dava vontade de chorar, de morrer, de rezar e implorar que o mundo parasse e ficasse só isso, essa felicidade, esse domingo de sol. Então ele veio e se abraçou com ela, e ficaram ali, respirando o bem, o bom, a beleza.
Desceram o morro e a mágica continuou. Fizeram compras no supermercado (por vício profissional, ela meteu dois quilos de filé e meia dúzia de pacotes de miojo). Voltaram pela Sampaio, ela com duas sacolas, ele com quatro. Pararam no Nelson e beberam uma cerveja. Depois no Luiz, mais duas. Todo mundo via que eles eram felizes.
Na Maia um pequeno cachorro preto começou a seguir os dois. Olívia quis botar o cachorro para correr, mas o Paulo: "Deixa ele." Pararam no Raimundo, beberam mais uma cerveja. Saíram e o cachorro subiu a travessa atrás deles.
Agora ela rala na cozinha fazendo comida enquanto o Paulo vê televisão e conversa com o cachorro. Ele pergunta: "Qual o nome dele?" Ela não sabe. Vai pensar. Paulo está lá se embolando com o cachorro em cima do tapete. Precisa lavar o tapete. Comprar um tapete de verdade. Paulo gosta de criança e de bicho. Os bichos sabem que ele é gente boa. Aquele cachorro sabe. Um filho.
Os dois comem e Paulo dá um pedaço de bife para o cachorro. Depois ela tira a mesa, lava os pratos e Paulo chama: "Vem deitar, branca." Os dois ficam vendo TV. O cachorro dorme aos pés de Paulo.
Na segunda ela sai do banho, vai trabalhar. Ele acorda e pede para ela sentar a seu lado na cama. Paulo promete que vai largar aquela vida, que vai ajudar ela também a largar aquela vida, "vamos largar", ele promete. Quando explode dentro dela, Olívia grita: "Eu quero um filho teu, me faz um filho teu, me faz um filho!"

Quando ela volta, já anoitecendo, a casa está vazia. Só o cachorro, que mijou no tapete, cagou na cozinha, rasgou o sofá. Ela chuta o cachorro, mas para: é o cachorro do Paulo. Põe a ração que comprou dentro de um prato e o cachorro come tudo. Ainda não tem nome para ele, mas bem que podia ser Cagão.

O dia está raiando, Paulo não voltou e ela não dormiu. Toma banho, tranca o cachorro no banheiro com um prato de ração, deixa um bilhete pregado no espelho. Depois escreve com batom no espelho: "Te amo", e põe a data. Fica jogando conversa fora na casa das vizinhas, precisa de companhia.

Volta e a casa continua vazia. O cachorro mijou e cagou todo o banheiro, não comeu nada e olha para ela como uma inimiga. Chuta o cachorro.

Não quer dormir, mas apaga com a TV ligada. Acorda com o barulho da chuva. Veste qualquer coisa e desce a travessa debaixo de chuva. Está passando pelo bar do Raimundo quando o Pará faz sinal: quero falar com você. Os dois entram no casarão e Pará conta: estavam saindo do banco, deu tudo errado, o Paulo caiu, está morto ou num hospital. Ela sai cambaleando do casarão, um gosto de vômito na garganta e só pensa em encontrar o Guile Xangô. E, como se fosse a força do pensamento, tromba com ele na esquina da Maia com a Sampaio, e não precisa dizer nada, o Guile Xangô diz: "Já sei, vamos conversar." Sentam no fundo do bar do Kadhafi, o Guile Xangô contando o que viu, Olívia soluçando no ombro dele.

Na terça o Guile Xangô diz que sabe onde o Paulo está, mas não deixam Olívia ver o ferido. Ela consegue driblar a segurança, sobe e desce andares, deve ser ali, o PM na porta. Fala com o PM e ele manda: "Melhor ralar, ele perdeu, você perdeu." Não desiste. Fala com uma enfermeira: quando ele estiver fora de perigo, vai ser mandado para um presídio, esperar julgamento. Paulo corre o risco de passar o resto da vida numa cadeira de rodas.

Está subindo a Maia quando Pará diz alguma coisa no ouvido do Guile Xangô e entrega uma sacola a ele. O Guile

Xangô alcança Olívia. Entram na casa dela e o Guile Xangô abre a sacola e mostra maços de notas novas, dinheiro novo, papel pintado e diz: "É teu." Olívia fecha a sacola e joga em cima do armário.

O Guile Xangô vem com o copo d'água e dois comprimidos: "Toma, bebe." Acorda dois dias ou dois mundos depois, encontra um bilhete do Guile Xangô: "Tem comida na geladeira, comprei na Tia Glorinha, é só esquentar, você precisa ser forte, volto logo."

O cachorro dorme debaixo da mesa. Olívia pega o cachorro, chega na rua e joga o cachorro contra o muro da casa da Mirtes. Ele gane, geme, fica mole e ela joga o cachorro de novo contra o muro. Até que ouve a voz da Mirtes perguntando: "Por que você matou o bichinho?" Olívia percebe que está nua e que as crianças pararam de jogar bola e estão olhando e rindo, rindo dela. Então eles param de rir, pegam o cachorro que ainda mostra sinais de vida e começam a correr porque ela está gritando alguma coisa que não entendem, e continua lá, gritando, e não olham muito porque lembram que quase todos ali matam a fome na casa dela, mas é a outra Olívia que enche pratos e pratos de comida, gritando "tem que comer tudo, tem que raspar o prato", não aquela lá, gritando nua. Até que a Mirtes cobre a Olívia com um lençol, mas ela resiste, quer brigar e matar, e então a Mirtes grita: "Me ajuda aqui, Xaxango, eu já estou perdendo a paciência, acho que a Olívia enlouqueceu de vez!"

SEMPRE-LHE

Aí vem esse meu amigo e me manda na lata: "Você sabe que eu te amo, não é?" Eu digo que sei. E ele manda mais: "Eu te amo. Sempre-lhe." E me conta que durante cinco anos a família toda pegou janela: a avó, a mãe, sua mulher, os dois irmãos, as mulheres dos irmãos, os filhos dele e dos dois irmãos, só ficou de fora a Tereza que era cega e santa. "Você precisa escrever minha história", ele diz.

Tem pessoas por aqui que desamo, e outro-lhe, e nunca--lhe. Faz parte do meu saber viver, do meu ir sobrevivendo submundano. Tem uma mulher que agora anda de preto porque enxoxotei-lhe e ela se sentiu enxotada, me chamou de energúmeno, não lhe argumento.

Eu sou um homem de palavra, e a palavra é uma mulher muito da vagabunda, anda na boca de todo mundo e sua mãe mais seu pai, logo eu sou que tenho palavra de homem, se é que me entendem.

Sei que cheiro bem, outras vezes fedo mal, mas mesmo assim me aturo, me aturam, meio a meio. Não me importo. Sou do tipo que fede e cheira, e um dia vou feder tanto que vão me enterrar no meio de coroas de flores só para disfarçar o fedor, e vou virar carne para verme e osso para cachorro. Não vou feder nem me foder mais. Jamais-me.

Sou um homem de palavra. Amo que me amem e até amo quem não me ama. Não faço tráfico com meu amor nem faço o jogo do ciúme, não sou melhor do que ninguém. Aliás, eu ninguém-me para ser alguém-lhe, e vou em frente-lhe.

Hoi polloi. Entre os gregos, *hoi polloi* era a multidão, o povão, a ralé.

Idiota. Entre os gregos idiotas eram aqueles que só sabiam cuidar de suas próprias coisas, de seu próprio umbigo, os que viviam fora da sociedade. Nunca fui um idiota no sentido grego, sou gregário, solidário, até promíscuo. Mas nada disso me impede de ser idiota no sentido moderno, e me usam e me abusam, nem ligo. Danem-se-lhes. Mordam-se-lhes.

Estou vivo. Convivo na rua e no quarto, nos hotéis e nos bares, transo, destranso, brocho, minto verdades, mas não trapaceio, seria o cúmulo. Vivo entre gregos e troianos, viados e sereias, ninfas e paraninfos, e cago-lhes e ando-lhes, e amo-lhes e ódio-lhes. Sou humano-me.

Meu único orgulho no momento é beber todas e não vomitar no colo do vizinho de mesa.

Então quando esse amigo, na frente de todo mundo, me abraça e me diz que me ama, eu aceito esse amor com humildade, embora sabendo que ainda não me conheço o bastante para me amar inteiro, e então ele me beija, me abraça forte e pergunta no meu ouvido: "Você me ama?" E eu abraço os braços e grito para o bar inteiro: "Sempre-lhe."

(A melhor frase que já ouvi sobre amar — a alguém, ao próximo, a si mesmo — é a seguinte: "Eu te amei, você me amou, e nos fodemos.")

Para sempre-lhe!

NA LAN HOUSE

> — *Não há morte. (...) Ao vencido, ódio ou compaixão; ao vencedor, as batatas.*
> — *Mas a opinião do exterminado?*
> — *Não há exterminado. Desaparece o fenômeno; a substância é a mesma. Nunca viste ferver água? Hás de lembrar-te que as bolhas fazem-se e desfazem-se de contínuo, e tudo fica na mesma água. Os indivíduos são essas bolhas transitórias.*
> — *Bem, e a opinião da bolha...*
> — *Bolha não tem opinião.*
> Machado de Assis, *Quincas Borba*

"Morri de novo", diz o garoto de grandes olhos verdes dando um soco na tela do vídeo e exigindo a atenção de Guile Xangô enquanto reinicia o jogo. Guile Xangô vê na tela do garoto um homem armado até os dentes explodir carros, balear outros homens armados, correr pelas ruas de uma cidade irreal, saltar muros, entrar num galpão cheio de inimigos entrincheirados num imenso labirinto de contêineres e cair morto por um homem que surge do nada. "Morreu de novo, garoto", diz Guile Xangô. "Meu nome é Cristiano", diz o garoto e enxuga o rosto com a gola da camiseta azul, está suando em bicas apesar do frio do ar-condicionado. "Não consigo dormir. Depois que minha irmã morreu de tuberculose tudo pra mim é festa", diz Cristiano enquanto reinicia o jogo pela décima vez.

Guile Xangô vai baixando os seus e-mails, deletando as mensagens indesejadas, lendo com atenção distraída a maioria, sentindo prazer em reencontros virtuais. Seu amigo diplomata está trocando a Suíça pelo Brasil e escreve:

"São três da manhã e essa mensagem vai sem revisão. A gente sabe muito bem o que a palavra Suíça quer dizer: relógio, hora certa, trens no horário. Então, ontem, foi um dia para destacar do baralho. Subimos no orgulhoso trem inter-city, reluzente, às quase dezoito horas, confiando na precisão local, que beira a chatice: o embarque estava previsto para as 18h02 em vagões de dois pavimentos. Notamos que a refrigeração não funcionava. O resultado era brabo, a mais de trinta graus de temperatura e com as vidraças vedadas por blindex... Vagões-sauna. Íamos a Zurique assistir a uma representação do grupo do teatro Avenina, de Maputo. O escritor Mia Couto adaptou *Os bandoleiros* de Schiller, e montou a peça para um grupo integrado por ex--meninos de rua. Não conseguíamos nem sair de Berna. Toda a rede de alimentação de trens do país caiu. Tivemos que ir no meu carro. Tive de pilotar. Pilotar mesmo. Para tentar chegar na hora, fiz média maluca, de uns 120. Chegamos a Zurique e mergulhamos num engarrafamento desesperante. O relógio avançando com precisão suíça. E ainda nos faltava procurar o local, pegar o bonde certo (os bondes, ou *trams*, felizmente não tinham parado). Caiu do céu um estacionamento, perto do ponto nevrálgico da *gare* (e as *gares*, na Suíça, substituíram as catedrais e praças do mercado no comando urbanístico das cidades). Lá fomos nós à cata dos *trams*. Chegamos com a representação começada, calculo o atraso total de uns quarenta minutos — digno da África e da América Latina juntas. Deu para ver o delírio do Mia em toda sua plenitude. Hoje minhas cervicais estão em crise, e recordam minha idade real, e reclamam dos excessos. Mas o pesadelo acabou. Os trens circulam sugando os elétrons que não param de correr, incompreensíveis — para mim, pelo menos — pela rede de alimentação que, orgulhosa, liga a Suíça toda. A engrenagem roda. Para sempre?"

Guile Xangô googla "Orson Welles" e responde:

"Gosto muito da frase do Orson Welles sobre a Suíça: 'Na Itália, durante trinta anos sob os Bórgias, houve guerras, terror, assassinatos, sangue. Eles produziram Michelangelo, Leonardo da Vinci e a Renascença. Na Suíça tiveram amor fraternal, quinhentos anos de democracia e paz. E o que produziram? O relógio cuco.' Todo mundo sempre pensou que a frase era do Graham Greene, autor do roteiro do filme *O terceiro homem*, no qual o genial Cidadão Kane mandou esse caco."

Lylee mandou músicas. As musas viraram modelos magrelas, mas Lylee continua musa na curva do horizonte. Faz música via internet. O amigo virtual japonês (ou javanês ou filipino) quer saber como é o lugar onde ela vive. Então Lylee captura e processa os sons do sino da Igreja do Divino Espírito Santo, o som da abertura dos bares (portas de aço levantadas, som de colheres nos copos de café, som do óleo quente dourando pastéis), som da banca do Miguel (vozes madrugadoras discutem as notícias do dia), depois o ruído do tráfego, o acordar dos mendigos na praça do metrô, o ruído dos trens do metrô. E mais os sons dos bares cheios (vozes embriagadas, TVs em alto volume, as máquinas de azar, as máquinas de música). Os latidos do Comando Vira-lata. A rua no dia de feira. A lan house. Os garotos batendo nas caixas de engraxates, vai graxa?, e sempre pedindo um real, um hell, um help, e som de tiros reais e de fogos de artifício. E o seu violão e a sua voz como uma sereia nesse mar de detonações.

Guile Xangô deixa que a presença da musa invada sua mente. Rolling Stones no Rio:

"Pra chegar perto do palco só tendo muque. Juventude. Paixão. Fiquei lá desde as sete da manhã de sábado e já tinha gente. Fiquei lá e fiz um montinho de areia. Fiquei defendendo meu montinho até as nove horas da noite. Quando os velhos entraram, a multidão entrou em transe. Tentei defender o meu montinho e não consegui. Só conseguia ver as costas dos caras que pulavam. Então comecei a andar pra fora da multidão, e os vips, lá no curral deles, perto do palco, tirando onda. Ainda vi aquela faixa estúpida *mick jagger make a son in me,* uma vergonha, tudo errado. Um cara vendia latas de cerveja e gritava: *é o mico jegue: pula feito mico e é feio feito jegue.* Um garoto a meu lado, também se mandando: *não pensava que ele era tão velho.* Peguei o metrô e voltei pra casa. Minha amada estava lá preocupada vendo o show sem som e me abraçou forte quase chorando."

Abre um texto de Lylee:

"O artista está sempre buscando aquela tacada de gênio. Aquele sopro de inteligência que o torna especial entre tantos seres humanos quanto há no planeta. É vaidoso, os bons sabem que são bons e buscam a 'perfeissão', a genialidade, o reconhecimento. O artista em si é um ser egoísta. Por momentos tem a sensação de que é o único ser na face da terra e que não é filho de pais humanos. Por vezes envergonha-se da sua egocêntrica e egoísta depressão, mas é impossível para ele não absorver as dores do mundo e as próprias dores, mesmo sendo imaginárias. Muitas dores são quimeras, num espaço de adiposidades astrais. Vou deixar fluir a voz do inconsciente, quem sabe não consigo psicografar, deixar alguma força que me rege tomar o rumo dos meus pensamentos, assumir as rédeas da escrita? Tudo se escreveu, se escreve até perder-se a consciência e entrar em transe, deixando todo espírito pronunciar-se, extravasar-se, cair em si. Tristeza, melancolia, por que me perseguem, não me deixam seguir a minha vida, me impedem de realizar sonhos, de continuar sonhando e agindo? Tristeza é como ser amarrado por si mesmo. Não adianta remédio nenhum. E nessas grandes oscilações está o ser humano, idiota e questionador como sempre.

"Mas acredito piamente que nós humanos não passamos de bolos de carne pensantes. É isso que somos: bolos de carne. Temos que beber água para hidratar, se não hidratar nem esperma tem para fecundar e gerar outros bolinhos de carne. Suamos, evacuamos quase tudo o que comemos; eliminamos líquidos, somos úmidos, se não tomarmos banho cheiramos mal.

Dependemos do ar para respirar, dependemos da terra, dependemos uns dos outros, senão morremos. Somos muito dependentes uns dos outros. Catástrofes podem nos matar. Melhores chances teremos de sobreviver em grupo se nenhuma epidemia transmitida por outros grupos de bolos de carne nos aniquilar. Somos uma porcaria. Esqueletos cercados de sangue e carne, parentes (distantes, mas parentes) dos vermes, das bactérias... Somos só isso...

"Por outro lado, muito mais complexo do que esta declaração, somos sublimes quando verdadeiramente cordiais e, pensando bem, o corpo humano, o bolo de carne, é um milagre, onde cada pedacinho tem sua função e trabalha a favor de todo o conjunto na mais perfeita sinergia. É o que pensamos (bolos de carne pensantes): como há algo divino, algo de divindade na existência de todo ser habitante do planeta!"

Guile Xangô ri. Googla "baleias cantoras, Josefina a cantora dos ratos Kafka", e manda de volta:

"Você tem toda razão. O que os cantos das baleias e as ondas têm em comum? Bastante coisa, e olha que essas ondas não têm nada a ver com a água. Num estúdio no norte da Califórnia um engenheiro utiliza ondas — uma técnica para processar sinais digitais — para transformar os chamados dos mamíferos do oceano em filmes que visualmente representam as ondas e imagens de fotografia que se parecem com mandalas eletrônicas.

"Entre as baleias, certos sons e padrões são únicos para espécies diferentes e até mesmo para indivíduos de um determinado grupo — algo como uma identidade auditiva. Quando vemos o que as baleias estão fazendo com os sons, ou assistindo ao que elas são capazes de fazer, fica claro que os humanos não são os únicos artistas do planeta.

"Se os seres humanos ouvissem ultrassom, os canários correriam sério risco de perder o emprego para concorrentes improváveis: os camundongos. Eles emitem uma cantoria que nada deve à dos pássaros. Como um bom tenor, os roedores emitem sílabas que podem conter saltos de quase uma oitava para cima ou para baixo na escala. É como se o bicho estivesse soltando um dó e saltasse em seguida para o si imediatamente mais agudo (sem passar por ré, mi, fá, sol e lá). Todos aprenderam com Josefina, a cantora dos ratos, do Kafka."

Guile Xangô endereça e envia a mensagem.

A lan house lotou, todos os computadores ocupados, gente esperando. A maioria de garotos como Cristiano, que já não está mais ao lado de Guile Xangô, joga combates mortais nos campos de batalha da adrenalina.

A Sibila manda mensagem:

"Nerval: o Sonho é uma segunda vida. Não podemos determinar o instante preciso onde o eu, sob uma outra forma, continua a obra da existência. No subterrâneo vago, clandestino, pálidas figuras na sombra do limbo — e então o quadro se fixa e uma nova claridade ilumina e faz surgir aparições bizarras — o mundo dos Espíritos se abre para nós.

"Egologia: Muitos dos teus eus já foram estudar a geologia dos campos santos. Alguns voltaram mudos, outros santos, muitos nem tanto, todos totalmente outros. Quando é que você vai cair em si? Quando é que você vai ter coragem de completar o que começou, de não desistir no meio do caminho, de fugir de mim?"

Etc. Etc.

Guile Xangô deleta a mensagem. E se arrepende no mesmo instante. Endereça. Escreve: "Nós nos amamos — e nos fodemos. Esquece. Perdoa." E envia. Com uma pontada no coração.

A galera de artistas plásticos do Gomo está promovendo uma gomofeijoadarock com exposições de quadros e apresentação de bandas de rock, trocando pincéis e artefatos por guitarras e baquetas. Guile Xangô responde: "Tem que fazer cena. Entrar em cena. Aparecer. Não deixar a peteca cair. Mijar no urinol do Duchamp. Etc." Não gosta do texto, mas não está em condições de burilar incentivos e manifestos. "Põe água no feijão que estou nessa." E envia.

O Macy, velho de guerra, amigo da Lylee, manda poemas. Um deles:

e então a sombra me disse

e então a sombra me disse:
você é culpado por todos os erros que faço
você é culpado por todas as traições que cometo
você é conversa fiada e mosca de bar
você é viado bunda-mole bundão
você me obriga a fazer tudo o que não quero
você me desarranja
você é o anjo mau
você é o ó
você me dá dó
você me desafina
você me faz sentir culpa por tudo que faço e eu já disse isso
você me faz errar tudo o que eu sonho e eu não mereço
você me desespera
você fede

e então eu perguntei:
sombra de minha alma nos olhos do meu gato,
sombra de mim na areia,
sombra, o que você quer que eu faça?

e então a sombra me disse:
quero que fique cego surdo mudo
quero que morra

e então a sombra caiu sobre mim
e eu me afoguei
e anoiteci.

Guile Xangô escreve para o Macy, e envia, com uma ponta de má vontade e outra de ciúme: "Acho que está mais do que na hora de você juntar todos os teus textos e publicar um livro.

Está na hora de dar a cara a tapa, de nadar, de amanhecer, de sair da sombra."

O tempo de Guile Xangô se esgotou. Meia dúzia de garotos e garotas o observam como um bando de urubus num lixão. Guile Xangô faz um gesto e pede mais tempo. Os garotos e as garotas rosnam para ele como se fosse um verme empata-foda, um policial dando blitz, atravancando o trânsito. Guile Xangô deleta os garotos e garotas e pensa: "Daqui a vinte anos essa lan house vai estar mais fora de moda do que os orelhões." Sente-se um dinossauro. Sente-se tão exilado quanto a Lylee. "Eu nasci no ano das cegonhas bêbadas, quando todas as crianças foram trocadas." Quem disse isso? Guile Xangô abre mais e-mails, lê, googla, responde, envia, enquanto a nova geração deleta sua presença.

Já é noite. Guile Xangô sai da lan house com a sensação de um cansaço de uma outra pessoa. Diz para si mesmo: "Prefiro a rua, o olho da rua, o olho no olho, mas ainda assim não dá pra fugir do circo virtual. Quantas conversas de bar já não levei na cabeça por dias a fio, sem entender ou só pra entender meses depois? Até o cérebro de alguém pode ficar obsoleto. E por que esse apego ao próprio corpo, às próprias ideias?"

Sombra. O babaca do Macy sabe um pouco das coisas. E tanta gente vivendo na sombra virtuosa de ser gentil! Como o Índio da Maria: era feliz, tinha casa, carro, filhos, deixou de ser feliz, perdeu a mulher para outro, mergulhou na cachaça, entrou no bar da Maria como um gato e foi ficando, e agora vive na sombra da Maria, porrado como um rato.

O Celsão e o coelho do Celsão. No dia em que roubaram o coelho, ele quase morreu de dor, depois de não sentir nada pela morte do próprio irmão. E o Celsão com seu refrão irônico e sua cara, sua máscara meio Amigo da Onça meio Coringa: "A vaca da minha mãe morreu. O burro do meu pai morreu. As galinhas das minhas irmãs morreram. O cachorro do meu irmão morreu. Que se danem! Mas por que roubaram o meu coelho, que era muito melhor que todos os vagabundos que eu conheço?"

A Sheila, que saiu da cadeia. "Sou uma ladrona irresponsável. Sei que estou com a peste, tomo todos aqueles bagulhos químicos pra sobreviver por mais uns tempos. E o que a ladrona aqui fez, a louca? Tresnoitou de sexta até domingo, bebeu todas, fumou todas, cheirou todas. Eu sou um perigo pros outros e pra mim. Tenho que voltar pra cadeia. Minha única bronca é a fila do banho. Nove horas na fila e cinco minutos debaixo da água fria, com as mulheres botando pressão. Você viu a minha cela, toda arrumadinha, uma beleza. Tenho que arrumar um jeito de voltar pra lá. Se eu continuar aqui fora no mundão, não duro mais um ano."

Esbarra com a Lana e seu carrinho de bebê com a Ester lá dentro. A Lana é o escândalo do momento. Passa as noites empurrando o carrinho azul pelos bares, defendendo com unhas, dentes e goles de cerveja o seu direito de ser mãe do jeito que quiser. A bebê ri, saudável, alegre. "Estou vindo do médico e nós duas estamos ótimas. Ela está bem alimentada porque mama em mim, mas eu estou com fome e vou mamar em você."

Sentam-se no aquário da Graça, um novo point na Sampaio. Era um pé-sujo legal, mas acoplaram o salão do lado, que foi sapataria e outros comércios, e agora é um espaço decente para almoço até as três, quatro da tarde, um cafofo acolhedor para conversas até o começo da madrugada.

Lá no pé-sujo a Toinha sorri maria bonita, colar de algas e uma pequena estrela na testa brilhando acima das sobrancelhas e do olhar de mel. Nas máquinas de azar os jogadores apertam teclas buscando a sorte grande do bônus nas figuras e nos números, aos berros.

No aquário tem uma estrela-do-mar quase ao lado do relógio que emperrou nas doze horas: o ponteiro dos segundos gira, o das horas e o dos minutos não se movem. Quem entrar aqui vai morrer de marasmo e de poça na água parada do tempo. Mas as janelas salvam tudo. Basta afastar a cortina, abrir a vidraça e lá estão as pedras portuguesas que repetem, falsas, a orla de Copacabana. Aqui, a única brisa sopra de lá do canal da avenida Presidente Vargas, o velho canal do mangue com seus cheiros de medos e fracassos. Como o do Capitão, o rei dos ladrões, deitado lá sobre as pedras portuguesas afogando as mágoas e os dias de glória com doses cada vez mais mortais da cachaça que ele suga de uma pequena garrafa bojuda.

Guilê Xangô e Lana bebem e conversam no tempo parado do aquário. Lá pelas tantas, como num lance astral, Guile Xangô fala do Cristiano. Lana arregala uma surpresa: "Mas ele morreu, foi enterrado anteontem." Guile Xangô: "Mas como, se ele estava a meu lado agorinha há pouco, lá na lan house, do meu lado?"

Lana tenta explicar com perfeita paciência: "O Cristiano era um bom menino. Ele fez a cabeça de santo por três anos. O santo até podia ser forte, mas a cabeça dele era fraca. Sempre foi. Então a irmã morreu de tuberculose, é o que se diz, morreu de descuido, estava doente e não se cuidava, como todo mundo aqui, e ele abandonou os santos, ou os santos abandonaram ele, e o Cristiano entrou no movimento. 'Depois que minha irmã morreu, tudo pra mim é festa', ele vivia dizendo."

"Foi o que ele me disse agora há pouco", disse Guile Xangô.

"Não era festa nenhuma e ele não disse nada porque já era, já foi, já é", continuou Lana. "Não se interessava por mais nada. Só queria zoar de soldado. E aí ele caiu no beco quando os inimigos invadiram. Foi o primeiro, estava na linha de frente. Caiu. Era tudo o que ele queria. E conseguiu. Ninguém vai trazer ele de volta. Nem você."

Guile Xangô escuta, não acredita. Lana vai perdendo a paciência: "Não é por nada não, meu amor, mas você está tão estressado que anda vendo coisas que ninguém vê."

Guile Xangô se despede de Lana e vai esticar a noite no bar invadido do Tiãozinho. Era uma loja de tecidos, mas todo o quarteirão perto do viaduto da Paulo de Frontin com a Haddock foi condenado pela prefeitura. Do outro lado da rua os prédios viraram depósito dos catadores de lixo, sendo que um deles agora é igreja evangélica. Do lado de cá está mais conservado, ainda tem uma sauna, uma papelaria, uma loja de sapatos e agora o bar do Tiãozinho, último refúgio para os sonâmbulos que só conseguem voltar para casa com o dia raiando.

Os jogos virtuais continuam a rodar na cabeça de Guile Xangô. E lá está a Sheila, mais o Celsão e o Índio, como num passe de mágica, todos sentados na mesma mesa, eles, que estavam em sua mente agora há pouco. Olha para os três e verifica se são reais. Aparentemente estão ali, e riem, e se levantam e o abraçam para mostrar que são o que são.

"Quem é vivo sempre aparece", diz Tiãozinho, e desafia Guile Xangô para uma partida de sinuca. Enquanto as bolas rolam, Guile Xangô rebobina os lances que googlou. Geneticistas disseram, depois de examinar o DNA de centenas de espécies de bactérias que habitam o organismo do homem, que talvez não sejamos totalmente humanos. Pesquisadores avaliaram a postura de pessoas saudáveis e concluíram que 76% são assimétricas, apresentando diferença entre o alinhamento do lado direito e do lado esquerdo. Até 2030 vamos conseguir criar um supercomputador muito mais inteligente do que nós. As máquinas terão consciência própria e capacidade de criar outras máquinas ainda mais inteligentes e criativas, e a partir desse momento o mundo não será mais nosso. Ti Chin-Fu morreu depois de ficar três meses em um cybercafé, jogando e fumando, comendo macarrão instantâneo. Na Ásia, o vício pelos jogos online tem feito com que jovens passem dias e noites na frente de máquinas, principalmente em cybercafés, tentando conquistar um mundo virtual. Mas, cada vez com mais frequência, a jornada acaba no meio do caminho por colapso do jogador.

Enquanto joga, Guile Xangô olha para Celsão sem seu coelho, para o Índio sem a Maria, para a Sheila sem a cadeia. Sente o mundo confuso e irreal preso no ar enfumaçado, na música alta demais, nos homens e nas mulheres, ali, todos vivos demais. Guile Xangô tenta uma jogada de efeito e se suicida. Tiãozinho põe outra ficha com um sorriso vitorioso e a partida recomeça. É só um lance rápido (um giro na roda-gigante do sansara), o risco de um relâmpago, uma bala perdida, uma bola que bate na tabela e caprichosamente cai numa caçapa. É pegar ou largar. É quem perde ganha. O Cristiano tem todo o direito de querer continuar no jogo.

NA SOMBRA DO HOSPITAL

Nabor está cochilando sentado no bar à sombra do hospital central da Polícia Militar. No seu campo de visão (meio glaucoso) ele vê Beleco dando milho (e chute) aos pombos da pracinha, vê o Padre tirar com delicadeza a filha do Pedrão que se equilibra e desequilibra no alto do escorrega, os burros sem rabo que passam cheios de papelão e sacos negros com o lixo que os pobres transformam em dinheiro miúdo. O Beleco vaia quando o Padre e a filha do Pedrão saem de mãos dadas, atravessam a rua e vão casalzinho para o São Carlos. Enquanto Beleco continua vaiando, se cansa e vai caminhando na direção do sambódromo para cavar barulho no morro da Mineira.

"Posso sentar?", a Soneca vai sentando sem licença, os cabelos brancos, a língua afiada, "estou com 79 anos e não me dão menos de 60, 50, nunca tive homem, fiz meus filhos na Praia do Pinto, hoje o mais velho trabalha no Banco Central, a mais nova na Eletronorte, odeio Brasília, minha filha pagou a passagem de avião, mas eu não sou louca de voar num troço daqueles, prefiro ônibus mas ônibus demora muito e eu não vou lá, eles é que me visitam, quiseram me dar um celular e eu não gosto, sou do tempo que malandro era malandro, hoje só tem vagabundo, não tem mais malandragem, só pouca vergonha e muita covardia", a Soneca ainda está sentando mas Nabor já sabe tudo de cor e não demora muito a Soneca vai falar da morte do Getúlio, vai dizer o que sempre diz, cheia de razão, e Nabor espera que ele também não seja assim, sempre contando a mesma história no mesmo tom tantantã.

Os dois velhos estão sentados na sombra do hospital da PM, nas cadeiras e mesas amarelas de uma marca de cerveja, as cadeiras até que são confortáveis, há sessenta anos não se topam, os dois velhos, cão e gata, hoje se toleram, envelhecer é uma bosta, você não tem mais convicção de nada e a única certeza é o passado, a vida vivida e lembrada, e outra coisa certa é a morte, mas que não chegue já, que não venha agora.

No passado não tinha esse bar, nem esse Nabor, nem essa Soneca. Ali em frente era a delegacia, a 6ª ou a 8ª?, e hoje é uma cabeça de porco. Já tinha a Primeira Igreja Batista do Rio de Janeiro ("parece imitação de um templo grego", disse o Guile Xangô outro dia), e à direita da igreja tem o presídio, que foi a casa de correção feminina onde a Soneca pegou janela, mas luta para esquecer, para tirar como uma tatuagem na pele, e estão querendo derrubar o presídio para fazer uma cidade nova, limpar o centro da cidade, como já fizeram antes.

Entre a igreja e a cadeia tinha um casarão que veio abaixo e virou o prédio da Rádio Manchete, que hoje virou outra cabeça de porco, invadida pela miséria que deságua no Rio vinda de longe, pais e mães magros e seus filhos mais magros ainda, e angolanos.

O hospital da Polícia Militar parece um castelo para onde os homens da lei feridos em combate são levados em camburões, ambulâncias, patrulhinhas, todos vermelhos e estridentes. ("Isso aqui é o começo e o fim de tudo, Nabor. O hospital pros homens da lei, a cadeia pros homens sem lei, a Igreja pros homens de fé, a rádio invadida por surdos-mudos, e o bar onde se fica bêbado da lei, da fé, das palavras", disse o Guile Xangô com aquele jeito de complicar o que todo mundo está tão caquético de saber que já virou mijar respirar cagar, mas que pega na gente feito resfriado e até a Soneca já anda querendo separar malandragem de vagabundagem quando sempre foi a mesma merda, o que mudou foi o "norrau", e até eu estou contaminado, pensa Nabor.)

"Odeio o sambódromo", diz a Soneca, "odeio, sou do tempo em que a gente desfilava na Praça Onze, no meio da corda, do cordão, eu fazia a minha fantasia, hoje todo mundo desfila pra televisão e mataram o mestre de bateria no micro-ondas porque ele não quis a madrinha do movimento na bateria dele, no meu tempo não tinha micro-ondas." "Com quem você pensa que está falando, Soneca?", diz Nabor, "eu sou do teu tempo, eu sei que onde hoje é o supermercado tinha uma alfaiataria da Singer, eu sei que o bonde subia a São Carlos, dobrava a São Roberto, descia a Laurindo Rabelo, a São Diniz e voltava pela São Carlos, eu sei que onde hoje é asfalto era barro, eu sou do tempo do barro, do mato, da bica, da lata d'água na cabeça, do tempo da navalha, da pastorinha."

"Eu trabalhei com o Dorival Caymmi, um homem lindo", diz Soneca. "Ah, não vem, não, Laurita", "Não me chama de Laurita", "Eu sei quem você é, Laurita", "Não me chama", "Eu sei, Soneca, eu conheço o teu passado", "E eu também sei do teu passado", "O nosso passado é negro, Soneca", "Você continua indigesto, Nabor", "Não te convidei", "Mas eu estou aqui", "Os incomodados que se mudem", "Eu fico, o bar é público", "A mesa é minha", "Então paga uma cerveja", "Paga você", "Eu pago, meu filho trabalha no Banco Central", "Paga e não enche, Laurita."

Os carros começam a estacionar na frente da Igreja Batista e os fiéis bem-vestidos se preparam para louvar o Senhor. Mulheres e crianças agarram bolsas e trouxas no portão do presídio. Os miseráveis da Manchete ajudam a estacionar os carros dos fiéis da igreja, a vender suco e pastel para as visitantes ansiosas e trêmulas enquanto crianças pedem esmolas na igreja e no presídio.

Os parentes dos homens da lei estacionam os carros do lado de cá e sobem a rampa para a visita ao hospital. Os motoqueiros estacionam do lado do bar e sobem a rampa levando pizzas e litros de refrigerante para os médicos e enfermeiras.

E começam a circular vendedores de alho, de redes e amendoim. O vendedor de frases. As meninas das balas e dos chicletes. Os chineses com seus badulaques.

Lá no São Carlos começam a explodir fogos de artifício em meio a rajadas de metralhadoras e tiros de fuzil. Um deputado quis blindar as janelas do hospital, mas o Estado vetou, custava caro proteger os homens da lei feridos, e os homens e meninos sem lei continuam dando tiros de esculacho lá de cima aqui para baixo. Metralharam o Piranhão, a sede da prefeitura construída em cima da zona, e o Piranhão fica ali ao lado do prédio do Correio, na linha do espaço de concentração das escolas de samba que desfilam no sambódromo para as TVs.

Os fogos explodem, o sino da igreja batista começa a tocar, um comboio de patrulhas e camburões passa com luzes vermelhas e sirenes de gritos. O Caveirão, o carro blindado da PM, estaciona ao lado do bar e soldados com toucas ninja, fuzis e metralhadoras entram e saem com garrafas de água mineral, latas de coca-cola.

Nabor explode: "Você nunca dançou no Elite, o Getúlio Vargas não foi morto pelo irmão dele, o Benjamin, você nunca trabalhou pro Caymmi nem pro doutor Roberto Marinho, e o Pixinguinha não fez 'Carinhoso' pra você, Laurita."

A Soneca estica o corpo para trás e manda um riso de escárnio: "O Sarney comia na casa dos meus pais lá no Maranhão, comia, brigava com os meus irmãos, e você nunca trabalhou na cozinha do Copacabana Palace, não cozinhou pro Frank Sinatra e é tão velho que acha que a Eros Volúsia era mais gostosa que a Vera Fischer, pois não era."

E a Soneca continua enquanto Nabor pensa nos malandros com camisa de seda, calça boquinha, sapato com salto carrapeta, chapéu-panamá, lenço de seda no pescoço; lembra também que ópio, cocaína, heroína se comprava nas farmácias e era quase o preço de uma cerveja, e vinha malhada, já havia falsos malandros naqueles tempos, "e eu queria ir pra guerra, matar o Hitler, mas os meus alemães eram pretos como eu, desgraçados como eu, quis ir pra guerra, mas já estava preso como inimigo aqui mesmo, e quis matar o Getúlio e quis vingar o Getúlio, e eu não tinha nada a ver com isso de matar ou vingar um pai que não era meu, eu não existia, continuo não existindo", pensa Nabor sem escutar a Soneca, que diz: "Sem o Getúlio a gente estava sem salário, sem aposentadoria, dormindo debaixo da ponte." "Hoje o mundo é melhor, nós é que estamos morrendo", resmunga Nabor.

O céu vai ficando violeta e o bar está cheio de policiais, de carcereiros, de mulheres de presos, de passistas vestidos com o vermelho e branco da escola de samba do Estácio. Os rapazes da outra banda, os filhos de Madame Satã, fazem algazarra, todos parrudos, "sarados", como eles dizem, e exigindo respeito. As meninas de corpo livre, todas difíceis e todas fáceis, bebem e fumam como se fossem homens ou rapazes alegres, e isso já vem de muito tempo, não vem de hoje, tudo mudou debaixo da indiferença dos céus, das nuvens, dos sóis, das mortes, dos porres, dos cigarros, dos sonhos.

As máquinas caça-níqueis ficam acendendo números, figuras, animais, enquanto riem dos otários que dão vida boa ao Laércio Bicheiro, o sultão rodeado por cinco mulheres na mesa lá do fundo, todo suado, cheio de anéis e cordões, o merdão. "Malandros que nada, manés malandros!", pensa Nabor, "e que papo é esse de Mandelas? Eles também estão ali, mas Mandela só tem um e vai ser difícil nascer outro. Merdelas! Merdelas é o que eles são!", Nabor ri, "você está rindo de mim, velho babão?", e Nabor ri mais alto, "Merdelas tem aos montes, eles se acham alguma coisa, fazem pose, tiram chinfra, mas são o que sempre foram: manés malandros, merdelas!"

A máquina de música tem vídeo e começa a transbordar forrós, funks, pagodes, hip-hops. "Odeio essa música, no meu tempo...", diz Soneca; "o nosso tempo já era", diz Nabor vendo o jovem casal de passistas dançando naquele som martelado e com palavras que parecem chuva no telhado — *You do what we say and we'll do what we want to, We're fuckin' up your city and we're fuckin' up your program, Fuckin' all your bitches we can fuckin' give a goddamn* — e tudo isso Nabor não entende, ninguém ali entende, mas cantam e dançam, macaqueiam o som sem saber o que se diz — *Man, you just caught your wife cheatin'! While you at work she's with some dude tryin' to get off?! Forget gettin' divorced! Cut this chicken's head off!*[6] — e Nabor sente-se ilhado nesse admirável mundo novo, nessa promiscuidade de corpos e de gestos, de mães e filhas de homens da lei bebendo ao lado de mães e filhos de homens sem lei, de sambistas sambando o que ninguém sabe o que quer dizer, todos indiferentes à explosão seguida de fumaça lá no São Carlos, "calma, senhor, está tudo bem, o senhor vai ficar bem", Nabor escuta e nem percebe que está subindo a rampa do hospital carregado por dois enfermeiros que fizeram da mesa do bar uma maca improvisada, enquanto Soneca segura a sua mão e reza

Tu és o fogo
Eu sou a água
Tu me incendeias
E eu te apago
Com dois eu te vejo
Com três eu te espanto
Em nome do Pai
Do Filho
E do Espírito Santo
Vai pra quem te mandou
Diga que não me encontrou,

e Soneca diz "eu te amo, Nabor, eu sempre te amei", e Nabor segura a gargalhada, e a dor no peito aumenta, parece que o hospital, a igreja, a cadeia, a prefeitura, o sambódromo, tudo caiu em cima do seu peito e, no meio dos escombros do terremoto, ainda consegue arfar, "deixa de caô, Laurita, chega de auê, mulher, a gente perdeu".

---

6. Os versos são do rapper Eminem. [N.A.]

SANTA MALDIÇÃO

Pois bem: a Mamá do Pipoca, o poodle, e do Tinoco, o marido, recebeu a seguinte corrente:

"O PENSAMENTO POSITIVO FAZ MILAGRES
10 DE OUTUBRO
DIA DA SANTA EDWIGES

Beije alguém que você ama muito quando receber esta carta, ainda mais porque ela veio trazer-lhe sorte.
O original desta carta está na igreja da Inglaterra e ela roda o mundo todo há 29 anos. A sorte foi enviada a você. Você terá sorte nos próximos dias. Leia com atenção. Isto não é brincadeira. Após recebê-la, você terá muita sorte. Parabéns, não mande dinheiro, pois a felicidade (sorte) não tem preço. Envie pelo correio ou dê pessoalmente às pessoas que necessitam de muita sorte. Não guarde esta carta, pois ela deverá sair de suas mãos em quatro dias.
Um oficial do Exército americano recebeu 70 mil dólares inesperadamente.
Norma Eliot recebeu 249 mil dólares.
Philipe recebeu a carta mas não ligou e perdeu a esposa em seis dias.
Esta corrente foi iniciada na Venezuela e deve circular o mundo inteiro. Não é brincadeira ou superstição. É uma

corrente que lhe trará uma surpresa nos próximos quatro dias.
Envie 20 cópias desta.
No Brasil, César Dias recebeu a carta em 1983, mandou a
secretária fazer 20 cópias, alguns dias depois ganhou
milhões na loteria.
Carlos recebeu e guardou, perdeu o emprego. Ao lembrar da
carta, distribuiu as cópias, em 13 dias arrumou um
novo emprego.
André recebeu a carta e jogou fora, perdeu tudo o que tinha,
morreu dias depois.
Não mande dinheiro nem ignore o conteúdo desta carta, por
amor a você mesmo, acredite. O pensamento positivo
faz milagres.
Lembre-se: esta carta forma uma corrente energética muito
forte, a carta funciona mesmo.
Mande-a com muito amor."

O que está escrito aí?, perguntou Mamá do Pipoca e do Tinoco.

É uma carta circular, disse o didático Guile Xangô, quem não mandar morre, perde emprego, se ferra. Quem mandar, fica rico, consegue emprego, se dá bem. Tem que fazer vinte cópias e distribuir.

É uma ameaça?

É uma ameaça de sorte e azar, de riqueza e miséria. Uma santa maldição.

Então é melhor fazer cópia.

É melhor.

Você faz pra mim?

Se você está com algum problema financeiro de difícil
solução, peça ajuda à Santa Edwiges, agora, já, neste momento.
Ela é a Protetora dos Pobres e Endividados. Em todo o mundo
as pessoas sempre conseguem resolver seus problemas de ordem
financeira graças à intercessão de Santa Edwiges junto ao
Nosso Senhor Jesus Cristo.

Prontuário: Santa Edwiges nasceu na Bavária por volta do ano 1174. Aos 12 anos casou-se com o Duque da Silésia, Henrique I. Foi mãe de seis filhos. Uma mulher marcada pelo sofrimento diante da morte: viu seus filhos morrerem um a um, ficando viva apenas uma filha, Gertrudes. Ela se dedicou de corpo e alma ao serviço dos necessitados: protegia os órfãos e as viúvas, visitava hospitais, amparava a juventude carente, educando e instruindo os jovens na fé cristã, cuidando dos leprosos. Quando seu marido morreu ela se retirou para o convento, onde sua filha Gertrudes era abadessa. Passou o resto de seus dias na austeridade. Morreu no Mosteiro de Trebnitz, no ano de 1243.

Reze forte a Oração de Santa Edwiges: "Ó Santa Edwiges, vós que na terra fostes o amparo dos pobres, a ajuda dos desvalidos e o socorro dos Endividados, e no Céu agora desfrutais do eterno prêmio da caridade que em vida praticastes, suplicante te peço que sejais a minha advogada para que eu obtenha de Deus o auxílio de que urgentemente preciso: (fazer o pedido). Alcançai-me também a suprema graça da salvação eterna. Santa Edwiges, rogai por nós. Amém."

Rezar 1 Pai-Nosso, 1 Ave-Maria e fazer o Sinal da Cruz.

Guile Xangô entregou vinte cópias da carta para Mamá do Pipoca e do Tinoco. Por via das dúvidas, ela mandou fazer outras vinte e distribuiu a santa maldição em todos os bares da Maia e da Sampaio. Terminada a missão, baixou nela um porre de esperança e desespero, tudo junto.

No terceiro dia o Pipoca ficou doente e o Tinoco desapareceu. O Moisés discutiu com a Bel e os dois quase se atracaram, a Dadá teve que entrar no meio e argumentar que é conversando que a gente se entende e como ninguém ali era gato e cachorro era melhor pedir uma cerveja, ou a conta, ou ir todo mundo para o diabo que o carregue.

No quarto dia a Graça se sentiu esquisita e o Chico teve que levar a dona do Marcoense para o hospital, mas antes mandou tirar o couro de serpente que ficava lá em cima da entrada do bar, mas o Chaves não deixou. Nesse mesmo dia o Guile Xangô discutiu aos berros com o Vovô do Crime, mas isso já era normal, embora não para a Mamá do doente Pipoca e do desaparecido Tinoco, que começou a achar que era a culpada por tudo aquilo e foi acender uma vela de sete dias para Santa Edwiges. Mas mesmo assim a Betoca saiu da casa da Lylee, arrumou as malas, foi para São Paulo e deixou o Macy com o coração pior do que fim de feira.

No quinto dia, Adão, o porteiro, tirou Eva, a cozinheira, do Abel, o açougueiro. Amilton Amaral, o diretor de teatro, decidiu que ia montar o *Pequeno Grande Príncipe*, mistura de Saint-Exupéry com Maquiavel. Júlio resolveu parar de beber e de namorar por dois dias seguidos. O Pereirinha jurou que ia abandonar os barracões, mas acabou só trocando de escola de samba. O Gogó parou no tranco com cigarro, bebida, poeira, entre outros itens, e desfilou pela Maia com uniforme de motorista de milionário. Eliane da Dilma voltou a usar uniforme escolar e vai de mochila para a escola: nunca é tarde. Vavau ainda não sabe, mas vai perder a perna direita para o diabetes.

No quinto dia choveram cinzas de meninos na Maia.

POEMAS DE GUILE XANGÔ

ZARANIETZSCHE
Conheço as muitas horas que desgarram o coração
O destino quer ser minha vontade
O mundo quer ser a minha vida

O Diabo disse-me um dia:
Deus também tem seu inferno:
É o seu amor pelos homens.
E o Diabo me disse tempos depois:
Deus está morto: foi sua piedade
Pelos homens que o matou

Eu conheço os sinais do tempo
As algemas dos falsos valores
A armadilha das palavras ilusórias
Os monstros que moram na alma dos homens

Fizeram da sabedoria
Um hospital de maus poetas

Subir montanhas é fácil
Cair montanha abaixo é mais fácil ainda
Está na hora de aprender a transportar montanhas

O Diabo é o espírito da gravidade
O dono do mundo

Esta é a minha solidão: ver-me
Como um vagalume
Um verme rodeado de luz

MAGRINHA
Os corpos estão queimando
Na caçamba de lixo, entre pneus,
E as cinzas caem sobre os telhados
Como os cabelos brancos dos velhos,
Como os dentes de leite das crianças,
Caem como unhas, nunca como estrelas
Cadentes.

Na ala das mulheres,
A fila do banho leva nove horas
E todas as cartas gemem solidão e abandono.
Todas as cartas fedem a sexo velho na ponta dos dedos
Porque cada prazer é uma culpa,
Cada gozo é um crime,
Cada gesto de amor está emparedado
Como gatos no cio e cães na coleira.

Há um vento quente vindo dos polos
E de lá sobe pela corrente do degelo
A gripe com asas, a febre sem manhã.
O homem e a mulher caminham pela faixa de areia
E já deixaram de se querer, um amar sem praia.

Na beira da noite o cego interrompe o trânsito
Com gritos que apagam a luz das palavras.
A verdade é que ninguém se entende
Porque ninguém sabe mais separar

A mentira da verdade,
O sonho do pesadelo.

Apesar de tudo,
Apesar do mundo,
Apesar de nós,
O importante é viver e deixar viver,
Cada um manda na sua cela.

DENTRO DO TÁXI AMARELO
As ruas me dizem ruas
Os edifícios garantem
Que podem ser altos
Mas que árvores nascem lá
Tudo é semeável inclusive
O concreto e o vidro

Cidadãos se danam aos montes
Mendigos babam e se esmolam
Os ônibus da igualdade
Buzinam as diferenças
Carros escarram
Os sinais piscam
— verdes amarelos vermelhos —
que o mundo não é pedestre
Homens azuis fazem blitz
A frente fria detona flashes

Motos anunciam a morte dos centauros

O CEGO NEGRO
O cego negro
bebe cachaça
fuma cheira
e canta junto

com a máquina
de música

não pede favor
não roga piedade
migalhas carinho

"vocês são vermes
pensam que são reis"

ele é só um pouco menos cego
do que eu
o cego negro

GLÓRIA
A imortalidade, essa mitologia,
Essa autopiedade,
Esse nada futuro,
Esse remorso eterno,
Essa falsa idade de ouro em pó.

Glória, a insaciável meretriz, passeia
Sua vitoriosa derrota e o vento
Vaia sua passagem
Com perpétuas nuvens de folhas secas.
O mar bêbado ronca na areia da praia.

DIABOM
Os pássaros cantam sem maestro
Já esvaziaram o acidente de trânsito
Um dia bom como qualquer outro
Para tagarelar conficções
Falar merda
Contar vantagens
Vociferar

Meter os pés pelas mãos
Não pensar não penar não pesar
Planejar a terceira tentativa de suicídio

ORFEU XXI
Porre solidão falsa dieta falta de sexo e nexo
E o anjo estava lá do outro lado do canal do Mangue
Sorrindo para ele como se fosse o próprio Murilo Mendes
Ele ergueu as mãos tentou gritar fazer contato
Mas o momento passou como um ônibus lotado

Se trancou no quarto se conectou ao computador
Buscou googlou chateou uma angústia primal
Movida a pizza uísque cerveja e mais angústia
Depois de quatro dias de cópula de aranha na teia
Dormiu acordou sem saber quem era dormiu de novo
Inaugurar no mundo o estado de bagunça transcendente
Acorda arruma a casa mais fácil que arrumar vida

Pega o metrô no Estácio em direção a Copacabana
Três mulheres chamam sua atenção louras altas jovens
Olhos de céu azul não entende o que elas tanto falam
Chegam em Copa só os quatro continuam no vagão
Segue as mulheres até a saída as mulheres param
Ele se aproxima elas falam numa língua que ele não
                                         [entende
As três olham para ele com uma imensa piedade e se
                                         [afastam
Ele então volta para o mundo subterrâneo do metrô
É cedo ou inútil tentar uma vida que faça algum sentido

JUSTIÇA
o mendigo e sua cadela preta
atravessam a rua

ele usa uma camiseta preta
onde se lê em letras brancas
justiça

a cadela magra e preta e branca
manca a seu lado
enquanto atravessam essa rua
para o mesmo lado de um mundo
onde a travessia não adianta nada

PUXAR O CÃO
Estão matando à toa
Tudo zoa
O melhor amigo do homem
É sua fome
O melhor amigo do homem
É o seu bom nome
E depois o silêncio dos cemitérios
E dentro dos túmulos
Em seus túneis os mortos
Esperam a luz final
O farol de um tiro

DIETA
A realidade é magra
O sonho é gordo

NA RUA DA AMARGURA
Na rua da amargura
Na manhã em vão
Das vidas em filas
Tremendo no frio
Do vento áspero
Que dobra as puídas
Bandeiras públicas

Propõem a você
Uma dieta cívica
Querem que você
Seja mais dócil
Pédem que você
Chupe assobie e corte cana
Exigem de você
A plena a total
Docidadania
Na rua da amargura

POR MIM TUDO BEM
por mim tanto faz
tanto fez
a paz a guerra
as transfigurações
as metamorfoses
os jardins suspensos
os paraísos perdidos
"temos feito de tudo
para piorar o mundo"
por mim tudo bem

VICIONÁRIOS
Três dias no mesmo porre
E a cabeça tem o desconforto
De um calo no sapato apertado
A caminho do velório de alguém.

As manhãs de artifício, as noites
Sem amanhãs no calendário
Manchado pela sujeira do tempo: é isso aí.
As canções sobem na fumaça dos cigarros
E nem o barulho das vozes grogues
Impede suficientemente que

O mar e o céu caiam como sempre.
Bebe-se, fuma-se, droga-se, até morre-se,
Mas vive-se, e ninguém precisa de outro vício.

FLORA
De repente a vida como ela é bate na tua porta
E é aí que você vê qual é o jogo

Quando a vida breve bate na tua cara
Não devolva a bofetada
Porque a outra face vai cair na máscara

O me diz com quem andas prepara a solidão
E a morte eterna é logo aqui
Perto do coração dos outros
E o louco de pedra caminha pela praça com uma flor na orelha

E É ASSIM
e é assim depois de um poema recebido de graça de manhã dentro do metrô atulhado de sonolentos de espera e desesperos — agora na noite diante do copo cheio os cotovelos no balcão a cabeça entre as mãos olho com olhar de paisagem as filas das garrafas na prateleira do bar de sempre como se tudo fosse manhã noite poema inútil viagem ao nada

HELL/RÉU
Eu não tenho culpa por não saber tudo o que você fala
Não aguento mais você, ela diz,
E sua mania de me ferir com palavras

Não é isso, eu digo, não sei nenhuma
Nenhuma das vinte palavras esquimós
Para neve
Eu não sei nenhuma palavra pra te dizer

Amor
Então eu digo o que vem e você me arrasa

Você, ela diz, você me arrasa

As minúcias do mundo denunciam ao olhar
A visão totalitária da injustiça
E nos espelhos cegos não dá mais pra ver
Verdade nem lei para o réu em seu inferno

E eu com isso, ela diz

E eu calo,
Pedante
Enfermo
Um homem de palavra no silêncio dela

ESCALADA
Cheguei ao pico do Everest e morri de frio de asma de vazio
[de solidão
Alcancei o ponto mais alto de mim mas faltou oxigênio

ESCOLA DE LOBOS
Meu professor de uivo
Vem sempre de terno
E gravata-borboleta

Nos primeiros minutos
Saliva cospe baba
Escarra grosso berra
Grita vermelho

Fica fúnebre fica lúgubre
Faz um silêncio de raiva

Pula em cima do piano abre os braços
Fecha os olhos e uiva de ódio

JAZZ
Depois de lutar com homens e anjos
Depois de ser vencido pelas mulheres
Acabou prisioneiro do próprio corpo
Buscou curas patéticas
Bebeu sangue de iguana
Se cobriu de estrume de vaca
Serenou passou queimou
Suas cinzas foram jogadas num rio morto

PANORAMA DO ALTO DA TORRE
A explosão quebra
As vidraças e abafa
Os gritos de guerra
Dos homens-bomba

As noivas de preto
Juntam os pedaços
Dos seus amores
Estilhaçados

BODY-PIERCING
Não dá para ser contra
Cada um se fere como preferir
E existem (eu sei) dores
Que não cicatrizam
E amores que sangram a vida inteira

NINFEIA
Nascida de homem e mulher,
Escolheu ser homem.

Daria no mesmo
Escolher ser duplo.
Aparências de imagens,
Lampejos de reflexos,
Os espelhos (e as essências)
Mentem fantasmas.

Não se pode ter ser tudo.
Um amor é sempre um.
E o resto é literatura,
Ou falta de assunto.

SI VIS PACEM
A vida é um caça
A morte o piloto

FEIRA
O caminhão de lixo
Recolhe a feira
Com estrondo

Garis gargalham
Nem percebem
Que são o sal da terra

O fim do ano
Desaba sobre si mesmo
Os velhos e as crianças
Passeiam entre os escombros

CONSTÂNCIA
Mamãe está lá na sala
A revista de moda na mão esquerda
A lata de cerveja na mão direita
A tevê sem som novela anúncios

Eu estou trancada no banheiro
Um nojo amarelo na boca

Primeiro veio a cabeça
Depois o resto do corpo
Um rato quase gente
Um resto quase rosto

Estou sangrando
O primeiro filho
Do primeiro amor

PRAÇA DA REPÚBLICA
Grudados feito mariscos
Nas estátuas dos pais da pátria
Meninos cheiram cola
Em garrafas de plástico
Em latas de coca

O mundo roda
É sábado
Sol pálido
Pombas bicam as migalhas do futuro
A noite vai cair do alto dos edifícios
Correr não vai adiantar nada .

SOLOMBRA
Raivas ruivas
Turbas turvas
Ânsias atlânticas
Juras autênticas
Murmúrios muros
Gritos tigres
Becos guetos

BANCO DE AREIA
Descontada a viagem ao nada
As pedras que me atiraram
O castelo que não construí
Um amor-próprio
Um certo orgulho
Um grito na garganta
Um espelho trágico
Um corpo quase sem uso
Os naufrágios
Descontados o mal e o bem
Tudo é lucro

BANDA PODRE
desafina estridente
e como fede
o seu silêncio

CALLE VALLEJO
Eu nasci num dia em que Deus
estava passando muito mal

Não tenho fé (boa ou má)
e se tive perdi num jogo de dados

Não sei nada de caridade
Meu entusiasmo me deixa frio

Me casei com a Necessidade
Temos dez filhos e todos me odeiam
Heraldo Geraldo Omundo Omesmo Omano
Todos me batem sem que eu faça nada
Com paus com pedras com paris com ódio
Com tempo tempo tempo tempo

E manhas manhãs manhãs manhãs
E nomes e números e solidão e chuva e caminhos
Há golpes na vida, tão fortes... Eu não sei!
Matam me matam de fome me matam de números
Mataram

Eu nasci num dia em que Deus estava doente
Seu estado era muito grave
E sem direito a visita

EMÍLIO, O BOM SELVAGEM
"Sou escravo por meio dos meus vícios,
e sou livre por meio do meu remorso."

RESSACA
a cerveja
que se despeja
no copo

a navalha
com que se corta
a garganta

tudo isso deseja
tudo isso canta

Quando um cidadão vive de prosa, é prosa, não é poeta, o que são o que ele calunia de poemas? Contos abortados, eu, Álvaro, o Canalha, o Vovô do Crime, garanto.

PAIS E FILHOS

Dudu desceu o São Carlos sem dar a mínima para as vozes alegres que saudavam sua passagem, aos gritos lançados das janelas das casas e de dentro dos bares, desceu sem tocar nas mãos que se estendiam amigas, sem devolver os abraços e os sorrisos. Caminhou da Salvador de Sá até a Haddock Lobo, entrou no supermercado, pegou uma garrafa de conhaque, pagou no caixa, atravessou o sinal entre a Salvador e a Haddock, sentou-se num banco da praça do metrô, colocou a garrafa sobre a mesa de cimento armado e a cabeça entre as duas mãos.

Todo mundo sabia o que tinha acontecido.

O filho mais novo de Dudu entrou em casa com uma metralhadora e disse que estava indo para o movimento.

Dudu tentou convencer o garoto, tinha dado tudo a ele, o bom e o melhor, estava fazendo curso técnico de artes gráficas como o pai, tinha emprego garantido pela frente.

Dudu se desespera. O que foi que eu fiz? Onde foi que eu errei? Foi amor demais? Está com medo de que te chamem de filhinho do papai? De garoto mimado? Acha que é mais homem do que eu? Então é melhor me dar porrada! Nunca te bati, nunca te encostei a mão, você quer me bater, me encher de porrada, quer ser mais homem do que eu? Deixa essa arma de lado e vamos resolver isso na mão!

O filho não larga a arma, pai, você é legal, é o pai que todo mundo merece ter, você é o cara mais legal que eu conheço,

mas não tem jeito, eu já escolhi, e é melhor vocês saírem daqui, eu estou começando, não posso proteger vocês.
Dudu se desespera mais ainda. Então você vai se dar mal. Você nunca vai passar de soldado. Se vai entrar nessa para ser pequeno, bandidinho, é melhor ficar, é melhor sair todo mundo junto, saio eu, sai a tua mãe, a tua irmã, vamos todos embora daqui.
A mãe se ajoelha aos pés do filho, mas Dudu não deixa. Não se ajoelha na frente dele, ele não merece isso. Agora vai, filho, e vê se consegue ser o melhor, o melhor bandido do morro, o maior bandido da cidade, o rei do preto e do branco, não é isso?, o rei do movimento.
O filho sorri. Eu não prometo nada, pai. Fui!
A irmã mais velha se agarrou ao irmão, mas ele não se comoveu, estava decidido. Foi.
O filho foi.
A mãe arruma as coisas, diz que vai sumir daquele lugar maldito, chora, vai fugir dessa casa, desse morro, vai morar com a irmã, vai levar a filha, arranca os cabelos. A filha se agarra à mãe. Choram.
Dudu olha a casa construída com vinte anos de sacrifícios. Esmurra a parede. Quebra o espelho com um soco. Solta os pássaros das gaiolas, mas os pássaros não fogem, ficam voando pela sala e pelos quartos, descansando em cima dos móveis, e a filha deixa a mãe ir arrumando as malas enquanto vai botando os pássaros de novo nas gaiolas. E eu, diz a filha, vai me soltar também, jogar fora? Dudu e a filha se abraçam, a mãe sai arrastando as malas. Eu vou ficar, diz Dudu. Eu vou levar minha mãe e volto, diz a filha.
Dudu fica sozinho e pensa em quebrar tudo, botar fogo em tudo, mas não consegue. Não consegue chorar, não consegue incendiar a casa, não consegue entender.
Desce o morro, a mão enrolada no lenço, e agora está ali na praça.
O Vovô do Crime aparece com dois copos de plástico, pede licença, abre a garrafa, serve duas doses e brinda com

Dudu. Logo depois chega o Guile Xangô com uma garrafa de uísque e latas de cerveja.

Aos poucos vão aparecendo outras pessoas, outros amigos. Aparece um surdo, um cavaquinho, um violão. Alguém batuca o velho samba-enredo que Dudu fez e que foi desclassificado pela burrice truculenta do presidente da escola, mas que todos lembram.

Trouxeram salgados e mais cervejas. Será que alguém roubou a kombi de cachorro-quente? Ela está ali e todo mundo come, bebe e dança.

Dudu bebe, mas não consegue ficar bêbado, não consegue falar. Ninguém sabe bem se é festa, se velório de corpo vivo, mas não falta comida nem lua nem estrelas.

Já é de madrugada, um garoto brinca sozinho na pista de skate, três mendigos dormem sobre o respiradouro do metrô. O morro brilha tranquilo debaixo do céu sereno. Vamos pra casa, pai, diz a filha. Dudu escuta, mas continua repassando, como vem fazendo desde o momento em que sentou na praça, as palavras que disse ao filho. Talvez se tivesse encontrado a palavra certa ele não teria ido embora, e continua buscando o gesto certo, a palavra mágica.

Vamos nessa, Dudu, diz Guile Xangô.

Dudu ajeita a filha, que dorme em seu colo. Eu nasci aqui, me criei aqui, sou o único vivo de todos os amigos de infância. Pensei que tinha vencido, eu tinha orgulho disso, e quando eu estava mais perto de ser feliz o meu filho me matou.

PAPO CABEÇA

Pedrão entra com o Guile Xangô na lanchonete dos chineses e pede um pastel e um caldo de cana. A mulatinha faceira está no balcão, arrastando a asa (de galinha) para o garoto chinês, ensinando palavras que ele repete, sem prestar atenção nos fregueses. Ela se despede e caminha para o ponto de kombis e motos. Conversa com um motoqueiro, foge da mão boba dele com um rodopio de porta-estandarte, sobe na garupa da moto com uma leveza de gata, as coxas grossas com penugem loura, e olha para a lanchonete (o garoto chinês está de olho nela o tempo todo), faz um biquinho vermelho batom, põe a mão de unhas vermelhas debaixo do queixo e sopra um beijo, e o beijo vem bater na cara do garoto chinês, que fica corado do beijo batom.

Depois de filmar tudo com atenção e tesão, Pedrão está pronto para dizer "isso só acontece aqui", e se volta para dizer que "nem chinês escapa", mas vê o Guile Xangô cercado pelas velhas meninas de vida fácil, a Elza, a Miriam e a Gaúcha. Você fica de olho num lance e perde o outro lance nas tuas costas, pensa Pedrão. O Guile Xangô faz um carinho na cara inchada de porrada e no beiço roxo da Miriam ("eu não sou Míriam, meu nome é Miriam"), que explica com dificuldade que tinha ido ao dentista, estava com os dentes da frente abalados, estava morrendo de medo, não vou conseguir usar dentadura, mas o dentista disse que tudo bem, ela devia dar queixa na delegacia, mas eu disse na lata dele que estava ali para cuidar dos dentes e que sabia cuidar muito bem da minha vida, o dentista ficou puto e não disse mais nada, e ficou lá mexendo naqueles instrumentos de tortura, zangado, abre a boca. A Miriam conta que, enquanto esperava ser atendida pelo dentista revoltado, tinha escrito um negócio para ele, o Guile Xangô, revira a bolsa, se lembra e tira dos seios generosos um pedaço de papel, só você me entende, e vai embora com as outras mosqueteiras.

Com as mãos ocupadas por um pastel chinês e um copo de caldo de cana, Pedrão espera que o Guile Xangô explique o lance, mas o esperto tira o corpo fora e começa a desdizer coisa com coisa, a enrolar que no princípio era o caos, mais o efeito borboleta. Assim: se uma borboleta bater as asas na China pode começar ou impedir uma terrível tempestade nos Estados Unidos. Quer dizer: o pequeno e o grande, o perto e o longe, o céu e a terra, tudo está ligado. Assim: a multidão está lá em volta do menino que levou uma bala perdida na cabeça. Ninguém sabe se a bala veio da arma de um policial ou da de um bandido. O menino está lá, morto, numa poça de sangue, e a multidão em volta. Até que chega a mãe, uma garota de 14 ou 15 anos, abre caminho, se joga em cima do menino, põe o menino no colo, não sabe para onde ir, fica ninando o menino morto, e de repente: grita! A multidão também grita e desce o morro gritando, e para o trânsito e põe fogo nos ônibus, e fecha o comércio. Assim: a teia dos acontecimentos. E conta: "Pela falta de um prego, perdeu-se a ferradura; pela perda da ferradura, perdeu-se o cavalo; pela falta do cavalo, perdeu-se o cavaleiro; pela falta do cavaleiro, perdeu-se a batalha; pela perda da batalha, perdeu-se o reino." Mais um lance. Assim: você vai pegar o avião, acaba chegando atrasado porque o motorista do táxi saiu para brigar com um motoqueiro que xingou ele (isso não é comigo, pensa Pedrão), você grita que está atrasado, mas eles continuam discutindo, aparecem taxistas e motoqueiros, aparece a polícia, o tumulto aumenta, o trânsito engarrafa e você quer sair batido na garupa de uma moto (Pedrão não diz: não estou gostando nada dessa história), mas tem as malas, você é obrigado a continuar a corrida no táxi, e você chega ao aeroporto a tempo de ver o avião que você ia pegar explodindo no céu.

"Isso aconteceu mesmo? Quando? Onde?", pergunta Pedrão, mas o Guile Xangô já pegou embalo e fala de incertezas, tramas, livre-arbítrio, desvio, viés, afinidades eletivas, essências desafinadas, coincidências, fraturas e frações, as redes e as malhas das redes. E, como um raio caído do céu azul, surge o "demônio de Laplace". O Guile Xangô tira um papel do bolso (não percebe que o bilhete perfumado da Miriam está ali no chão da lanchonete) e lê: "Trata-se de uma entidade que poderia ter pleno conhecimento sobre todos os fatos. Ele pode ver o estado presente do universo como o efeito de seu estado anterior, e como a causa daquele que virá. Uma inteligência que, em qualquer instante dado, soubesse todas as forças pelas quais o mundo natural se move e a posição de cada uma de suas partes componentes, e que tivesse também a capacidade de submeter todos esses dados à análise matemática, poderia encompassar na mesma fórmula os movimentos dos maiores objetos do universo e aqueles dos menores átomos; nada seria incerto para ele, e o futuro, assim como o passado, estaria presente diante de seus olhos."

Pedrão arranja uma desculpa, "tenho uma parada para resolver" (e tem mesmo), e sai batido, ainda meio tonto de tanta conversa jogada fora. Entra no bar do Luiz, pede uma cerveja e lê o bilhete da Miriam. "Meu querido, aqui só vejo gente pequena, gente estreita, mente fechada, mente demente, gente que não entende, gente que sufoca. Mas sempre que estou sufocando, me afogando, eu procuro meu melhor amigo. Um amigo que escuta, que só sabe dizer coisas boas, bonitas. Meu amigo é aberto, tem coração cheio de espaço, é quentinho e dá conforto. Um lugar legal para morar, respirar de peito aberto e não ter mais que sufocar. Da sempre tua, Mimi Valente." Pedrão lê mais duas vezes, ri, pensa, o sacana, o come-quieto, o demônio de laplace é o cacete, o quentinho que dá conforto, o muito vivo se fingindo de morto — e, do nada, Pedrão se envergonha por ter entrado no segredo de um amigo como um ladrão fuleiro, e se absolve, amigos não podem guardar segredos. Cuidado: você está sendo filmado.

"Tudo em cima?", diz Shao Lin batendo em suas costas com uma intimidade que nunca lhe tinha dado. O Shao Lin é o mais louco dos garçons, sempre bêbado, paraíba com olhos de chinês, e falando sempre em chinês, aos resmungos, e Pedrão demora a descobrir que Shao Lin está dizendo que veio menino do Ceará, começou como faxineiro, chegou a garçom, e era o garçom preferido do General. O General entrava no bar às nove da manhã e pedia uísque enquanto lia o primeiro jornal. Pedia o segundo uísque e lia o segundo jornal. Pedia o terceiro uísque e lia o terceiro jornal. Isso até o meio-dia. Então o General pedia o quarto uísque e ficava esperando um ou outro amigo. O Amigo 1 vinha sempre às segundas, quartas e sextas e ficava até as seis. O Amigo 2 vinha sempre às terças e quintas e saía às seis. Algumas vezes os dois vinham juntos. Nunca falhavam. O General era o único que falava e bebia, e o 1 e o 2 ouviam e não bebiam nada. Das seis às sete o General bebia sozinho. Às sete e quinze, Shao Lin chamava o táxi e levava o General até o táxi. O General tinha conta na casa, pagava no fim do mês.

O General gostava do Shao Lin, dava gorjetas gordas e conselhos que eram planos de batalha para se dar bem na vida. Quando o Amigo 1 morreu, o General disse que Shao Lin ia deixar o bar e trabalhar na casa da viúva. Shao Lin foi. Era um apartamento enorme, cheio de tapetes e cortinas e uma imensa coleção de armas. A missão de Shao Lin era tomar conta da cozinheira velha e da arrumadeira, servir a viúva de segunda a sábado, as três filhas e os cinco netos nos almoços de domingo.

Em menos de três meses ele dominou a viúva, despediu a cozinheira e a arrumadeira e passou a mandar na casa. A viúva chamava ele de filho. Passou a morar na casa. Convenceu a viúva a comprar um carro e a levava para passear pela cidade. Entre as sete e as oito pegava o carro e ia buscar o General no bar e levá-lo para casa. Quando a viúva teve um derrame, as filhas internaram a velha numa clínica e chutaram Shao Lin depois de três anos de fidelidade. Acusaram Shao Lin de uma porrada de coisas, entre outras a de ter vendido metade da coleção de armas do pai. O General defendeu Shao Lin e ele se deu bem. Comprou um bar e nunca mais viu o General. Agora está ali, contando vantagem, engrolando tudo, e Pedrão tem vontade de perguntar se o General só bebia, não comia nada?, mas tem quase certeza de que Shao Lin está contando história que ouviu de outra pessoa.

Shao Lin vai até o fundo do bar e sai com uma caixa para bolo de noiva. "Vamos, esse é o meu presente para o General", diz.

As favelas de papelão do centro da cidade eram rescaldo da favela dos morros (ainda não era tempo das UPPs, as tais Unidades de Polícia Pacificadora), como uma enchente, uma enxurrada que desce dos morros e das periferias e rasteja sob marquises, ocupa esquinas, desemboca nas portas de aço dos bancos, dos clubes, dos teatros, dos bares da moda, nas portas das igrejas. Ali o resquício do resto, a ruína do rosto, o xingamento do nome, a sombra da lombra, a mosca do cocô do cavalo de três patas do bandido de merda, ali a escória se abrigava sob os escombros do nada a ver, nada a perder, nenhum ninguém. Passa um mendigo com o carrinho de supermercado apinhado de cachorros e Pedrão freia: o mendigo xinga, os cachorros latem.

Estacionam em frente ao Neve Shalom, no bairro de Fátima, e Shao Lin leva o bolo. Lá estão o General e um amigo com o braço na tipoia.

O General pede a Shao Lin para levar o bolo de volta ao táxi e deixar lá no porta-malas. Pedrão sai com Shao Lin e bota o bolo no porta-malas. Ficam na calçada. O garçom vem e pede que eles entrem, ordens do General.

Sentam-se à mesa e Shao Lin dorme quase que imediatamente. O General e o amigo falam sobre violência e dever moral. Falam sobre a Amazônia Verde e a Amazônia Azul, sobre a defesa do território nacional, sobre táticas e estratégias, sobre as armas, os desastres naturais, os vivos, os mortos.

Numa pausa da conversa, Pedrão consegue falar sobre o ataque à sua casa. O General se interessa e pede detalhes. Pedrão capricha nos detalhes e não escuta quando o General diz: "Que coincidência", e passa a olhar para ele com desconfiança, quase raiva, até que Pedrão começa a se enrolar nas palavras, sente-se intimidado, fica com raiva de si mesmo por se sentir assim quase tatibitate, e antes de perder o fio da meada consegue dizer: "Sabe de quem é a culpa de tanta violência? Do Che Guevara! Foi ele que transformou as favelas em vietnames!", e o General deixa que uma gota de suor rache o seu rosto de aço e libera uma estrondosa gargalhada que faz Shao Lin saltar de pé e perguntar: "Não era a cabeça desse?", mas o General faz um gesto e Shao Lin volta a dormir, e diz para o Pedrão: "Você é esperto", e lhe serve uma generosa dose de uísque. Pedrão pede licença, atravessa o bar com o copo na mão, vai dar uma olhada no carro. Está chovendo e as águas da enxurrada lavam tudo. Pedrão respira fundo e abre o porta-malas.

O General e o Coronel continuam sua conversa corporativa. Às quatro da manhã eles se levantam, atravessam o bar em passos marciais e entram no táxi. A chuva parou. Pedrão deixa os dois num casarão no Sumaré, perto do Bispo. Shao Lin acorda para receber o dinheiro do General. Pedrão recebe outro bolo de notas e já vai saindo quando o General grita: "Parem!" Shao Lin tira o bolo de dentro do porta-malas e entrega ao General.

Pedrão sobe o São Carlos enquanto Shao Lin ronca a seu lado. Esta foi uma noite que mudou tudo, pensa, vou ter que olhar o mundo com outros olhos.

Mas aqui, quase amanhecendo, Pedrão pensa: os garotos do movimento olham as garotas que vão para a escola ou para o trabalho. Os garotos soldados podem invejar nos garotos de escola a facilidade de sair da favela, viver lá embaixo, passear pelas ruas em liberdade distraída, entrar em shoppings, circular, se misturar com o gado humano da cidade aberta. Os soldados olham para os garotos como se estes fossem marinheiros e tivessem um mar de chances. Para o soldado aqui é quilombo.

Se não for quilombo, é trincheira. E se não for quilombo nem trincheira, para os garotos soldados aqui é gueto. O certo é que aqui convivem dois universos adolescentes. Os que escolheram pegar nas armas e os que escolheram se integrar. A diferença é entre viver a toda velocidade (a garotada do movimento) e os que escolheram a vida em marcha lenta (a garotada da escola e do trabalho, os marinheiros).

Pedrão acorda Shao Lin, que cambaleia até sua casa, abre a porta e se vira para saudar Pedrão com uma continência quase perfeita. Pedrão pensa em xingar Shao Lin de grande ator, X-9, mas acaba rindo.

Um carro no qual está escrito PROPRIEDADE DE JESUS vem descendo à sua frente. O garoto soldado manda o motorista descer e enche o carro de pipoco. A imagem de Jesus parece com a de Che Guevara. Que coincidência.

Descendo o São Carlos, separando a imagem de Jesus da imagem de Che, Pedrão imagina o General entrando em casa — "Querida, cheguei!" —, abrindo a caixa do bolo e deixando rolar até os pés da mulher a cabeça do Manaus.

TIGRE XANGÔ 2100

O que acontece? Lembro de quase todas as minhas reencarnações. Isso é mole depois que inventaram os memochips, mas nunca usei um. Na primeira memovida mais clara fui um rei como todo mundo, então descarto. Vou por mim. Na segunda, soldado, navegante, um feiticeiro. Na terceira, um tigre.

Essa é bem mais clara, sinto o cheiro. Eu carregava os excrementos dos ricos e jogava na baía de Guanabara. Barris cheios de merda nas costas. Outro nome para merda: "águas servidas." A amônia e a ureia escorriam pelos meus ombros, lanhavam como chicotadas, o sol escaneava listras brancas na pele. Uns parceiros tinham orgulho de carregar a mijobosta do Imperador Pedro, da Princesa Isabel, de condes e barões. Eu nem ligava, tudo fede igual. Morri antes da Abolição, mas não fui promovido a gente. Ninguém foi.

Rerreencarnei como catador de lixo em Jardim Gramacho, em Duque de Caxias, o maior aterro sanitário da América Latina, 7 mil toneladas por dia de coisas que não dá para imaginar, inclusive corpos humanos inteiros. E mãos. E pés. E rostos. Morei num barracão de madeira: um ex-tigre convivendo com moscas, vermes, garças e urubus. A vantagem é que eu era livre, e o azar é que não percebia a diferença.

Só me dei conta quando a prefeitura fechou o lixão em 2012. Recebi um cartão da Caixa Econômica Federal para sacar a indenização de 14 mil paus. Torrei tudo em uma semana com mulheres da vida. No princípio de agosto de 2013 peguei um ônibus, atravessei a baía e fui trabalhar num lixão clandestino em São Gonçalo. A velha Guanalixo, recebendo todos os santos dias quatrocentas toneladas de esgoto doméstico, 64 toneladas de resíduos orgânicos industriais, sete toneladas de óleo e trezentos quilos de metais pesados como chumbo, mercúrio, etc. Ganhei uns trocados no lixão, bateu a polícia, não pude pagar à autoridade, me prenderam, me bateram, fiquei na minha.

No dia 20 de agosto me soltaram. Peguei uma barca, saltei na Praça XV, acendi um cigarro, dei umas cinco tragadas, joguei a guimba no chão da rua da Assembleia e fui cercado por três homens da lei: um gari, um GM (guarda municipal) e um PM (policial militar). O gari disse que eu era um criminoso, pediu meu CPF. O GM puxou um computador com impressora portátil. O PM me disse que o GM ia imprimir um boleto bancário pela internet para eu fazer o pagamento. Se não pagasse ao Estado, teria meu nome inscrito no Serasa e no Serviço de Proteção ao Crédito. Os três me disseram que o valor da multa ia de R$ 157 a R$ 3 mil.

Fiquei possesso. Gritei: "Eu sou um tigre! Um catador! Um lixo! Três mil reais por uma guimba? Vocês enlouqueceram! Vocês não leram Platão? 'Qualquer cidade, por menor que seja, é dividida em duas: uma cidade de pobres, outra de ricos. Elas estão em guerra uma com a outra.' De que lado vocês estão? Vocês são tão lixo quanto eu!"

E gritei mais: "Quero um advogado e um filósofo! Um advogado de porta de cadeia e um filósofo de botequim!"

Os três moscas ficaram pau da vida. Então o gari me deu uma vassourada, o GM me bateu na cabeça com o computador, o PM me cegou com spray de pimenta — e a multidão me linchou.

Reparem bem. Rerrerrencarnei e estou girando em volta da Terra em outro 20 de agosto de 2184, dentro de um traje espacial antigo, de museu, com autonomia de voo e oxigênio para duas horas. O cargueiro-prisão que me leva para Marte, junto com mais de 20 mil ex-tigres, foi atingido pelo lixo espacial, adernou, e agora eu estou flutuando aqui, tentando consertar o estrago. Eu me apresentei como voluntário. Sou um tigre, um resíduo, uma escória, um parafuso em volta do planeta.

Lá embaixo posso ver a Terra: uma lata de lixo. Uma lixeira. Um lixão. O planeta não é mais azul: é cinzento e amarronzado. Cor de bosta com crepúsculos de eutanásia e auroras suicidas. Daqui dá para ver os citydomos onde vivem os grandes vipdonos do mundo. Domodonovips. As superclasses engaioladas em condomínios fechados como os velhos shoppings do princípio do século XXI elevados a bairrochic. No mar cor de autópsia flutuam seagardens e ilhas de porta-aviões, um tuberculoso mar. Tudo é paranoia, e ninguém sai de lá, do útero triste de Gaia. O ar é respirável, a temperatura é regulada, parece circo, tem eros, neros, soros, antropófagos. Drogas de sobrevivência é coisa que não falta. Cada domocidadão tem chips para vidas paralelas, memórias futuras, scanners de duplicação de vidas livres, vidassonhos, xeroxkardecs. Todo um universo de virtualidade.

Do lado de fora, tudo é um imenso lixão: bilhões de seres enfrentam um ambiente degradado, um sol furioso, tempestades, inundações, secas, uma lua assassina. Em 2025, a ex-ONU avisava que as cidades geravam 2,2 bilhões de toneladas de lixo. Pois quintuplicou, e deu nisso. A maioria da humanidade que sobrou vive dos dejetos de alguns milhões que conseguiram garantir seu status principesco. Como sempre. Nada se perde, tudo se transmerda.

Fui condenado e extraditado por invadir um desses domos. Eu era traficante de água e de VD-XIX (chips de vida humana do século XIX). Era a moda da época. Entrei lá, acessei os códigos de entrada, os homens-lixos se atropelaram sem uma liderança, sem um grão-mestre. Fomos derrotados, e me prenderam, torturaram. Vivi algum tempo no VD-XIV, a peste negra. Fui rato. Não é muito difícil ser rato. Resto. Ou inseto.

Tenho milhares de egopatas na minha mão. Os condenados à mônada, ao nonada, ainda querem nadar marcianos.

Conserto ou não conserto o cargueiro-prisão? Volto para viver no planetalixão e tentar, mais uma vez, tomar um dos domos da superclasse? Mergulho como um homem-meteoro? Me lixo? Não estou com medo. Sei que existe uma outravida. Vidanua. Vidaprisão. Nas luas de Júpiter ou de Saturno ainda existe chance. Qualquer forma de viver vale a pena, a alma, o corpo.

    Daqui a uma hora e pouco meu oxigênio acaba. Já vivi isso. Estou pensando vazio. Você não vai decidir por mim.

TUDO MENTIRA, MENOS A MÃE E O SONHO

Era tudo mentira, mas agora é verdade. O primeiro otário que eu tombei foi no sufoco. Eu era garoto, 10, quase 11, eu no pinote barranco abaixo e pou pou pou em cima de mim, estava no escuro, e o malandro veio conferir, e eu malocado no meio do lixo, e ele veio para pegar a metranca, eu estava com a metranca e um três-oitão, e ele veio, e eu meti três furos nele e saí no pinote, e o pou pou pou de cima do barranco. Eu sei é que me dei bem. Pensei que o defunto ia aparecer em sonho, puxar pé, essas paradas e tal, e porra nenhuma. Eu sou Beleco, eu sou mais eu.

E teve o dia que me mataram. Era um ganho em casa de bacana. Coisa de entra, pega e leva. Nadamos no cuspe do cobra criada e deu no que deu.

Era um casarão de cinema. Um andar. Outro andar. Mais outro. Três. E janela do tamanho de porta. E piscina. E casa de churrasco. E cachorro de montão, mas o Nélio jogou bife aqui, bife ali, bife lá, a cachorrada caiu de boca e depois ficou golfando, se arrastando na grama verde verde verde. Morreu tudo passarinho.

Então entramos na boa, eu e mais cinco e o Nélio todo sargento, isso sim, isso sim, isso não. Coisa moleza rapidinho: a gente entrando e saindo, levando tudo para a kombi. Era coisa para encher caminhão de mudança.

Aí saímos empilhados na kombi. Rodamos pela madrugada e paramos ali por perto do lixão. Na luz do farol uma casa desabando e mato. Um carro parou do lado, um monza. Parou do lado e uns e outros saltaram de berro na mão, gritando é o bicho, é o bicho, é o bicho. Era o bicho.

Não deu nem tempo de gritar caimjudaspelamordedeus. Os uns e outros barbarizaram legal. Bateram feito se mata cobra, rato, barata. Deram bico na cara, no bago, bico bico bico, e grito e gargalhada e escarro. Apagaram cigarro na carne. Depois encheram a gente de pipoco. Viramos peneira.

Só me dei bem porque me fingi de morto. Fingi tão fingido que até pensei que tinha morrido inteirinho.

Vim subindo por um fio de baba de aranha. E vim acordando com a terra me chupando para baixo. Me sugando feito uma terra que fosse um mangue. E eu fiquei acordando e morrendo por um fio. Morrendo e acordando por um fio de baba. E vim subindo pelo fio até que o sol o sol o sol o sol. Sol. E vi formiga carregando bolinha de sangue. E vi cachorro cheirando os mortos de verdade. E vi minha mão agarrando mato arrancado. Era minha mão, mas ela estava muito lá lá bem lá de mim, fechada assim, fechada, agarrando um montão de terra preta e capim.

Acordei dentro da ambulância e continuo fingindo de morto. Estou no vento, uma pipa torada, um vento forte, um vento uivando sirene e buzina, um vento alto, e não tem nada nada nada para me segurar.

SOLTA OS CACHORROS

... so many, I had not thought death had undone so many.*
T. S. Eliot/Dante

A novidade circulou e não se falou em outra coisa. Ninguém mais esperava isso acontecer. Havia séculos o Guile Xangô prometia mostrar os tais filmes e ia sempre adiando, dando desculpas em cima de desculpas: que estava montando, passando de PQD para FGT, de 8 para 20, de 38 para 120, e de milímetros para quilômetros, e milhas, decupando, que a cor não estava boa, que o som estava péssimo, a trilha sonora podia ser melhorada, enfim, enrolando geral. Chegou a um ponto em que o zé-povo deixou de perguntar e mergulhou de volta em sua vida de lambe-lambe, cheira-cheira, de instantâneos, de balas e vidas perdidas, ao não ser de quem tudo vê e está cego, de quem tudo escuta e está surdo, de quem tudo fala mas só através de silêncios, como ele mesmo diria, o Guile Xangô.

Rebobinando: quando ele começou a tirar fotos, teve gente que rangeu os dentes, pelo menos quem estava devendo, e rolou um boato de que ele era X-9, P2, espião, dedo-duro, entreguista, mas ele já tinha alguns amigos de fé e as resistências foram caindo a cada clic e a cada foto revelada.

---

* Tradução livre: "... tantos,/ Nunca pensei que a morte tivesse deletado tantos."

Depois de garantido, começou a usar aquelas máquinas invocadas que pareciam armas. Pensavam que ele ia acabar caindo, e, quando o dono do movimento marcou recado para ele subir, os amigos mais chegados, o Nabor, o Meu Bem, o Pedrão, o Vavau, a Ruth, a Mirtes e até o Vovô do Crime, todo mundo pedindo para ele não subir, que era armação, mas subiu na cara e na coragem e acabou ganhando um dos anéis de ouro, platina e diamante que o comandante distribuiu para dez escolhidos. Era um sinal de imunidade. O Guile Xangô virou intocável. Durante uma semana o Vovô do Crime ficou babando veneno de pura inveja, na maior bronca. Ele comprou esse anel, é falso, ele está sempre querendo aparecer, até que foi confirmada a verdade da origem, e o Vovô passou a dizer que o anel era para ele, era dele, e foi falando até ficar falando sozinho de tanto ninguém não aguentar mais aquele bolero lero.

Na primeira vez a festa estava marcada para a quadra do Lima, mas a quadra ficou do tamanho de um ovo e o Guile Xangô resolveu adiar. Pensou que ia ser uma coisa pequena, tipo álbum de família, mas a onda cresceu tanto que ele ficou com medo de acontecer um tumulto, a quadra só tinha o portão para entrada e saída e uma porta lateral estreita. Com jeito, o Guile Xangô enrolou e o que era para ser um espetáculo de arrasar virou um show de pagode da turma do Dão. Como a cerveja rolou solta e de graça, o pessoal deixou passar.

Até que o Guile Xangô decidiu que ia ser na pedreira e até falou que seria uma forma de exorcizar os meninos que eram jogados lá de cima e coisa e tal.

O dia amanheceu cinzento, chove-não-molha, com uma tristeza pesada. Os bares estavam vazios e todo mundo entocado esperando que alguma coisa acontecesse. Os sinos gravados das igrejas bateram doze badaladas e o sinal veio de onde ninguém esperava. Lá do alto da pedreira começaram a desenrolar uma bandeira com cordas amarradas nas duas pontas. Mas não era uma bandeira, era um imenso pano branco, e bandeira sim: pano branco é bandeira da paz. A enorme bandeira branca foi desenrolada de lá de cima e, cá embaixo, um grupo de jovens gritava para baixar mais, suspender mais do lado direito, esticar mais do lado esquerdo, até que duas horas depois a pedreira ganhou um imenso quadrado branco, amarrado com cordas lá de cima e esticado com cordas amarradas a estacas aqui embaixo. Nenhum desenho, nenhuma palavra, só o branco. E, para dar uma força, o sol se firmou e brilhou em festa.

Uma fila de caminhões, carros e vans subiu a Maia, entrou pela Santos Rodrigues, e uma turma de homens sem uniforme começou a montar um palco a uns vinte metros da pedreira, e outro menor, a uns cem metros. Foram pipocando barracas e tendas. Um som poderoso e encorpado começou a jorrar música.

A multidão começou a chegar de todos os lados quando se espalhou a notícia de que a bebida e a comida eram de graça, ainda que não se tivesse certeza absoluta da fonte de tal generosidade num dia que era comum, numa data que não era para grandes produções, e, principalmente, num local azarento, para não dizer amaldiçoado. Todos se recusavam a ir direto para lá, empacavam, e muitos acreditavam numa cilada, se não para todos pelos menos para alguns, os que já tinham passado do tempo, com prazo de validade vencido. Um pequeno grupo de corajosos, para não dizer de sedentos e esfomeados, decidiu fazer uma vistoria, sondar o terreno, e foi para a pedreira como bois para o matadouro, moscas para o mel. Como sobreviventes profissionais, acreditavam na possibilidade de escapar no último segundo.

As crianças não tinham nenhum pensamento dessa natureza e foram as primeiras a incorporar uma adesão confiante e ilimitada à festa. Foram elas que exorcizaram a pedreira com seus risos e gritos de inocência confiante. Logo surgiram organizadores espontâneos, e a música e a dança canalizaram a energia infantil que tomou conta de todos os corpos jovens, e era uma maré vigorosa a explosão dos corpos, a pura energia da juventude, o anúncio de que a vida era uma força tão poderosa que nada seria capaz de resistir a ela.

Lá pelas oito da noite as imagens começaram a surgir na grande bandeira branca, fotos e vídeos, retalhos de vida, lembranças em movimento, algumas que eram para ser varridas como folhas secas pelo vento da memória, outras que jamais deveriam ser esquecidas, e estavam ali, todas passando num ritmo alucinante, um rio de imagens pobres e ricas, cômicas e trágicas, uma correnteza tumultuada de risos e lágrimas. A multidão aplaudia e vaiava os seus mil rostos. Estavam lá os casais felizes, e hoje separados, os amores traídos, os porres, os abraços, os beijos, as juras, os gritos de revolta, a dança, os corpos colados. Os vivos e os mortos. E era fria a tristeza de ver quantos morreram. E quantos, quantos tinham morrido! E que estrago tinham feito os dias, as noites, as madrugadas. Mas o mesmo rio do tempo tinha suavizado um pouco a sua cruel sucessão e, entre as margens estreitas da vida e da morte, as crianças de ontem já podiam ser vistas ali, na grande tela, seguras no colo, equilibrando-se sobre os ombros, os filhos e as filhas, as sementes da árvore do bem e do mal, os sobreviventes.

Era o dia do seu aniversário e a Mirtes preferiu ficar em casa, e a casa ficou pequena. Acordou às onze da manhã como sempre e, numa homenagem que não fazia havia séculos, lembrou da própria mãe. Quando tinha quatro ou cinco anos a mãe começou a ver coisas, a prever o futuro, a falar como uma velha, tudo junto. Ficou grávida aos 13 anos, e usando os seus dons num quartinho escuro, jogando cartas e búzios, conseguiu criar os quinze filhos, nunca passaram fome. Aos 80 anos, de repente, ficou cega e muda, mas não se desesperou com o abandono dos santos e, um ano depois, morreu dormindo na frente da TV, a única morte tranquila em sua família.

A multidão começou a entrar, a sair, a ir ficando. Os dezessete filhos da Mirtes foram os primeiros a chegar e ela tinha sempre palavra doce ou dura para dizer a eles. A todo momento seu vasto corpo se sacudia de soluços, o dia de seu aniversário também era o dia da morte do Cirinho, seu filho predileto. De todos, tinha sido o único com disposição para abrir caminho a bala. Com 16 anos já tinha passado de soldado a braço direito do Chefe. Com 19, era pai de oito filhos e carregava uma pilha de cadáveres nas costas, tinha parado de contar. Aos 20, teve o corpo crivado de tiros e a cabeça separada do corpo. Mirtes abre a porta mais uma vez e vê no chão da varanda a cabeça de Cirinho, um olho verde aberto e o outro fechado. E ela, que era mansa, começou a falar aos gritos. O dono do movimento não a abandonou. Todo fim de semana ela recebia a grana que ajudou a criar os filhos, adotar outros, abrigar netos e bisnetos, amadrinhar dezenas de órfãos e de rejeitados.

Mirtes se tranca no quarto e abre o pequeno baú de jacarandá herdado da mãe, de onde tira o santinho ("não é santinho, mãe, nem missário, nem responsário: é folheto", disse Marquete há muito tempo) da missa de sétimo dia do Cirinho. Aquele foi o primeiro e, na sua vida de coração anárquico e paixão sem método, aquela é a única coleção que tem, são mais de cem santinhos ("você quando empaca é pior do que mula, mãe!") amarrados com barbante, arrumados por dia, mês e ano. O último é do Dafé.

Pegou o santinho e leu:

"Saudades do amigo Henrique
Música: Love in the afternoon
É tão estranho
Os bons morrem jovens
Assim parece ser
Quando eu me lembro de você
Que acabou indo embora
Cedo demais
(...)
Lembro das tardes que passamos juntos
Não é sempre assim, mas eu sei
Que você está bem agora
É só que este ano
O verão acabou
Cedo demais

E mais Legião: A Via Láctea, Vento no Litoral, Angra dos Reis, Música Ambiente."

Lembrou das palavras do padre, lidas do mesmo santinho que estava em suas mãos:

"José Henrique,
"Sua perda irreparável deixou em nós uma dor inconsolável. Só o conforto do amor de Deus tornará suportável essa separação.
"Partiu deixando a lembrança da felicidade que dispensou e do bem que fez aos outros. Sua memória será abençoada.
"O desgosto de o haver perdido não poderá jamais fazer esquecer a felicidade de o haver possuído.
"Não choreis, vou ao encontro de Deus e os espero no céu. Amá-los-ei do outro lado da vida, como sempre vos amei na terra.
"Pelas preces feitas em sufrágio de sua alma boníssima e pelas consoladoras palavras a nós dirigidas, profundamente agradece.
"Jesus misericordioso concedei-lhe repouso eterno, acolhei sua alma junto a vós, na luz da vossa face.
"Lembraremos sim e sempre, seu sorriso, seu rosto menino, do seu modo simples, do seu modo desajeitado de ser engraçado que nos fazia rir. Impossível será esquecê-lo.
"Eu vou para Deus, mas não esquecerei aqueles a quem amei na terra."

A missa estava linda como todas as outras em homenagem a seus filhos e amigos de seus filhos, todos são meus filhos, até que o Vovô do Crime tomou o microfone das mãos do padre, ficou morto de medo, o padre, coitado, e o Vovô do Crime começou a latir aquelas histórias terríveis sobre o verdadeiro Dafé, ladrão de velocípedes na infância e de motos na adolescência, maconheiro, rufião, presepeiro, e mais isso e mais aquilo, então dizem que eu comecei a gritar e a pedir a Deus que um raio caísse na cabeça daquele pai da mentira, e perdi o fôlego, quase tive um piripaque, e jurei que ia deixar crescer as unhas só para arrancar os olhos daquele Vovô do Demônio, Cocô do Diabo. Fiquei quase um ano sentindo aquela dor no peito, resmungando aquela mágoa, até que o Guile Xangô veio aqui e me prometeu que ia consertar tudo, que ia fazer uma grande homenagem a meu filho, a todos os meus filhos, e então me acalmei, a dor passou, a mágoa sumiu, mas perdoar, perdoar mesmo, acho que não tenho essa vontade, essa força, e deixo na mão de Deus.

Mirtes não quer vela no bolo. Não quer bolo. Pediu que levassem a velha poltrona para o quintal e ficou lá, debaixo da mangueira, bebendo e cafungando, recebendo as visitas, os mais chegados e parentes, os mais distantes e penetras, vendo a imensa bandeira branca cobrir a pedreira, mas demorou a compreender que aquilo era coisa do Guile Xangô, que ele estava cumprindo a promessa, e sentiu o coração ficar leve, uma vontade de cantar e ser feliz.

O Marquete veio dizendo "mãe, você precisa ver a festa lá embaixo, de perto, a coisa mais linda", e ela disse "daqui não saio, daqui ninguém me tira", e então pediu ao Marquete para botar o som lá fora. As filhas montaram a churrasqueira e, sentada, comandou a comilança aos gritos.

A festa da pedreira terminou e a multidão tomou conta do seu quintal e se espalhou pela travessa. O Guile Xangô lhe entrega um pacote e diz que é para a abelha-rainha da Maia. Abre o pacote: uma imensa bata amarelo-ouro. Ri, beija o Guile Xangô, o afoga num imenso abraço. Depois tira o vestido que está usando, fica só de bermudão, mostra sem pudor os grandes seios poderosos, já vai longe o furor do desejo, e veste a bata. Passeia como uma sacerdotisa de um culto antigo à mãe-terra ou a outra entidade, dança e, debaixo de risos e aplausos, volta a se sentar no seu trono, bufando, pedindo cerveja e alegria. Puxa o Guile Xangô, e ele senta no seu colo, e ela o vai ninando entre aplausos e gargalhadas.

Ainda está com Guile Xangô no colo quando vê o Xande atravessar a multidão abraçado a um garoto de classe, finíssimo, e muito espantado, e lhe apresenta: "Este é o Bastian, meu cacho." Os olhos da Mirtes se cobrem com uma névoa antiga, e, no meio da névoa, ela vê o Xande ainda pivete, um soldadinho bunda, e os homens, os cachorros, estão correndo atrás dele pela travessa, o Xande pula o muro da casa, e a casa era só a casa grande, não tinha esse condomínio todo que tem hoje, e o muro ainda era baixo, não esse muro alto com cacos de vidro e arame farpado. Os homens quebraram o juramento deles e invadiram a casa atrás do Xande. A Mirtes daquele tempo estava na cozinha, preparando o rango, e na cozinha ficou. Mexia na panela e ficava cobrando dos homens a autonomia, o tratado de paz, não podiam invadir ali assim daquele jeito, tinham acertado isso, mas os homens estavam secos atrás do Xande e reviraram a casa toda. Vasculharam debaixo de cama, dentro de armário, abriram os baús da Mirtes (encontraram branco e preto, mas deixaram lá), revistaram caixa-d'água, subiram no telhado, fizeram um fuzuê. Não encontraram ninguém, o moleque deve ter pulado o outro muro que dava para o quintal baldio e devia estar lá no meio do lixo e do mato. Foram lá, se cagaram, e acabaram desistindo. E onde estava o Xande? Debaixo da saia da Mirtes! O Xande espalhou que a Mirtes não usava calcinha e que quase morreu sufocado pelo cheiro da buça dela. A Mirtes ficou pau, gritou que a buça dela era cheirosa, e jurava que ele estava escondido dentro do forno. Mas o Xande aumentou a mentira: enquanto os homens desarrumavam a casa e ela mexia o refogado com a colher de pau, ele estava lá mamando a buça dela. Ela estava gozando quando o capitão entrou para pedir desculpas e dizer que os homens dele estavam saindo, e a Mirtes teve que fingir um desmaio, que ela estava era gozando, e o capitão ainda deu a ela um copo de água com açúcar. E foi a história do Xande que ficou, e todo mundo gostou da ideia de que o Xande estava debaixo da saia dela fazendo coisas, e a Mirtes viu que não valia a pena gritar e pedir respeito, acabou se acostumando, e sempre que se encontra com o Xande os dois vão inventando mais história dentro dessa história.

Agora a Mirtes está trancada no oratório contando isso para um sonolento Bastian, as lágrimas rolando pelo rosto gordo, dizendo "o Xande era o capeta, sofri pra tirar ele do mau caminho, não consegui, nunca pensei que ele fosse aprumar, obrigada pelo que você fez por ele, por salvar a vida do meu filho, só Deus sabe que esse foi o melhor presente que ganhei no dia de hoje".

Pedrão respira aliviado quando a Mirtes volta sem o Bastian, se o puto desse um beijo em sua boca na frente de todo mundo ia ter confusão, e ele não queria estragar a festa de ninguém. "Apresento a vocês o salvador do mundo", grita o Vovô do Crime para a multidão e aponta o Vavau, "o legítimo pai da mentira, o verdadeiro rei dos ratos", e Pedrão segura Vavau, que consegue dar uma pernada no Vovô, que se desequilibra e cai sobre os vasos de plantas da Mirtes, e Vavau vai lá, levanta o Vovô do Crime, se abraçam e se beijam. Ninguém nota e a festa continua. Ninguém ali veria escândalo num gesto de desprezo, numa consciência culpada, num beijo na boca.

Por volta das duas da madrugada o pessoal do movimento veio dar um realce, fazer uma presença, depois capricharam numa salva de tiros com balas traçantes e desapareceram.

Às seis da manhã a Mirtes deixou a cabeça cair sobre o peito, um cochilo, um vacilo, e os mortos invadiram o quintal surgindo de todos os tempos, muitos com as mesmas roupas com que foram enterrados, elegantes e tristes e sérios, outros esfarrapados e atormentados, e então veio Ciro, o seu Cirinho, mas não era bem ele, alguma coisa não estava batendo bem, e a Mirtes percebeu que todos os mortos estavam com a cabeça trocada, a cabeça de Cirinho no corpo do Dafé, a cabeça do Dafé no corpo do Cirinho, e a sua mãe estava usando a cabeça do Xande, mas o Xande está vivo, de vida nova, graças a Deus, e a Mirtes fechou a cara, aquilo ali não era nenhum desfile de carnaval, ninguém fica assim trocando de rosto como se fosse máscara. E essa trapalhada toda, essa presepada boba, essa lambança sem graça só podia ser coisa do safado do Parangolé, que morreu pensando que era pai de todos os seus filhos, e não era, não era!, mas estava ali todo de branco, chapéu-panamá, lenço vermelho no pescoço, sapato de bico fino e duas cores, pedindo animação, desfilando, evoluindo, os braços abertos, a boca escancarada num riso com dentes de piranha e bigodes de bagre, e lá estavam aqueles negões metidos a besta, os reis da cocada preta, dando ao Parangolé uma medalha de quinto Mandela, e as Comadres aplaudindo, e isso nunca, nunca, nunca!, que não é assim que a banda toca, e a dona da festa levantou-se do trono e gritou: "Chega! Já está de bom tamanho! Chega!" Subiu as escadas, lenta e imperial, entre aplausos bêbados e vaias ressentidas, rejeitou com tapas e gritos os abraços e os pedidos de fica fica fica!, acabou, me larga, acabou.

Obedecendo a seu comando, uma chuva fina caiu triste sobre gente e árvores, e a chuva fina e triste virou temporal e, com barro vermelho e lixo, colou a bandeira branca contra a pedreira. Do alto da varanda, ainda sem conseguir separar os vivos dos mortos, a Mirtes trovejou: "Tranca o portão e solta os cachorros."

ESTE LIVRO FOI COMPOSTO EM GATINEAU 10,6 POR
12 E IMPRESSO SOBRE PAPEL CHAMBRIL AVENA 80 g/m²
NAS OFICINAS DA ASSAHI GRÁFICA, SÃO BERNARDO DO
CAMPO — SP, EM AGOSTO DE 2017